KB057315

별들

별들

초판 1쇄 발행 | 2018년 3월 5일

지은이 알퐁스 도데
옮긴이 김명섭
발행인 이대식

주간 이지형 **편집** 김화영 나은심 손성원 김자윤
마케팅 배성진 박상준 **관리** 이영혜
디자인 모리스

주소 서울시 종로구 평창길 329(우편번호 03003)
문의전화 02-394-1037(편집) 02-394-1047(마케팅)
팩스 02-394-1029
홈페이지 www.saeumbook.co.kr
전자우편 saeum98@hanmail.net
블로그 blog.naver.com/saeumpub
페이스북 facebook.com/saeumbooks
인스타그램 instagram.com/saeumbooks

발행처 (주)새움출판사
출판등록 1998년 8월 28일(제10-1633호)

ⓒ 김명섭, 2018
ISBN 979-11-87192-86-2 03860

Lettres de mon moulin

별들

알퐁스 도데 연작소설
김명섭 옮김

새흥

일러두기

1. 이 책은 1984년 Gallimard사에서 출간된 Alphonse Daudet 『Lettres de mon moulin』을 원본으로 삼았다. 원제는 '내 풍차 방앗간 편지들'이지만, 한국어판 표제는 대중적으로 가장 알려진 '별들Les étoiles'로 했다.
2. 등장인물의 이름과 지명 표기는 국립국어원의 외래어 표기법에 따르되, 현재 널리 쓰이는 표기법을 참고했다.
3. 본문 중 설명이 필요한 부분은 〈역자노트〉 속에 각각의 번호를 달아 미주로 정리했다.

서문

팡페리구스트[1]에 거주하는 공증인 오노라 그라파지 선생 입회하에,

출두 :

비베트 코르니유의 남편이자, 시갈리에르[2]에 근무하며, 그곳에 거주 중인 관리자 가스파르 미티피오 씨.

이 문서에 의해, 법적 권리와 사실이 보장하는 바 매매와 이전을 완료하였고, 그로 인해 모든 부채와 특수양도 및 저당으로부터 면책됨.

파리에 거주하고 있는 시인 알퐁스 도데 씨가 출두하였고 동의함.

프로방스 중심부의, 론 계곡에 위치한 이 제분용 풍차 방앗간은 소나무와 푸른 참나무가 숲을 이룬 언덕 위에 있음. 이십 년 이상 방치된 방앗간으로 제분은 불가하며 야생 포도나무와 이끼, 로즈마리 외 다른 녹색식물이 그 날개 위까지 침범.

이러한 사실에도 불구하고, 양수인 도데 씨는 파손된 방아와 벽돌 사이 잡초가 무성한 기초를 허용하고, 위에 언급한 풍차 방앗간이 시 창작 활동을 하는 데에 문제가 없으므로 그 손해와 위험, 그리고 보수를 이유로 양도인에게 어떠한 비용도 청구하지 않는 것에 동의함.

본 거래는 협정 가격에 따라 일괄 성사됨. 시인 도데 씨는 본 사무소에 시중 통용 화폐로 총액을 제출하였고, 해당 재화를 미티피오 씨가 확인 및 수취하였음. 이 모든 거래는 공증인과 아래 서명한 증인들이 보는 앞에서 진행되었고 그 증빙은 보관됨.

거래는 팡페리구스트에 있는 오노라의 사무실에서 이루어졌으며, 증인은 피리 연주자인 프랑세 마마이와 백색 고행자회 십자가 담당, 퀴퀴에라 불리기도 하는 루이제임.

상기 증인들은 서류 숙독 후 거래 당사자들과 공증인과 함께 서명한다…….

정착

깜짝 놀란 건 토끼들이었네! 그렇게 오랫동안 방앗간의 문은 닫혀 있고, 벽과 기초는 잡초들로 덮인 걸 봐왔으니, 놈들은 제 분업자 종족들이 멸종된 거라 여기고 훌륭한 장소를 찾다가, 사령부 혹은 전략작전본부, 즉 토끼들의 제미프[3] 방앗간 같은 걸 삿게 된 설세. 네기 ㅗ착힌 밤에 말이야, 기깃말이 아니고 족히 스무 마리 정도가 거기 돌 기초 위에 둘러앉아, 달빛에 자기네들 발을 덥히고 있다가는, 내가 들창을 여는 순간, 휘리릭! 후퇴하는 병사들처럼 작고 하얀 뒤태에 꼬리를 날리며 숲속으로 몽땅 도망치더군. 나는 그놈들이 다시 좀 돌아왔으면 하는데 말일세.

나를 보고는 깜짝 놀란 녀석이 하나 더 있었네. 최초의 세입자이자, 그 방앗간에서 족히 이십 년은 살아온, 생각에 잠긴 얼굴을 한 늙고 침울한 부엉이였네. 난 그놈을 윗방에서 찾았는데, 떨어진 기와와 회반죽 부스러기 가운데에 자리 잡은 나무축 위에, 똑바로 서서는 움직이지도 않더군. 그놈은 그 동그란 눈동자로 나를 잠깐 바라보았지. 그러더니 나를 알아보지 못하고 엄청 당황하더군. 놈이 부엉, 부엉 울더니 먼지투성이인 잿빛 날개를 겨우 퍼덕이는데─이 심술생이 사색가 녀석! 빗질을 통 안 했구먼… 뭐 상관은 없다마는!─ 그러고는 녀석이 눈을 깜빡이며 얼굴을 찌푸리더구먼. 이 조용한 세입자 녀석이 다른 녀석들보다는 내 마음에 들었네. 그러니 난 서둘러 녀석의 임대차 계약을 갱신해 주었지. 녀석은 전과 같이 지붕에 난 구멍으로 드나들며 방앗간의 제일 위쪽을 차지하게 되었고, 난 아래쪽에 위치한, 수녀원의 식당같이 하얗게 회를 칠한 둥그렇고 천장 낮은 방을 차지했다네.

*

　내가 자네에게 편지를 쓰는 곳이 바로 여기라네. 좋은 햇살에 문을 활짝 열어 놓고, 내 앞에는 언덕 밑까지 예쁜 소나무숲 하나가 내리쬐는 햇빛에 온통 반짝이고 있네.

별들

지평선엔 알피유산맥의 삐쭉빼쭉하고 선명한 봉우리들⋯ 고요하고⋯ 겨우, 멀리 저 멀리엔, 피리 소리, 라벤더꽃 사이 도요새 한 마리, 길 가는 당나귀의 방울 소리, 생생한 빛으로만 아름다운 이 모든 프로방스의 풍경들.

그런 지금, 내가 어떻게 자네가 있는 그 시끄럽고 우중충한 파리를 아쉬워할 수 있겠나? 나는 내 방앗간에서 정말 행복하다네! 내가 찾던 그 어느 곳보다 좋고 따뜻하고 향기 넘치는 곳, 신문들, 마차들, 안개로부터 멀리 떨어진 곳, 그리고 내 주위의 아름다운 것들! 여기 정착한 지 이제 겨우 여드레지만 내 머릿속은 벌써 이런 추억들과 인상들로 가득 찼다네. 보게나, 어제 저녁만 해도 말일세, 내, 저 언덕 아래에 자리 잡은 농가 가축 무리의 귀환을 도왔다네. 나는 자네가 이번 주에 파리에서 보게 될 그 어떤 초연들과도 이런 구경거리를 바꾸지 않을 것이네. 판단이니 좀 해보게.

프로방스에선 말일세, 흔히들, 더위가 닥치면 가축들을 알프스로 보낸다네. 가축들과 사람들은 대여섯 달을 그 위에서 보내지. 아름다운 별과 잠들고, 허리까지 자라 오른 향기로운 풀 속에서 말일세. 그리고 가을의 첫 번째 오한이 찾아들면 농가로 내려온다네. 그리고 이제 돌아와서는 로즈마리 향이 가득한 회색빛 작은 언덕에서 풍성하게 풀을 뜯는 거지⋯ 바로 어제 저녁에 가축 무리가 돌아온 거라네. 아침부터 대문의 양쪽은 활짝 열려 있고 양치기들은 신선한 밀짚을 잔뜩 깔아놓는다네. 시시때때로 이렇게들 떠들지. "지금쯤이면 에기에르쯤 왔을걸, 이제 파라두에는 왔을 게야." 마침내 저녁나절이 돼서야 갑자기 누가 크게 소리친단 말일세. "저기 온다." 그리고 저기, 저 멀리 영광의 먼지를 일으키며 내려오는 무리들을 발견한다네. 길 전체가 그들과 같이 걷는 듯하더군. 야생의 분위기 그대로 뿔을 앞세우고 맨 앞에 오는 늙은 숫양들 말일세. 그들 뒤로 큼직한 숫양들과 조금 지친 어미 양들, 그것들의 발치에 그것들의 젖먹이들. 태어난 지 겨우 하루 된 새끼 양들을 담은 바구니를 등에 얹고 흔들며 걷고 있는 붉은 털의 노새, 모두들 땅에 닿도록 혀를 내민 채 땀을 흘리고 있는 개들, 사제복처럼 구두 뒤축까지 내려오는 적갈색 모직 망토를 몸에 두른 채 걷는 대단한 악당 같은 두 명의 양치기.

그 모든 것은 행복하게 우리 앞으로 다가와서 대문 안으로 사라진다네. 소나기처럼 시끄러운 발굽 소리와 함께. 집 안이 얼마나 난리법석인지 한번 보게나. 횃대 높은 곳에선 초록색, 금색 깃털에 주름진 볏을 단 큼직한 공작새가 그들의 도착을 알고는 멋진 트럼펫 소리로 환영한다네. 졸고 있던 암탉은 소스라쳐 깼다네. 비둘기들, 오리들, 칠면조들, 뿔닭들, 모두들 일어났군. 가끔 사육장 전체가 미친 듯하구만. 암탉들이 두런거린 다네. 날 샜군! 모든 양들이 그들의 양털 속에, 춤추게도 하고 취하게도 하는 산중의 활기찬 분위기 조금, 혹은 알프스의 야 생적인 향기를 담아 왔다고 우리는 얘기한다네.

이 와중에 가축 무리는 그들의 숙소로 들어간다네. 이런 입주 저럼 행복한 건 없을 테지. 늙은 숫양들은 그들의 여물통을 다 시 보며 눈물겨워 한다네. 여행 중에 태어나 농장이라는 것을 본 적이 없는 어린 양, 그 어린것들은 놀라서 주위를 두리번거리지.

하지만 좀 더 감동적인 건 개들일세. 이 용감한 목양견들은 그들이 모는 가축 무리가 농가에 다 들어가고도 일을 멈추지 않는다네. 집을 지키던 개가 그들을 보금자리 안쪽으로 부르더 라도, 시원한 물이 가득 찬 우물의 양동이로 신호해도, 개들은 아무것도 보려 하지 않고 들으려 하지 않는다네. 가축들이 모 누 들어간 것인지, 울타리의 작은 문 위로 금직한 걸쇠가 잘 걸 렸는지, 양치기들이 아랫방에 식사 자리를 잡았는지 확인하기 전까진. 그런 후에야 개들은 개집에 들어가는 것에 동의하고 모두들 사발에 담긴 수프를 핥는다네. 그리고 그들은 농장에 남아 있던 그들의 동료들에게 저 산 높은 곳, 깜깜한 세계에서 한 일들을 얘기하겠지. 늑대들이 있고 꽃잎 끝까지 이슬이 가 득 달린 자주색 디기탈리스꽃에 대하여.

보케르 역마차

내가 여기 도착한 날이었어. 보케르에서 온 역마차를 탔는데, 정말 낡은 합승 마차여서, 자기네들 종점으로 되돌아가는게 그렇게 먼 거리도 아닌데, 여정 내내 어슬렁어슬렁 가다 보니, 아주 먼 곳이나 되는 듯, 저녁에야 도착했다네. 마차의 승객은 마부 빼고 다섯이었어.

먼저 카마르그의 소몰이꾼, 이 친구는 작지만 다부진 체격인데 털북숭이에 땀 냄새, 커다란 눈은 잔뜩 충혈됐고 양 귓불에는 은으로 된 둥근 귀고리를 달았다네. 그리고 보케르 사람 둘, 제빵사와 반죽하는 일꾼이었어. 둘 다 아주 불그스레하고, 심한 천식증인지 숨을 가쁘게 쉬는데, 얼굴 옆모습은 비텔리우스 황제4의 초상이 새겨진 로마 동전처럼 멋지더구먼. 마지막으로 마부 옆, 앞자리에 앉은 남자 하나… 아니! 모잔데, 토끼 가죽으로 된 이상한 모양의 모자를 쓰고, 별다른 말도 없이 슬픈 표정으로 가는 길만 바라보더군.

이 사람 전부들, 자기네들끼리는 서로 아는 사이라, 아주 허물없이 큰 소리로 자기네들 관심사를 떠들더라고. 님에서 오는 길이었던 카마르그 사람은 양치기 하나를 쇠스랑으로 쳐서 예심 재판에 다녀오는 길이라고 털어놨네. 카마그르 사람들 다혈질인 거 다 알잖나.

그리고 보케르 사람들 말이야! 성모마리아께서 서로 목이라도 따라고 권유하신 건 아닐 텐데 말이지? 얘기를 들어 보니, 제빵사는 프로방스 사람들이 흔히 선한 어머니라고 부르는, 아기 예수를 팔에 안은 성모상에 오랫동안 봉헌해 온 본당 교구 소속이었고, 반죽 일꾼은 대조적으로, 부염수태로 헌신하신 성모마리아를 섬기는 요즘 교회의 성가대에서 노래를 부른단 말일세. 우리가 연상하듯 온통 반짝이는 손에, 팔을 내린 채 미소 띤 아름다운 그 모습 말이야.

다툼이 거기서 시작된 거지. 서로가 그들의 성모상을 두고, 이 독실한 가톨릭 신자들이 어떤 짓을 하는지 좀 보게.

"예쁘더라, 너희 숫처녀!"

"꺼져 버려, 너네 그 선한 어머니하고나!"

"그 여자 수상해 보이더라, 네 거, 팔레스타인에서 말이야!"

"그럼 네 거는, 웅! 추잡하게! 그 여자가 했는지 안 했는지 누가 알아. 성 요셉한테 좀 물어나 봐."

나폴리의 항구에라도 있는 줄 아는지 칼 빛을 번쩍이는 것이 가관이었다네. 그리고 내 생각엔 말이야, 마부가 참견하지 않았다면 이 고약스러운 신학적 결투는 서로 끝장을 보고야 말았을 걸세. 마부가 웃으며 보케르 사람들한테 얘기했지.

"당신들 성모상 갖고 우리들 좀 평안케 해주쇼. 그런 건 여자들 사정이고 남자들은 그런 데 끼어들고 그럼 안 돼요."

그러고 나서, 그는 자기 의견의 전부를 정리해서는, 신 같은 거 믿지 않는다는 듯 장난스럽게 채찍을 찰싹 내리쳤네.

*

논쟁은 끝났어. 그런데 제빵사는 그의 남은 혈기를 써버려야 할 필요가 있었는지 조용하고도 슬픈 모습으로 자기 자리에 앉아 있던, 모자 쓴 불행한 남자 쪽으로 돌아앉더니 계속 이야기를 이어가더군. 조롱하는 투로 말이야.

"그래서 네 마누라는, 너, 칼갈이 말이야? 그 여잔 도대체 어떤 교구 소속이야?"

잔뜩 웃기려는 의도의 질문으로 여겨졌는지, 마차의 모두가 웃음을 크게 터트리기 시작했네. 그 칼갈이만 빼고 말이야. 그는 들은 척도 안 하는 거야. 그걸 보더니 제빵사가 내 쪽으로 돌아앉아서는,

"선생, 저치 마누라를 잘 모르시죠? 참 재밌는 교구 소속이죠. 보케르에 그녀 같은 여자는 둘도 없답니다."

웃음소리가 두 배로 커졌다네. 칼갈이는 움직이지 않았네. 단지 고개도 들지 않고 낮은 목소리로 내뱉었지.

"닥쳐, 빵쟁아."

하지만 심술궂은 제빵사는 입을 다물 마음이 전혀 없었다네. 그리고 좀 더 고약하게 다시 시작하더군.

"한심한 놈! 그런 마누라를 얻어도 불쌍할 게 없는 동무 녀석… 그녀라면 잠시도 지루할 틈이 없을 겁니다… 생각 좀 해보세요! 매번 여섯 달만 지나면 없어져 버리는 예쁜 마누라, 그 여자가 돌아올 때면 늘 선생께 얘기해 줄 뭔가가 있을 겁니다… 늘 똑같아요. 참 웃기는 집구석이죠. 상상 좀 해보세요, 선생님, 결혼한 지 겨우 일 년도 안 됐었어요. 털썩! 초콜릿 장수와 스페인으로 도망친 여자란 말이에요. 남편은 집에 혼자 남아 울면서 술이나 마시고, 미친 줄 알았다니까요. 얼추 시간이 지나고 그 여자가 여기로 돌아왔어요. 스페인 사람처럼 옷

을 입고 방울 달린 작은 북을 들고 말이죠. 우리 모두 그 여자한테 그랬죠. 숨어. 남편이 당신 죽일 거야. 아, 근데 그게요, 죽이기는요. 둘이서 같이 조용히 잘 살더라고요. 여자가 남편한테 바스크[5] 북 치는 법이나 가르쳐주면서요."

또다시 폭소가 터져 나왔네. 그 남자 쪽, 그 칼갈이는 고개도 들지 않고 또다시 중얼거리더군.

"닥쳐, 빵쟁이."

제빵사는 들은 척도 않고 계속하더군.

"선생님. 그 예쁜 여자가 스페인에서 돌아온 후에 조용히 살았을 것 같습니까? 아휴, 천만에요. 남편이 그 짓을 그렇게 잘 받아줬으니! 그게 그 여자한테 또다시 그 짓을 저지르도록 한 거죠. 스페인 남자 다음에, 장교 한 명, 그다음 론강의 뱃사람, 그리고 음악가, 그리고 또 뭐더라? 근데 좋은 점은 매번 똑같은 연극이더라, 이겁니다. 마누라가 떠나고, 남편은 울고, 여자가 돌아오면 남자는 위안을 받고. 그리고 항상 여자를 뺏겼다가 다시 또 받았다가… 누가 그걸 참을 수 있겠어요. 저 남편 놈 말고요. 솔직히 말하자면 그 여자 엄청나게 예쁘거든요. 깜찍한 칼갈이 아내 말이에요. 최고급 미녀예요. 활기 넘치고 귀엽고 동글동글한 게, 피부는 뽀얗고, 헤이즐넛 같은 갈색빛의 눈으로 항상 남자들한테 눈웃음을 치는 게… 정말로! 파리 양반, 혹시 보케르를 지나게 된다면 말이죠……."

"아! 입 닥쳐, 빵쟁이 놈아. 제발."

다시 한번 불쌍한 칼갈이 남자가 비통한 목소리를 내뱉었네.

바로 그때 역마차가 멈췄다네. 우린 앙글로르의 농가에 도착한 거야. 거기서 보케르 사람 둘이 내렸지만, 내 자네한테 단언컨대 그 인간들을 붙잡지 않았네. 빌어먹을 빵쟁이 같으니! 그들이 농가의 마당에 들어서고 우리는 또다시 그들이 웃는 소리 들어야만 했네

*

그 둘이 떠나고 마차는 거의 비었다네. 카마르그 사람은 아를에서 내렸고 마부는 자기 말들 옆에서 나란히 길을 걷고 있었네. 마차 위엔 우리만 있었지. 칼갈이와 나. 각각의 자리에서 말도 없이. 날씨가 더워졌어. 마차의 가죽 덮개가 타버릴 지경이었지. 점점 눈이 감기고 머리는 무거워졌지만 나는 잠을 잘 수는 없었어. 내 귓전으로 끊임없이 무척이나 비통하고 낮은 소리로 '입 닥쳐, 제발.'이 들려왔어. 그 사람, 그 불쌍한 남자 역시 잠을 자지 않았어. 뒤에서 보니 그의 큼직한 어깨가 전율하고 있었고 그의 손, 촉수처럼 길고 창백한 손이 마차의 좌석 위

에서 떨고 있었네. 마치 노인네의 손처럼. 그는 울고 있었던 걸세.

"자, 다 왔소. 여기, 당신 집이요. 파리 양반!"

갑자기 마부가 나한테 소리를 지르고는 자기의 채찍을 들어 올려 풍차가 마치 한 마리 커다란 나비가 꽂혀 있는 것처럼 서 있는 초록색 언덕을 가리켜 보였네.

난 서둘러 내렸다네. 칼갈이 남자 옆을 지나는데, 난 그의 모자 밑을 보려고 했어. 그를 떠나기 전에 좀 보고 싶었거든. 내 생각을 알아차리기라도 한 듯이 불쌍한 그가 고개를 난데없이 드는 걸세. 그리고 그의 눈빛이 내 눈에 와 박혔네.

"나를 똑똑히 봐주시오. 혹시 어느 날 보케르에서 불행한 일이라도 생긴다면 선생은 누가 그 짓을 했는지 안다고 할 수 있을 거요."

그 친구는 들리지 않는 목소리로 나에게 얘기하더군.

작은 눈은 생기를 잃었고 얼굴 표정은 슬프고도 흐릿했다네. 눈에 눈물이 있었지만 그 눈으로 하는 말은 증오로 가득 찼다네. 증오, 그것이야말로 약자의 분노가 아닌가. 내가 만약 그 칼갈이 남자의 부인이라면 조심할 걸세.

코르니유 영감의 비밀

프랑세 마마이는 나이 든 피리 연주잔데 가끔씩 우리 집에 와서 뱅 퀴[6]를 마시며 밤을 새우곤 했다네. 어느 저녁에는 이십여 년 전, 내 소유의 풍차 방앗간과 관련된 마을의 짧은 이야기를 해주더군. 이 노인네의 이야기에 감농받아 버렸으니 내 들은 애기를 자네에게도 해줌세.

독자분들도 잠깐 상상들 해보시게. 앉아 있는 그대들 앞에 놓인, 향이 기가 막힌 포도주가 담긴 사기 주전자와 그대들에게 이야기를 하는 나이 든 피리 연주자를.

*

우리 고장 말이오. 멋진 양반. 늘 요즘 같은 모양으로 명성도 없고 죽은 동네는 아니었소. 그전에는 방앗간 사업이 참 대단 했었지. 사방 백 리 내의 농가 사람들은 빻을 밀들을 전부 싣고 여기로 왔었지. 마을 주위 온통, 언덕들이 풍차 방앗간으로 뒤덮일 판이었소. 이쪽 끝에서 저쪽 끝까지 소나무들 위로 불어오는 미스트랄 바람7에 돌아가는 풍차 날개들밖에 안 보였고, 길 멀리부터 밀 포대를 실은 작은 당나귀들이 오르락내리락 끝도 없이 줄을 지었소. 그리고 일주일 내내 언덕 위에서 들리는 소리가 참 좋았지. 채찍 휘두르는 소리, 기왓장 금 가는 소리, 이랴, 워! 방앗간 일꾼들도 그렇고… 일요일이면 우린 모여서 방앗간으로 갔소. 거기선 말이오, 방앗간 주인들이 머스캣 포도주를 주곤 했소. 레이스로 짠 어깨 숄에 황금 십자가 목걸이를 건 안주인들은 여왕처럼 아름다웠지. 난 내 피리를 들고 갔고, 모두들 파랑돌8 춤을 밤이 깊도록 추곤 했지. 보다시피, 그 풍차들이 우리 동네의 부와 행복, 그 자체였소.

그런데 불행하게도 파리에서 온 인간들이 타라스콩 가는 길에 증기 기관으로 돌리는 제분 공장을 지을 생각을 한 거요. 아주 멋지고 아주 신식이었지. 사람들은 자기네들 밀을 제분 공장으로 보내는 데에 익숙해져 갔소. 그리고 불쌍한 풍차 방앗간들은 문을 닫기 시작했소. 얼마 동안은 그들도 싸워 보려고 했었지. 하지만 증기는 훨씬 강했고, 하나둘씩, 아이구야 참, 모조리 문을 닫을 수밖에 없었단 말이지. 작은 당나귀들이 오는 모습도 볼 수 없고… 아름다운 방앗간 여주인들은 황금 십자가 목걸이들을 팔아야 했고… 머스캣 포도주도 더 이상은 없고! 파랑돌 춤도 사라져 버렸소! 미스트랄 바람이 잘 불어도 풍차 날개는 꼼짝들도 안 하고… 그리고 어느 날씨 좋은 날, 마을 사람들은 저 밑에 오두막들을 전부 치워 버렸고 우린 그 자리에 포도와 올리브 묘목들을 심었소.

근데 말이오, 그 몰락의 와중에도 방앗간 하나는 용기 있게 자기 언덕에서, 그 진절머리 나는 제분업자들에도 잘 버티며 견뎌 냈소. 그게 코르니유 영감의 풍차 방앗간이었지, 바로 지금 우리가 밤새 가며 이러고 있는 여기 말이오.

*

코르니유 영감은 육십 년 동안을 밀가루 속에서 산 늙은 방앗간 주인이었소. 자신이 처한 상황이 엄청나게 원통했던 게지. 제분 공장이 들어서자 그는 거의 미친 듯했소. 여드레 동안이나 마을을 뛰어다니면서 주위 사람들을 선동하며 온 힘을 다해 고함치는 그를 봤단 말이오. 그 양반이 그랬소. 제분 공장의 밀가루가 우리 프로방스를 독살시킬 거라고. 거기들 가지 말라고. 먹고살기 위해 악마의 발명품인 증기 기관에 복종하는 그놈들은 강도들이라고. 대신 자기는 지중해 북풍과 미스트랄 바람처럼 거룩한 하느님의 숨결로 일하고 있다고. 그렇게 영감은 풍차 방앗간을 찬양하는 온갖 미사여구를 다 동원했지만 그 소리를 들어주는 사람은 없었소.

결국 엄청나게 화가 난 노인네는 자기 방앗간에 틀어박혀서 사나운 야수처럼 혼자 살기 시작했소. 그는 부모가 죽고 나서 옆에 두고 기르던 열세 살 먹은 손녀 비베트조차 돌보지 않았소. 세상에 할아버지밖에 없는 앤데 말이오. 그 불쌍한 아이는 자기 인생을 스스로 살아내야만 했소. 농가마다 돌아다니면서 조금씩 품을 팔았소. 추수하는 곳, 양잠소나 올리브밭 등에서. 그래도 걔 할아버지가 그 아이를 정말 사랑하긴 했던 모양이오. 그 양반, 가끔 땡볕에도 수십 리를 걸어서 애가 일하는 농가까지 보러 가곤 했으니. 애 근처에 가면 말이오. 몇 시간을 울면서 바라보고는 했었소.

동네 사람들은 그 늙은 방앗간 주인이 인색해서 비베트를 그렇게 내보냈다고들 생각했소. 그리고 체면도 차리지 않고 자기 손녀를 다른 이들의 농장에 묶어 둔 채 양치기들의 난폭함에 버려두어 불쌍한 젊은 시절을 보내게 한다고. 우리도 아주 고통스럽긴 마찬가지였소. 명성 높은 코르니유 영감, 지금까지 그렇게 존경받던 양반이 지금은 저기서 맨발로 구멍 난 모자에 누더기 띠를 두르고 마치 진짜 보헤미안 집시 같은 모습으로 거리를 걷고 있으니……

겨우 일요일이나 돼야 우린 미사에 참가하는 그 양반을 봤는데, 우리 다른 늙은이들도 민망했다오. 코르니유 영감도 그걸 그렇게 느꼈는지 전에 앉던 자리에 와 앉을 염치가 없었던 모양이오. 항상 그는 성당 입구 끄트머리 성수반 옆에 가난한 사람들과 머물곤 했소.

코르니유 영감의 생활에는 뭔가 석연치 않은 것이 있었소. 아주 오랫동안 마을에선 그에게 밀을 갖고 가는 사람들이 없었는데 그의 풍차 방앗간 날개는 항상 전과 같이 돌고 있었단 말이오. 저녁엔 말이오, 큼직한 밀가루 부대를 진 그의 당나귀를 앞세우고 길을 나서는 늙은 방앗간 주인을 만나곤 했다오.

"코르니유 영감, 저녁 기도 잘 하시우! 방앗간도 항상 잘되시쥬?"

농부들이 그렇게 소리를 치면,

"항상 그렇지, 이눔들아."

노인네는 활기차게 대답했다오. 하느님의 가호 덕분으로, 망가진 모양새는 아니었소. 그래, 우리가 어디서 그런 귀신이 일거리를 가져오는 거냐고 묻기라도 하면, 그는 손가락 하나를 입술에 대고 심각하게 대답했소.

"쉿! 나 이거 수출하는 걸세."

우린 절대 더 많이 알아낼 수는 없었지.

그의 방앗간에 코라도 들이민다고? 그건 꿈도 못 꿀 일이었소. 손녀딸 비베트조차 들어가지 못했으니……

우리가 그 앞을 지날 때면, 문은 항상 닫혀 있고, 큼직한 날개들만 돌고 있었는데, 늙은 당나귀는 돌 기초 주위의 풀을 뜯고 있고, 창틀 위에 앉아 햇볕을 쬐던 크고 말라빠진 고양이는 험상궂게 노려보곤 했소.

모든 것들이 수상쩍었고 세상 사람들 참 많이도 수군거렸지. 코르니유 영감의 비밀이 뭔지 설명들 하려고 말이야. 하지만 주된 소문은 거기 방앗간에 아직 밀가루 포대보다는 돈다발이 담긴 포대가 더 많을 거라는 거였소.

*

오래 지나서야 그 비밀이 드러났소. 뭔 일인지 들어 보시오.

젊은이들이 춤추도록 피리를 불어 주다가 말이오. 어느 멋진 날, 내 아들들 중에 큰놈이 그 귀여운 비베트와 서로 사랑에 빠진 걸 알아차렸단 말이오. 사실 난 전혀 불쾌하지 않았소. 왜냐하면 코르니유라는 이름은 결국 우리에게 여전히 영광스러웠고, 귀여운 작은 참새처럼 우리 집에서 종종거리고 다니는 비베트를 보는 건, 나도 꽤나 즐거웠거든. 단지, 사랑하는 애늘이 합치려고 할 때 자주 그렇듯이, 사고라도 칠까 걱정되어, 일을 즉시 해치워야지 싶어서, 할아버지에게 간단히 말이나 좀 붙여 볼까 싶어 방앗간까지 올라갔소. 아, 근데! 이 늙은 마법사 같으니! 나를 대하는 꼬락서니 좀 보소! 문도 열어 주지 않더군. 자물쇠 구멍으로 겨우 힘들게 내가 온 이유를 설명했지만 내가 얘기하는 동안 내내, 말라깽이 악당 같은 고양이 녀석만 내 머리 위에서 악마처럼 숨을 내쉬는 거요.

　노인네는 나에게 얘기를 끝낼 시간도 주지 않고 크고 무례하게 고힘을 치더군. 내가 그동안 피리 불어 준 건 생각시도 않고. 내 아늘놈 징가보내는 게 그렇게 급하면, 저기 세분 공장에나 가서 딸내미들을 찾아보라고. 이런 악담을 들었으니 내 피도 거꾸로 솟지 않았겠나. 하지만 충분히 사려 깊은 내가 참았지. 그 미친 늙은이를 그치 방앗돌에다 놔두고, 난 돌아와서 애들한테 내가 당한 일을 알려 주었소. 그 불쌍한 양 같은 애들은 믿을 수가 없었을 거요. 애들은 자기네들이 같이 방앗간으로 올라가 할아버지한테 얘기해 보겠다고 나한테 간청하더군. 난 그것까지 거절할 용기는 없었소. 어이구야! 그래 내 사랑스러운 애들이 출발했다오.

개네들이 그 위에 막 도착했는데 코르니유 영감은 외출을 했던가 봐. 문은 두 겹으로 잠겼는데 이 노인네가 바깥쪽에 사다리를 놔두고 나갔지 뭐요. 그리고 그다음엔 애들이 창문으로 들어가 볼 생각이 든 거지. 도대체 그 유명한 풍차 안에 뭐가 들었는지 좀 보려고.

별일도 다 있지! 방앗간 맷돌 돌아가는 방이 비었다네… 포대도 없고 밀 알곡도 없고. 밀가루 흔적은 벽에는 물론이고 거미줄에조차 없었다오. 방앗간 향기, 밀 알갱이가 으깨지며 나는 포근하고 기분 좋은 그 냄새도 맡을 수가 없고… 나무로 된 수평 축은 먼지로 덮였고 말라깽이 큰 고양이가 위에서 자고 있었다지.

아래쪽 방도 내버려지고 한심하긴 마찬가지였다오. 형편없는 침대에 옷가지 몇 벌, 계단 발치에 빵 조각 하나, 그리고 구석에는 터져 버린 포대 서너 개에서 자갈과 하얀 흙이 흘러내리고 있었다오.

이게 바로 코르니유 영감의 비밀이었던 게요! 그가 저녁마다 길에 신고 나와 우리로 하여금 밀가루로 믿게 해서 풍차 방앗간의 명예를 지켜 냈던 것은 그 횟가루였던 거요. 불쌍한 풍차 방앗간! 가련한 코르니유! 오래전에 제분업자들은 그들의 마지막 일거리까지 거둬 갔던 거야. 풍차 날개는 늘 돌았지만 방앗돌은 빈 채로 돌았던 거고.

아이들이 온통 눈물에 젖어 돌아와 걔네들이 본 걸 나에게 얘기해 줬다오. 그 얘기를 듣자니 내 마음도 찢어지는 것 같았소… 잠시도 지체하지 않고 나는 이웃집들로 달렸소. 간단히만 얘기했지. 집에 있는 밀을 봉땅 들고 코르니유 방앗간으로 즉시 가져가라고. 우리가 응당 해야 했을 일이니까. 말 꺼내기가 무섭게 그렇게들 했소. 온 마을 사람들이 길을 나섰고 곡물을 실은 당나귀들을 줄 세워서 우린 그 위에 도착했소. 진짜 곡물을 싣고 말이오.

방앗간은 활짝 열려 있었소. 문 앞에는, 코르니유 영감이 머리를 두 손으로 감싼 채 눈물을 흘리며 횟가루 포대 위에 앉아 있었소. 그는 돌아오자마자 알아차린 것이지. 그가 없었을 때 우리가 그의 방앗간에 들어가 그의 슬픈 비밀에 놀라 버린 것을 말이오.

"불쌍키도 하지! 이제 난 죽을 수밖에 없구나… 풍차 방앗간이 욕을 봤으니."

그러고는 그는 가슴이 찢어지듯 흐느껴 울면서 그의 방앗간을 이런저런 이름으로 부르면서 마치 진짜 사람에게 하듯이 말을 걸더군.

그때, 당나귀들이 주춧돌 밑으로 도착했다오. 우리는 방앗간이 좋은 시절이었을 때 그랬듯이 크게 소리를 질렀소.

"어이! 방앗간!… 어이! 코르니유 영감!"

그러고는 문 앞에 포대들이 쌓였지. 그리고 예쁜 다갈색 알곡이 땅에 쏟아졌소… 온 사방에… 코르니유 영감이 눈을 크게 떴다오. 그가 그의 나이 든 손아귀에 밀을 담아 들고는 동시에 울고 웃으며 얘기하더군.

"밀이구나! 주 하느님…! 정말 밀이야! 어디 좀 봐야겠구나."

그러고는 우리 쪽으로 돌아앉아서는,

"아! 난 자네들이 나한테 돌아올 줄 알고 있었다네… 제분 공장 놈들은 전부 도둑놈들이야."

우리는 그를 마을로 성대히 모셔 가려고 했소.

"아니, 아닐세. 이 친구들아. 무엇보다 먼저 내 방앗간에 먹을 것을 좀 주고서… 생각 좀 해봐! 아주 오랫동안 이 녀석 이빨에 아무것도 넣질 않았거든."

그리고 우린 전부 눈에 눈물을 흘리며, 이 가련한 노인네가 이쪽, 저쪽을 다니면서 포대를 뜯고, 방앗돌을 살피고, 그러는 동안 곡물이 으깨지고 그 고운 밀가루 먼지가 천장까지 피어오르는 것을 바라봤다오.

이것이 우리가 되찾았어야 할 정의였소. 그날부터 우리는 그
나이 든 방앗간 주인의 일거리가 절대 끊어지지 않도록 했다
오. 그러던 어느 아침, 코르니유 영감이 운명했소. 그리고 우리
의 마지막 풍차 방앗간의 날개들은 도는 것을 멈췄다오. 이번
에는 영원히. 코르니유가 죽고 그의 뒤를 이을 사람은 없었소.
어쩌겠는가! 이 세상의 모든 것은 그 끝이 있다오. 론강의 거룻
배나, 의원 나리들, 크게 꽃을 수놓은 새킷들처럼 풍차 방앗간
의 시대도 지났음을 믿어야겠지.

스갱 씨의 염소
—파리에 사는 서정시인 피에르 그랭구아르[9]씨에게

자넨 늘 그렇듯 잘 지낼 걸세, 그랭구아르, 이 한심한 친구야!

어떻게 그럴 수가 있는가! 우리가 만들어 준 파리의 그 훌륭한 신문사 시평 담당자 자리를 자네가 뻔뻔스럽게 거절하다니… 그런데 좀 보게, 한심한 친구야! 구멍 난 윗도리에 바지는 해지고, 배고파 비명을 지르는 비쩍 마른 얼굴까지. 아름다운 시 운율에 대한 열정이 자넬 어디로 데리고 갔는가! 아폴론 경의 신하로 십 년 동안이나 바친 자네의 충성스러운 헌신에 대한 가치가 말이야… 결국엔 부끄럽지도 않은가?

시평 담당 그거 해, 이 녀석아! 시평 담당자 하라고! 분홍색 지폐도 좀 벌고, 브레방 식당[10]에서 식사도 좀 하고, 자네 양복 깃에 펜도 새것으로 꽂고, 초연되는 공연에 좀 나타나 보라고⋯⋯.

싫어? 그러고 싶지 않아?⋯ 끝까지 자네 방식대로 자유롭게 지내는 걸 주장하겠다고? 음, 좋아. 그럼 스갱 씨의 염소에 대한 이야기를 좀 들어 봐. 원하는 대로 자유로운 삶을 갓는 것이 어떤 것인지 좀 보게나.

*

스갱 씨는 그의 염소들 때문에 행복한 적이 한 번도 없었네.

그는 항상 같은 방식으로 염소들을 잃었지. 어느 좋은 아침, 개네들은 줄을 끊고 산으로 갔고, 그 위에서 늑대가 개네들을 잡아먹었지. 주인이 쓰다듬어도 주고, 늑대는 무시무시했음에도 불구하고 그놈들을 잡아 둘 수가 없었네. 그게 말이야, 그가 말하길, 무한한 공기와 자유를 얻는다면 어떠한 대가라노 치를 독립심 강한 염소들이었다는구만.

선량한 스갱 씨로서는, 그 가축들의 성격을 전혀 이해할 수 없으니 아연실색할밖에. 그러니 이렇게 내뱉었다더군.

"이젠 끝이야. 우리 집이 지긋지긋한 염소 놈들. 이젠 한 놈도 안 키우겠어."

그럼에도 불구하고 그는 용기를 잃지 않았는지, 게다가 여섯 마리의 염소를 똑같은 방식으로 잃은 후였음에도 불구하고, 그는 일곱 번째 염소를 사들였어. 단지, 이번에는 그의 집에 사는 데 좀 더 익숙해지도록 아주 어린 놈을 골랐지.

아! 그랭구아르. 스갱 씨의 작은 염소가 얼마나 귀여웠던지! 부드러운 눈빛, 하사관 같은 턱수염, 까맣고 반짝이는 발굽, 주름진 뿔, 긴 외투처럼 덮은 하얗고 긴 털, 정말 귀여웠다네! 거의 에스메랄다의 그 어린 염소[11]처럼 매력적이었다네. 자네도 그 염소 기억하지, 그랭구아르? 게다가 온순하고 어리광도 부리고, 젖 짤 때 움직이지도 않고, 그 발을 젖 짜는 그릇에 넣지도 않고. 사랑스러운 작은 염소였지…….

스갱 씨는 집 뒤에 산사나무를 둘러 울타리를 만들었네. 거기다 그의 새로운 입주자를 넣었지. 그는 주위의 가장 좋은 장소에다가 말뚝을 박고 거기에 줄로 묶었네. 줄을 길게 늘여 주는 세심한 배려까지 해서 말일세. 그리고 가끔씩 염소가 잘 지내는지 보러 오기도 하고. 염소는 스갱 씨가 희열을 느낄 만큼 아주 행복해했고 정성을 다해 풀을 뜯었다네.

마침내 이 불쌍한 사내는 자기 집에 싫증을 내지 않는 염소가 생겼다고 생각했네!

스갱 씨가 틀린 거였어. 그 염소도 싫증을 낸 거지.

어느 날, 염소가 산을 바라보며 말했어.

"저 위에 갈 수만 있다면! 목 가죽이나 벗겨 내는 이따위 악마 같은 긴 줄 없이, 저기 거친 덤불 속을 깡충깡충 뛰어다니면 얼마나 즐거울까! 당나귀나 소들이야 울타리 안에서 풀을 뜯어도 상관없지만!… 염소들은 넓어야 한단 말이야."

그 순간부터, 울타리 안의 풀들이 슬슬 지겨워졌네. 싫증이 난 거야. 염소는 야위었고 염소젖은 말라 갔어. 보기에 참 불쌍한 모습으로 하루 종일 긴 줄을 당기며 머리를 산 쪽으로 돌려서 콧구멍을 벌린 채 메에~ 슬프게도 말이야.

스갱 씨는 그의 염소에게 뭔가 문제가 있다는 것을 알아차렸지만 그게… 뭔지는 알 수가 없었네. 어느 날 아침, 그가 염소의 젖을 다 짜가고 있는데, 염소가 고개를 돌리더니 사투리로 말하는 걸세.

"들어 보세요, 스갱 아저씨. 아저씨 집은 정말 따분해요. 저를 산으로 좀 보내 주세요."

"어! 세상에!… 얘도 그러네!"

스갱 씨는 어안이 벙벙해서 소리쳤고, 그러는 바람에 젖 짜는 통을 떨어트렸지. 그러고는 그의 염소 옆 풀밭에 앉았다네.

"뭐라고 블랑케트야? 나를 떠나고 싶다고?"

블랑케트가 대답했지.

"그래요, 스갱 아저씨."

"여기 풀들이 떨어졌니?"

"어! 아뇨! 스갱 아저씨."

"아마 네 줄이 너무 짧은 게로구나. 좀 더 줄을 늘려 주랴?"

"그런 건 필요 없어요, 스갱 아저씨."

"그렇다면 너에게 뭘 해줄까? 뭘 원하는 게냐?"

"저는 산으로 가고 싶어요, 스갱 아저씨."

"아서라, 불행하게도, 너는 산에 늑대가 있다는 것도 모르는 구나… 늑대를 만나면 너 어떻게 되는지 아느냐?"

"늑대를 뿔로 받아 버릴 거예요, 스갱 아저씨."

"늑대가 네 뿔 따위는 신경 쓰지 않을 거다. 그놈은 너보다 뿔이 훨씬 더 큰 다른 암염소들도 잡아먹었어… 너 잘 알지, 작 년에 여기 있던 르노드라고 나이 든 불쌍한 녀석? 암염소 대장 말이야, 수놈처럼 사납고 힘센 녀석이었지. 그 녀석은 밤새워 늑대와 싸워 봤지만… 결국, 아침에는 늑대가 녀석을 잡아먹었 단다."

"세상에나! 불쌍한 르노드!… 하지만 상관없어요, 스갱 아저 씨. 저를 산으로 보내 주세요."

스갱 씨가 얘기했어.

"아이구야!… 내 염소들은 도대체 왜들 이러는 거지? 늑대가 또 내 염소 한 마리를 잡아먹겠구나… 아 참… 안 돼… 말썽꾸러기 녀석, 네가 그렇다 해도 나는 너를 지켜야겠구나! 네 녀석이 줄을 끊을지도 모르니, 내 너를 우리에 가둬야겠다. 거기서 세속 시내거라."

그렇게 해서, 스갱 씨는 염소를 온통 깜깜한 우리에 넣고는 문을 두 겹으로 잠가 버렸지. 근데 불행하게도, 그는 창문 잠그는 것을 잊어 먹었고, 그가 등을 돌려 나가자마자, 녀석은 바로 가버렸어…….

그랭구아르, 자네 웃고 있는가? 아무렴 그렇지! 나는 잘 안다네. 자네는 염소 편이겠지, 그 착한 스갱 씨 쪽 말고… 자네가 나중에도 웃을 수 있는지 한번 보세.

하얀 염소가 산속에 도착하니까 모든 것들이 황홀했다네. 오래된 전나무들조차 그렇게 예쁜 건 본 적이 없었지. 모두들 작은 여왕을 대하듯 환영했다네. 밤나무들은 그들의 나뭇가지 끄트머리를 땅바닥까지 내려서 그 하얀 염소를 쓰다듬어 주었고, 금작화들은 염소가 가는 길마다 활짝 피어서, 최선을 다해 좋은 향기를 풍겼지. 산 전체가 염소에겐 축제였어.

그랭구아르, 자네는 그 염소가 행복하겠다고 생각하겠지! 목줄도 없고, 말뚝도 없고… 제멋대로 풀을 뜯거나, 껑충껑충 뛰는 걸 방해할 사람도 없고……. 여기 있는 풀들 좀 보게나! 뿔까지 올라오네, 세상에!… 아 굉장한 풀이구나! 맛있고, 가늘고, 잘 씹히는 수많은 식물들… 울타리 안의 풀들과는 확실히 달랐네. 그리고 꽃들은 또!… 커다란 파란 초롱꽃, 긴 꽃받침 위의 자주색 디기탈리스꽃, 숲속의 야생화들 전부가 저장해 놨던 달콤한 수액을 흩뿌렸다네…….

하얀 염소는 반쯤 취해서는, 뒹굴면서 허공에 다리를 내밀고, 떨어진 밤과 이파리들과 섞여 긴 비탈의 사면을 구르기도 했다네. 그러다 갑자기 발굽을 세우고 뛰어오를 자세를 갖췄다네. 얍! 출발. 머리를 앞으로 내밀고 관목과 회양목을 뛰어넘고 봉우리건 골짜기 깊은 곳이건 올라갔다가 내려가고, 온 사방으로 말일세… 마치 산속에 스갱 씨의 염소가 열 마리는 있는 것처럼 말이지.

블랑케트에겐 두려움이 전혀 없었네.

큰 개울도 한 번에 뛰어넘으면서 진흙과 물거품으로 흙탕물을 튀겼으니 염소는 당연히 젖고 말았지. 그러고는 어떤 평평한 바위 위에 누워서 햇볕에다 흠뻑 젖은 몸을 말렸네…. 한번은, 금작화를 입에 물고 고원의 끄트머리에 다가서서 설핏 내려다보니, 저 밑의 평원 뒷마당에 울타리를 두른 스갱 씨의 집이 보이는 걸세. 염소는 눈물이 나도록 웃음을 터트렸지.

염소가 그랬네.

"뭐가 저렇게 작아! 내가 어떻게 저 안에서 참고 있었던 거지?"

한심한 것! 그렇게 높은 곳에 자리 잡고 내려다보니, 세상이 원래 크기보다 더 작게 느껴지는 거란다.

어쨌든, 스갱 씨의 염소는 좋은 하루를 보내고 있는 것이지. 한낮에는 말일세. 이쪽저쪽을 뛰어다니다가, 예쁜 이빨로 야생 머루를 깨물어 먹고 있는 산양들 무리에 끼어들어 갔다네. 하얀 털가죽을 걸친 우리의 귀여운 뜀박질쟁이는 파문을 일으켰다네. 그들은 야생 머루를 먹기에 가장 좋은 자리를 양보하기도 하고, 수놈들 모두는 아주 친절하게 대해 줬어… 그렇게 보였지―우리끼리만 알자구, 그랭구아르― 까만 털이 빛나는 산양 한 마리가 아주 운 좋게도 블랑케트의 마음에 들었다네. 사랑에 빠진 둘은 한두 시간 정도 나무들 사이를 헤맸는데, 만약에 개네들이 무슨 얘기를 했는지 자네가 알고 싶다면, 이끼 사이로 어렴풋이 흐르는 수다스러운 시냇물에게나 물어보게.

*

그러다 바람이 차가워졌어. 산이 보랏빛으로 물들었네. 저녁이 된 거야.

"벌써!"

작은 염소가 외치고는 깜짝 놀라 멈춰 섰네.

저 밑에 평원은 안개에 덮여 갔네. 스갱 씨의 경작지는 안개 속에 사라졌고, 작은 집도 약간의 연기가 피어오르는 지붕밖에 보이지 않았다네. 염소는 가축 무리를 불러 모으는 종소리를 듣자 아주 슬픈 기분이 들었네… 집으로 돌아가던 큰 매가 지나가며 그 날개를 살짝 스쳤다네. 염소는 소스라쳐 놀랐네. 그때 산중에 울부짖는 소리가 들렸던 게지.

"우~! 우~!"

염소는 늑대 생각이 났네. 미친 듯이 지냈던 하루 종일, 생각도 나지 않던… 그때 계곡 저 멀리서 트럼펫 나팔 소리가 들려왔네. 그건 선량한 스갱 씨가 시도하는 마지막 노력이었네.

"우~! 우~!"

늑대가 울었지.

"돌아오너라! 돌아오너라!"

트럼펫도 울렸네.

블랑케트는 돌아가고 싶었네. 하지만 말뚝, 목줄, 둘러싸인 울타리가 떠올랐어. 염소는 이제 그런 생활을 해나갈 수 없다고 생각했지. 그리고 산에 머무는 쪽으로 기울고 말았다네.

트럼펫은 더 이상 울리지 않았네……

그때 염소는 뒤에서 나뭇잎 바스락거리는 소리를 들었네. 염소가 돌아서자 어둠 속에서 짧은 두 개의 귀가 보였고, 정면으로는, 번득이는 두 눈이 보였네… 늑대였던 거야.

*

거대했네. 움직이지도 않은 채, 엉덩이를 땅에 붙이고 앉아 있었네. 놈은 작고 하얀 염소를 바라보면서 미리 입맛을 다시고 있었던 걸세. 어차피 먹을 거라고 생각한 것인지, 늑대는 서두르지 않았어. 단지 염소가 돌아섰을 때 험상궂게 웃었을 뿐이야.

"하! 하! 스갱 씨네 삭은 염소로구먼!"

그러고는 부싯돌 심지처럼 시커멓게 늘어진 아가리 안의 크고 시뻘건 혓바닥을 날름거렸네.

블랑케트는 죽었구나 싶었지… 순간, 밤새 싸우다가 아침에 잡아먹힌 늙은 르노드의 이야기가 떠올랐네. 어쩌면 곧바로 잡아먹히는 게 낫지 않을까 하는 생각도 들었지만, 생각을 바꿨다네. 방어 태세에 들어갔지. 머리를 숙이고 뿔을 들이밀고, 스갱 씨의 그, 그렇게 돼버린 용감한 염소처럼 말이야. 늑대를 죽일 수 있다는 희망은 없었지만―염소가 늑대를 죽이지는 못하잖아― 단지, 르노드보다는 훨씬 오래 버텨 낼 수 있는지는 보고 싶었다네.

자, 괴물이 다가오네. 그리고 작은 뿔이 춤을 추기 시작했네.

아! 용감한 염소는 전력을 다해 맞섰다네! 열 번도 넘게―거짓말이 아닐세, 그랭구아르― 염소는 늑대가 숨을 돌리기 위해 후퇴하도록 몰아붙였네. 그 잠깐의 휴전 동안, 이 먹기 좋아하는 염소는, 그 귀중한 풀을 한 잎이라도 더 뜯기 위해 서둘렀고, 전투가 다시 시작될 때는 입에 한가득……

그렇게 밤을 새웠네. 가끔씩 스갱 씨의 염소는 맑은 하늘에서 춤추는 별들을 바라보며 스스로에게 얘기했네.

"아! 새벽까지만 내가 버틸 수 있다면…….

하나 다음 또 하나, 별들은 사라져 갔네. 블랑케트는 뿔을 계속해서 내질렀고 늑대는 이빨로 공격했지…….

창백한 서광이 지평선으로 나타났네… 목쉰 수탉의 울음소리가, 멀리 어느 소작 농가에서 울려 퍼졌네.

"마침내!"

죽기 전에 날이 밝기만을 기다려 온 그 불쌍한 짐승이 말했네. 그리고 아름다운 하얀 가죽에 온통 핏자국을 남긴 채 염소는 땅에 쓰러지고 말았지……

그때 늑대는 작은 염소를 덮쳐서 잡아먹었다네.

*

잘 있게, 그랭구아르!

자네가 들은 이야기는 내가 지어낸 짧은 이야기가 아니야. 자네가 프로방스에 혹시 온다면, 여기 일꾼들이 자주 이 세구엥 씨의 염소에 대해서 이야기할 걸세. 늑대와 밤새와서 쌈을 했다능, 그래서 겔국 아츰에 늑대에게 잡아멕힌.

내 말 잘 들어, 그랭구아르.

겔국 아츰에 늑대가 염소를 잡아묵었다고.

별들

—어느 프로방스 양치기의 투고

뤼베롱[12]에서 가축들을 치고 있을 때였습니다. 저는 몇 주 동안 내내, 살아 있는 영혼이라고는 구경도 못 하고, 제가 기르는 개 라브리와 양들과 함께 방목장에서 지내고 있었습니다. 가끔씩 우르 산중의 은둔 수도사가 간단한 것들을 구하러 지나가거나, 얼굴 시커먼 피에몽[13]의 몇몇 숯쟁이들이나 볼 수 있었죠. 하지만 그분들은 순수한 사람들이었고, 고독에 겨웠는지 말하는 것을 잃었다 싶을 만큼 과묵했습니다. 저 아랫마을이나 고을에서 누군가 무슨 말을 해도 전혀 관심을 두지 않았습니다. 그러다 보니, 보름 만에 한 번씩, 늙은 노라드 아줌마가 쓴 빨간 머리 장식이나, 농장에서 심부름하는 아이의 삐쭉 일어선 머리칼이 언덕 위로 조금씩 나타나는 것을 본다든지, 보름치의 식량을 싣고 올라오는 우리 농장의 노새 방울 소리라도 저 오르막길에서 들리면, 저는 정말 행복했습니다. 저는 누가 세례를 받았고, 누가 결혼했다는 둥, 저 아랫동네의 여러 가지 소식들을 듣곤 했지만, 무엇보다 제가 궁금했던 것은 우리 농장 주인어른의 따님인 스테파네트 아가씨가 누구와 결혼할 것인지였습니다. 그녀는 여기 사방 백 리 내에서 어느 누구보다 예뻤거든요. 너무 궁금해하는 내색은 하지 않았지만, 저는 그녀가 축제에는 많이 갔었는지, 밤새워 노는 일은 없었는지, 그녀의 환심을 사려는 새로운 남자들이 또다시 생겼는지 물어본답니다. 혹시 누가 저에게 산중의 한심한 양치기 주제에 그런 것들이 무슨 상관이 있냐고 물으실지 모르지만, 굳이 대답한다면, 저도 스테파네트 아가씨와 같은 스무 살이고, 그녀는 제 일생에 본 가장 아름다운 분이었거든요.

그러던 중, 보름치 물건들을 기다리던 일요일이었는데 아주 늦게까지도 도착하지 않더군요. 오전엔 제가 혼자 중얼거렸습니다. '대미사 때문일 거야.' 그런데 정오가 지나 엄청난 천둥 번개가 치며 비가 쏟아졌습니다. 저는 도로의 상태가 나빠서 노새가 길을 나서지 못하는 모양이구나 하고 생각했습니다. 3시쯤 되니까, 하늘이 맑게 개더니 산은 물을 머금고 햇빛에 반짝이기 시작했습니다. 저는 이파리에서 물방울 떨어지는 소리 사이로, 불어나 넘친 개울물을 걷는 노새의 경쾌한 방울 소리를 들었습니다. 부활절에 치는 장엄한 종소리처럼 활기찬 소리였지요. 그런데 노새를 몰고 온 사람은 심부름꾼 꼬마 애도 아니었고 나이 든 노라드 아줌마 역시 아니었습니다. 그게… 누가 온 거냐면요… 우리의 아가씨, 세상에 얘들아! 우리의 아가씨께서 몸소 오신 거였어요. 산 위의 공기와 폭우가 내린 뒤의 차가운 기운 때문인지, 잔뜩 상기된 얼굴로, 노새 양옆의 등나무 광주리 가운데 똑바로 앉아 계셨어요.

아름다운 스테파네트 아가씨는 노새에서 내리면서, 꼬마 애는 아프고 노라드 아줌마는 애들 집으로 휴가를 갔다고 말해 줬어요. 그리고 그녀는 도중에 길을 잃는 바람에 늦었다고 하네요. 하지만 꽃무늬 리본에, 화사한 치마에 레이스까지, 그렇게 나들이옷을 잘 차려입고 온 걸 보니, 숲속에서 길을 잃고 헤매다 온 것 같지는 않고, 어디서 춤이라도 추고 오느라 늦은 건 아닌가 싶었어요. 와, 정말 귀여웠어요! 제 눈은 그녀를 제대로 바라보지도 못했어요. 사실은 제가 아가씨를 그렇게 가까이에서 본 적도 없었거든요. 겨울에 가끔 양떼를 몰고 평지로 내려가면, 저도 저녁엔 농장에 들어가서 저녁 식사를 하기도 했지만, 그녀는 식당 방을 휙 지나가고는 했어요. 일꾼들에게 말을 거는 일도 없었지요. 항상 거리를 두면서 조금은 거만한 것도 같았어요. 하지만 그녀는 지금 바로 제 앞에 있어요. 저와 단둘이만. 그러니 제가 제정신이겠습니까?

스테파네트 아가씨는 바구니 안의 식료품들을 꺼내 놓고는 주위를 호기심 가득한 눈으로 둘러봤어요. 구겨지기라도 할까 봐 예쁜 나들이용 치마를 살짝 들어 올리고는 울타리 안으로 들어갔어요. 제가 잠자는 데가 궁금했나 봐요. 양가죽 이불이 덮인 밀짚 침상, 벽에 걸린 제 커다란 외투, 십자가, 새총. 아가씨는 그것들이 모두 재밌나 봅니다.

"그래, 가여운 양치기, 여기서 지내는 거야? 항상 혼자이니 심심하겠구나! 뭐 해? 무슨 생각 해?"

'당신 생각이요, 아가씨.'

그렇게 대답할까도 싶었어요. 거짓말은 아니니까요. 하지만 말 한마디도 꺼내지 못할 만큼 저는 심각하게 굳어 버렸어요. 제 생각엔, 아가씨가 그걸 알아챘나 봐요. 심술궂은 아가씨는 짓궂은 농담을 해서 저를 더욱 곤란하게 만들고는 그걸 즐기고 있네요.

"그래서 우리 양치기 씨, 여자친구가 가끔씩은 너를 만나러 여기 올라오기는 하는 거야? 네 여자친구는 분명히 황금 염소나 산봉우리를 쫓아다니는 그 에스테렐 요정일 것 같기는 한데 말이야."

별들

하지만 저에게 그런 말을 하고 있는 그녀야말로 에스테렐 요정과 꼭 닮았습니다. 머리를 젖히고 귀엽게 웃는 모습이며, 환영처럼 나타나서 서둘러 가버리려는 것까지도요.

"잘 지내, 양치기 씨."

"안녕, 아가씨."

그렇게 아가씨는 빈 광주리를 싣고는 떠났습니다.

언덕에 난 오솔길로 그녀가 사라지자, 노새 발굽 밑에서 튀는 자갈 돌멩이가 제 가슴에 하나씩 하나씩 떨어지는 것 같았습니다. 저는 그 소리를 오랫동안, 아주 오랫동안 들었습니다. 그렇게 꿈에서 깰까 봐 두려워서 꼼짝도 하지 않고, 날이 저물 때까지 마치 잠든 듯 있었습니다.

저녁이 되어서, 계곡의 바닥부터 어둑어둑해지고 양들이 울면서 서로를 밀치고 부비며 오두막으로 들어갈 무렵, 고개 아래쪽에서 누군가 저를 부르는 소리를 들었습니다. 그리고 아가씨가 나타난 거죠. 아까 같은 웃음기는 이제 없었고 물에 젖어 추위와 두려움에 떨고 있었어요. 폭우로 불어난 소르그강의 수위 낮은 곳을 찾아 온 힘을 다해 건너려다 물에 쓸려 갈 뻔했던 모양입니다. 끔찍한 거죠. 이런 밤 시간에 농장으로 돌아갈 엄두는 나지 않았습니다. 질러가는 길이 있긴 했지만 아가씨 혼자 그 길을 찾아 갈 수는 없고, 저 역시 양떼를 놔두고 갈 수는 없었습니다. 산 위에서 밤을 보내야 한다는 생각에 그녀는 아주 많이 불안해했어요. 무엇보다도 그녀의 가족이 걱정하는 것 때문에 그랬죠. 저는 최선을 다해 그녀를 안심시켰습니다.

"7월은 밤이 참 짧답니다, 아가씨. 나쁜 순간은 잠깐이에요."

저는 소르그강 물에 젖은 옷과 발을 말릴 수 있도록 서둘러서 큰 모닥불을 지폈습니다. 그러고는 치즈와 염소젖을 그녀 앞에 갖다 놓았어요. 하지만 불쌍한 아가씨는 안심이 되지 않았던지, 불을 쬐지도, 먹지도 않고, 두 눈에 흥건하게 눈물을 흘리고 있으니, 저 역시도 울고 싶어졌어요.

그동안 밤이 완전히 찾아왔어요. 산봉우리 끝에 햇빛이 겨우 먼지처럼 묻어 있을 뿐이었고, 석양이 지는 쪽에는 빛이 수증기처럼 아스라했어요. 저는 아가씨가 울타리 안에 들어가 쉬었으면 했어요. 먼저 깨끗한 밀짚을 깔고 완전히 새것인 양가죽을 덮었죠. 그녀에게 잘 자라고 인사하고 문 앞에 나와 앉았어요. 하느님이 지켜보셨듯이, 제 피마저도 태울 것 같은 사랑의 불길에도 불구하고, 저는 어떤 나쁜 생각도 들지 않았습니다. 울타리 안의 한편에서 아가씨가 안심하고 자는 것을 호기심 많은 양들이 바로 옆에서 지켜보고 있다는 것에 저는 크나큰 긍지를 느낄 뿐이었거든요. 다른 어떤 양보다 하얗고 고귀한 양처럼 쉬세요. 제가 지키는 것을 믿으시고. 그렇게 깊은 밤하늘을 본 적은 없었어요. 별들은 또 그렇게 반짝였고요.

근데 갑자기 울타리의 사립문이 열리더니 그 아름다운 스테파네트 아가씨가 나타났어요. 잠을 이룰 수 없었던 모양이죠. 양들이 밀짚을 들썩이며 울었던 건지도, 꿈을 꾸면서 잠꼬대를 한 건지도 모르지요. 그녀는 불가로 좀 더 가까이 왔습니다. 곧바로 저는 제 염소 가죽을 그녀의 어깨에 둘러 주고 불을 더욱 지폈습니다. 그리고 우리는 아무 말도 없이 서로의 곁에 앉아 있었습니다. 만약에 당신이 별들이 아름답게 빛나는 밤을 지새운 적이 있다면 우리가 잠을 자야 하는 것으로 아는 그 시간에, 신비로운 또 다른 세계가 고독과 고요 속에서 깨어나는 것을 아실 겁니다.

이제 시냇물은 훨씬 맑은 소리로 흐르고, 연못은 작은 불꽃들이 불을 밝힙니다. 산속의 모든 정령들이 자유롭게 오가며 들을 수도 없는 소리를 내며 공중을 가볍게 스칩니다. 우리가 나뭇가지들이 자라나고, 풀들이 크는 소리를 듣는 것처럼요. 낮에는 살아 있는 것들이 살아가지만, 밤에는 다른 것들이 살아가듯이요. 물론 그런 것에 익숙하지 않으면 겁이 나겠죠. 우리 아가씨 역시도 아주 작은 소리에도 굉장히 두려워하며 저에게 몸을 가까이 붙여 왔습니다. 그러다가 저 밑에 반짝이던 연못에서부터 슬프고도 긴 울음소리가 우리들 곁을 지나 물결치듯이 울려 퍼졌습니다. 그 순간 아름다운 별똥별 하나가, 나란히 앉아 있던 우리의 머리 위로 지나쳐 갔습니다. 마치 우리가 들었던 그 비명이 그 별똥별의 빛을 끌고 가는 것처럼.

"저게 뭐지?"

스테파네트 아가씨가 목소리를 낮춰 저에게 물었습니다.

"천국으로 가는 영혼이랍니다, 아가씨."

저는 대답을 하고는 성호를 그었습니다.

"그건 정말이야? 양치기들은 마법사라고들 하던데? 뭐 다른 양치기들도……."

"말도 안 되죠, 아가씨. 하지만 여기, 별에서 아주 가까이 사는 우리들은, 거기에서 일어나는 일에 대해 평지 사람들보다 더 잘 알죠."

그녀는 계속 손으로 머리를 괴고 하늘을 봤어요. 양털을 두른 것이 꼭 천국의 작은 목자 같았어요.

"정말 많구나! 정말 아름답고! 이런 건 본 적이 없었어. 양치기 씨, 저 별들의 이름을 혹시 알고 있어?"

"그림요, 아가씨. 자! 저기 우리 바로 위에 있는 건 야고보 성인의 행로(은하수)예요. 프랑스에서 스페인까지 쭉 뻗어 있죠. 갈리아의 야고보 성인은 사라센인들과 전쟁을 했던 용감한 샤를마뉴 황제에게 그의 진로를 그어서 일러 줬어요. 좀 더 멀리, 반짝이는 네 개의 차축이 있는 영혼의 마차(큰곰자리)가 보이실 거예요. 앞쪽에 있는 별 세 개가 말 세 마리고요. 저 세 번째 말 앞에 있는 작은 별이 마차꾼이에요. 그 주위로 비처럼 떨어지는 별들이 보이시죠? 그건 거룩하신 하느님이 그의 천국에 들이시지 않은 영혼들이에요. 좀 더 밑에, 저건 갈퀴라고도 부르고 세 명의 왕(오리온자리)이라고도 부르죠. 우리한테 시간을 알려 준답니다. 우리 모두에게요. 시계를 보지 않고도 지금 자정이 지났다는 것을 알 수 있죠. 거기 조금 더 밑엔 항상 정오를 가리키며 빛나는 밀라노의 요한(시리우스자리)이 있죠. 별들의 횃불 같은 존재랍니다. 이 별에는 양치기들의 전설이 있답니다. 어느 날 밤, 밀라노의 요한이 세 명의 왕과 병아리(황소자리)와 함께 친구 별들 중 한 별의 결혼식에 초대를 받았답니다. 병아리는 제일 서둘러서 출발해서 첫 번째로 도착했으니 제일 위에 자리 잡았대요. 저기 보세요… 저 위에, 하늘의 한가운데. 세 명의 왕들은 좀 더 밑에서 병아리를 따라잡고 있어요. 그런데 게으름을 피운 밀라노의 요한은 늦게까지 잠을 잔 덕분에, 저기 완전히 뒤에 자리를 잡은 거죠. 그러고는 화가 나서 앞의 별들을 세우기 위해 그의 지팡이를 던진 거예요. 그래서 세 명의 왕을 밀라노의 요한의 지팡이라고도 부르죠. 하지만 아가씨. 모든 별들 중에 가장 아름다운 별은 우리들의 것, 양치기의 별이에요. 우리가 새벽에 양떼를 몰고 나서면 우리를 비춰 주는 별이죠. 그리고 우리가 돌아오는 저녁에도 마찬가지예요. 우린 그 별을 항상 마겔론이라고 불러요. 이 아름다운 마겔론은 프로방스의 베드로(토성) 뒤를 따라가지요. 그리고 매 칠 년마다 그들은 결혼을 한답니다."

"어떻게 그럴 수가 있어! 양치기 씨, 별들이 결혼을 한다고?"

"그럼요, 아가씨."

별들의 결혼이 어떤 것인지 아가씨에게 설명하려고 하는데 저는 제 어깨 위로 뭔가 서늘하고, 가느다란 어떤 것이 부드럽게 놓이는 것을 느낄 수 있었습니다. 곱슬머리에 달린 레이스와 리본을 귀엽게도 사각거리며 나에게 기대어 온 것은, 졸음을 참지 못하고 무거워진 이기씨의 미리였습니다. 아가씨는 하늘의 별들이 희미해지다가 결국 밝아 오는 날에 의해 지워지는 그 순간까지 움직이지 않았습니다. 저는 그녀가 자는 것을 바라봤습니다. 제 본능의 저 깊은 곳이 조금 동요하긴 했지만, 아름다운 상상들만 나에게 준 맑은 밤 덕분에 경건하게 지켜 냈습니다. 우리 주변에는, 별들이 거대한 양떼처럼 온순하게 그들의 운행을 조용히 이어가고 있었습니다. 그리고 이따금 저는, 그 별들 중에 가장 고귀하고 가장 빛나는 별 하나를 떠올렸습니다. 길을 잃은 채, 내 어깨에 내려앉아 잠들어 있는…….

아를의 여인

마을로 가려면, 나의 풍차 방앗간에서 내려가다가, 팽나무가 심어진 큰 마당 안쪽에 자리 잡은 길가의 농가를 하나 지나야 했네. 전형적인 프로방스풍으로 꾸며진 집이었지. 빨간 기와에, 불규칙적으로 창문을 낸 갈색의 커다란 정면에, 곳간의 지붕 꼭대기에 달린 풍향계나 방아를 매달기 위한 도르래. 갈색의 건초 뭉치가 몇 개 굴러다니고 말이야……

뭣 때문에 내가 이 집에 끌렸냐고? 굳게 닫힌 이 문이 도대체 왜 내 가슴을 옥죄어 왔냐고? 이야기하기가 겁나기는 한데, 말하자면 이 집이 좀 으스스하거든. 주위도 너무 조용하고… 그 집 앞을 지나가면 개도 짖지를 않고, 뿔닭은 울지도 않으면서 사라져 버린단 말이야. 안에서 목소리도 전혀 들리지 않아.

당나귀 방울 소리까지도 말이야. 하얀 커튼이 쳐진 창문이나, 지붕 위 굴뚝으로 연기라도 피어오르지 않았다면, 아무도 살지 않는 줄 알았겠지.

어제 딱 12시 정오. 마을에서 돌아오는 길에 햇빛을 좀 피하려고 그 농장의 담장을 따라 걸었네. 그 팽나무 그늘 말이야. 그런데 오다 보니 그 농장 앞에서 하인들이 조용조용 건초를 짐마차에 싣고 있더라고. 문이 활짝 열린 채로. 난 그냥 지나가면서 흘낏 봤지. 그런데 마당 안쪽에 허연 백발의 노인네가 너무 짧은 윗도리에 누더기 같은 바지를 입고 커다란 돌 탁자에—두 손으로 머리를 감싼 채— 앉아 있더란 말이야… 내가 멈춰 서자 하인 중 한 명이 아주 낮은 목소리로 속삭이더구먼.

"쉿! 주인어른이신데 아들을 잃으신 후부터 늘 저러신답니다."

그때 검정색 옷차림의 여자 하나와 어린 남자애가, 커다란 금장 성경을 들고 우리 앞을 지나 농장으로 들어갔네.

그 하인이 덧붙이길,

"주인마님과 둘째 도련님이 미사에 갔다 돌아오셨네요. 아드님이 자살하고 난 뒤부터 매일 다녀오시죠. 아! 선생님 얼마나 비통한 일인지!… 부친은 아직 장례식 때 입은 옷을 그대로 입고 계신답니다. 이제 좀 그만들 하시라고 말씀 드릴 수도 없고… 이랴! 워워… 이눔아, 가자!"

짐마차가 떠나려고 막 움직이는데, 난 좀 더 자세히 알고 싶어서, 마부에게 나를 그 위 옆자리, 건초 더미 위에 좀 태워 달라고 했네. 거기서 이 구슬픈 이야기를 전부 듣게 된 거지.

*

그 아들 이름은 장이었네. 아가씨처럼 예의 바르지만, 건장하고 얼굴도 훤한 스무 살의 멋진 농부였다네. 참 잘생겨서 여자들이 꽤나 따른 모양이었지만, 어느 누구에게도 고개를 돌리지 않았다네―아를의 원형 경기장에서 벨벳 옷에 레이스로 치장한 예쁘장한 아를 여자를 한번 만나기 전에는 말이야―. 집안에서는 그렇게 쾌락을 목적으로 한 관계를 썩 내켜 하지 않았네. 행실이 좋지 않은 여자였고 그녀의 부모도 이 고장 사람들이 아니었거든. 하지만 장은 그 아를 여자를 진심으로 원했네. 이렇게 말하면서 말이야.

"그녀를 갖지 못한다면 저는 죽어 버릴 겁니다."

그 아들이 그 지경까지 됐으니, 부모는 추수를 마치자마자 그들을 결혼시키기로 결정했다네.

그러던 어느 일요일 저녁, 식구들이 마당에서 저녁을 먹고 있었다네. 거의 결혼식 피로연이었던 모양이야. 그 약혼녀가 참석한 것은 아니지만 그녀가 항상 정조를 지키기를 기원하며 건배하고 있었다는데… 웬 남자가 문에 나타나더니, 떨리는 목소리로, 에스테브 영감에게 단둘이 얘기 좀 하고 싶다고 하더라는군. 에스테브 씨는 일어나서 문 앞으로 나갔다네.

"어르신. 어르신 아들을 저와 이 년 동안이나 동침을 한, 그 행실 나쁜 여자와 결혼시키실 겁니까? 증거도 제시하겠습니다. 여기 이 편지들… 그녀의 부모도 모든 것을 알았고 저에게 약속까지 했었습니다. 하지만 어르신의 아들이 그녀를 찾기 시작한 다음부터, 그녀도, 그 부모도, 저를 더 이상 원치 않더군요… 이것들을 보신 다음에도 그녀가 다른 사람과 결혼할 수 있을 거라고는 생각지 않습니다."

에스테브 영감이 편지들을 읽은 다음 그 남자에게 말했네.

"알았네. 들어와서 머스캣 포도주나 한잔하게."

"고맙습니다만, 술을 마시기에는 너무 괴롭습니다."

그러고는 그 남자가 떠났다네.

그 부친은 태연하게 돌아와 식탁의 자기 자리에 앉았네. 그리고 식사 자리는 즐겁게 끝났다네…….

그날 저녁, 에스테브 영감과 아들은 같이 들판으로 나갔다네. 거기서 오랜 시간을 보내고 집으로 돌아올 때까지 그 어머니는 두 사람을 기다리고 있었지. 영감이 부인한테 말했다네.

"여보, 당신 아들을 데리고 가서, 좀 안아 주시오. 불쌍한 녀석……."

*

장은 더 이상 아들의 여자에 대해 이야기하지 않았다네. 그러고도 계속 그녀를 사랑했지만, 아니, 그녀가 다른 남자의 품에 안겼었다는 사실을 알고 난 후에는, 오히려 그전보다 더 사랑했지만, 표현하기에는 그의 자존심이 너무 강했던 것이지. 그게 그 아이를 죽게 한 걸세. 불쌍한 녀석!… 가끔씩 그 아이는 어느 구석에 틀어박혀 꼼짝도 않고 온 하루를 보냈다네. 어떤 날은, 끔찍한 고통 속에 땅에 달라붙어서 품삯꾼 열 명분의 일을 혼자 다 해치우고는 지쳐 쓰러지기도 했었다네… 저녁이 되면, 그 아들은 아를 쪽으로 길을 나서서 도시의 길쭉한 종탑이 길게 드리운 석양의 그림자까지만 다다른 다음 돌아오곤 했네. 절대 더 멀리 가지는 않았지.

항상 슬프고 고독하게 그러는 모습을 보고도, 농장의 사람들은 뭘 어떻게 해줘야 할지 알 수 없었네. 불행한 일을 예감하기도 했고… 한번은 식탁에서 그의 어머니가 두 눈에 눈물을 머금고 이야기했네.

"그래 좋아! 좀 들어 보거라. 장, 네가 그렇게도 그녀를 원한다면, 그렇게 하렴."

그런데 그의 아버지는, 수치스러워서 벌게진 얼굴을 떨구고 말았다네…….

장은 안 된다는 사실을 깨닫고는, 밖으로 나갔네…….

그날 이후부터, 그는 사는 방식을 바꿨다네. 그의 부모님을 안심시키기 위해 항상 쾌활한 모습으로 가장했네. 가축들의 낙인을 찍는 축제 때는, 다시 무도회에도 가고, 술집에도 출입했지. 퐁비에유의 투표가 끝난 후에 벌어진 축제에서는, 파랑돌 춤을 직접 인도하기도 했다네.

그의 부친은, "애가 이제 회복됐군." 했지만, 그의 모친은, 늘 걱정하면서 자식에 대한 주의를 놓지 않았다네. 장은 누에 치는 방 바로 옆에서 둘째 동생과 같이 잠을 잤는데, 그 가련한 어머니는, 늘 그들의 방 옆에 침대를 가져다 놨다네. 마치 밤에 누에들이 그녀의 보살핌이 필요한 것처럼 말일세.

일꾼들의 수호성인인 성 엘루와 축제 때가 돌아왔다네.

농장 전체가 아주 흥겨웠다네. 모든 이들에게 샤토 뇌프 마을에서 나는 맛있는 포도주와 달콤한 뱅 퀴가 마시고도 넘쳐났고, 마당에는 불을 피우고, 폭죽을 터트리고, 팽나무마다에는 오만 가지 색등들도 밝혔다네.

"엘루와 성인 만세!"

그리고 모두들 죽을 지경까지 파랑돌 춤을 췄지. 둘째는 자기 새 옷을 태워 먹었고… 장 역시도 만족하는 분위기였어. 행복에 겨워 눈물을 짓는 가련한 모친과 춤도 췄으니.

자정이 돼서야 모두들 잠자리에 들었네. 모두들 졸렸던 것이지. 장은 자지 않았어. 둘째가 얘기하길, 밤새도록 그는 흐느껴 울었다는 거야. 아! 그 친구는 그녀에게 쭉 빠져 있었던 거야. 그때까지도…….

*

다음 날 새벽, 모친은 누군가가 그녀의 방을 지나 뛰어가는 소리를 들었네. 모친은 불길한 예감이 들었다네.

"장! 너니?"

장은 대답하지 않았네. 벌써 계단으로 내려가고 있었거든. 빠르게, 서둘러, 모친이 일어났네.

"장, 너 어디 가니?"

장은 곳간으로 올라갔네. 모친은 그를 뒤따랐고.

"아들아! 아, 세상에!"

장이 문을 닫고 걸쇠를 걸었다네.

"장, 이 녀석아, 대답 좀 해라. 대체 뭘 하려는 게냐?"

더듬거리며 열쇠를 찾는 나이 든 모친의 손이 떨리고 있었네… 그때 창문 하나가 열리고, 마당에 깔린 포석 위로, 몸이 떨어지는 소리가 들렸다네. 그게 다였네……

그 가련한 아들은 이렇게 외친 걸세.

"그녀를 너무 사랑해요. 저는 갑니다……."

아, 우리들 가슴이 미어진다네. 그렇게 경멸했음에도 불구하고, 사랑 때문에 죽을 수밖에 없었던 것은 좀 지나치지 않은가……

그날 아침, 마을 사람들은 저기 에스테브네 농장 쪽에서, 누가 그렇게 울부짖는지를 궁금해했다네.

그것은 마당에서, 피와 새벽이슬이 흥건한 돌 탁자 앞에, 그녀의 죽어 있는 자식을 품에 안고 비통하게 울부짖는, 옷도 제대로 입지 못한 어머니였다네.

교황의 노새

재미있는 온갖 속담 중에, 뭐 속담이든 격언이든, 우리의 프로방스 농부들이 수다를 떨 때 말일세, 이것보다 더 생생하고 특이한 것은 들어 보지 못했다네. 내 풍차 방앗간, 사방 백오십 리 내에서는, 앙심을 품은 사람이나 복수를 하려는 사람을 이렇게 부른다네.

"그 사람 말이야! 조심하게!… 꼭 칠 년 동안 발길질을 참은 교황의 노새 같다니까!"

나는 이 속담이 어디에서 유래한 것인지, 아주 오랫동안 찾아봤네. 이 교황의 노새라든지 그 노새가 칠 년 동안 참은 발길질이라든지, 이 문제에 대해서 나에게 정보를 줄 수 있는 사람은 여기 없었다네. 프로방스의 전설들을 자기 손바닥처럼 훤히

꿰고 있는 피리쟁이 친구 프랑세 마마이 씨조차도. 프랑세도 나처럼 아비뇽 지방의 몇몇 오래된 연대기에 실린 말은 아닌가 하고 생각했지만, 속담 이외의 다른 방식으로 들어 본 적은 없었다더군.

"시갈의 도서관에는 가보지도 않았구먼."

피리 부는 노인네가 나에게 웃으며 그랬다네.

그것 참 좋은 생각이다 싶어, 그리고 마침 시갈의 도서관이 바로 근처라, 거기 가서 여드레 동안 처박혔었네.

그 도서관 참 훌륭하더구먼. 놀랄 만한 계단에, 시인들에게는 밤낮으로 열려 있고, 아무 때나 벨만 누르면 어린 사서들이 와서 책상을 치워 주기도 하고. 기분 좋게 며칠을 보낸 후 일주일 동안이나 찾은 끝에 내가 원하는 것을—책의 뒷장에서—발견할 수 있었네. 말하자면, 칠 년 동안 발길질을 참은 노새의 유명한 얘기를 말이야. 약간 소박하긴 하지만 재밌는 이야길세. 내가 어제 아침, 마른 라벤더 꽃향기가 나는 빛바랜 필사본에서 읽은 이야기를 해주겠네. 성모마리아의 위대한 자손들이 책갈피로 표시까지 해놨더군.

*

교황이 계실 때의 아비뇽[14]을 보지 못한 사람은 아무것도 보지 못한 것이지. 쾌활하고 활기 있고 번창한 데다, 끊임없이 축제들이 열리고, 이런 도시는 없었지. 아침부터 저녁까지 예배 행렬들, 성지 순례자들, 꽃을 뿌려 놓은 길들, 울타리 높은 곳에 걸린 양탄자들, 깃발을 바람에 나부끼며 방패로 장식한 갤리선을 타고 도착하는 론 지방의 추기경들, 광장에서는 라틴어 노래를 부르는 교황의 병사들, 헌금 받는 수사들의 따르라기 소리, 그리고 교황의 거대한 궁전 주위로는 언덕 위에서 아래까지 벌통을 둘러싼 벌들이 윙윙거리는 것처럼 집들이 들어서 있었다네. 그때는 아직 레이스를 짜면 탁탁 하는 소리가 났지, 금실로 제례복을 짜는 북틀도 왔다 갔다 했다네. 미사에 쓰는 은제 포도주 주전자를 세공하는 조그만 망치들 소리, 현악기 공방에서 울림 판을 조율하는 소리, 여직공들이 부르는 노랫소리, 여기에다 종소리도 울리고 저기 다리 근처에서는 항상 작은 북 소리가 요란스러웠네. 이 지방에서는 군중이 행복하면 늘 춤을 추고 또 췄다네. 또 당시에는 도시의 길들이 파랑돌 춤을 추기에는 너무 비좁아서, 아비뇽 다리 위로 피리와 작은 북을 가져가서, 시원한 론강의 바람을 맞으며 밤이고 낮이고 춤을 췄었지. 그렇게들 춤을 췄던 걸세… 아! 참 행복한 시절이었지! 행복한 도시였고! 창도끼로 누구를 목 베는 일도 없었고, 나라의 감옥은 포도주를 시원하게 저장하는 곳이었지. 굶주림도 없었고, 전쟁도 없었고⋯ 보게, 백작령의 교황들께서 어떻게 백성들을 다스렸는지, 왜 그렇게 그 백성들이 그 시절을 그리워하는지를.

*

그중에서도 최고였던 분은 보니파스라고 불리던 그 선량한 노인⋯ 아! 그분이 돌아가셨을 때 아비뇽에선 얼마나 눈물들을 흘렸는지! 얼마나 존경스럽고, 얼마나 상냥한 군주이셨는지! 노새 위에 올라앉으셔서 얼마나 흡족하게 미소 지으셨는지! 누구나 그분의 근처를 지날 때면, 상대가 보병대의 일개 보잘것없는 궁수이거나, 아니면 도시의 대법관이거나 상관없이 그분은 정중하게 축복을 내리셨지! 이브토 출신의 진정한 교황[15], 하지만 프로방스의 이브토 사람이었지. 미소 속엔 고귀한 무엇인가가 있고, 모자에 마조람꽃가지 하나를 꽂으셨지만, 잔느통[16]은 조금도⋯ 아니 잔느통이라면 절대 가까이하지 않으셨다네. 이 훌륭하신 교황께는 포도밭뿐이었네. 아비뇽에서 삼십 리 떨어진 샤토 뇌프 마을의 수도원에 손수 심으신 작은 포도밭 말일세.

오후 미사가 끝난 일요일이면 늘, 이 존경스러운 양반은 당신 원하시는 바를 행하시기 위해 길을 나섰네. 그분이 그곳에 가시면, 노새를 옆에 두고, 밝은 햇빛 아래 앉아서, 나무 그루터기에 앉은 추기경들을 주위에 거느리고 명물인 포도주 병을 따셨네―이 루비 색깔의 훌륭한 포도주는 후에 '교황의 샤토 뇌프'라 불리네― 그분은 당신의 포도밭을 감동스러운 눈으로 바라보시며 이 포도주를 조금씩 드셨다네. 마침내 포도주 병이 비고, 해가 떨어지면, 그분은 측근들 모두를 거느리시고 행복하게 돌아오신다네. 그분이 아비뇽 다리를 건너실 때, 작은 북을 치며 파랑돌 춤을 추는 사람들 사이를 지나실 때면, 그분의 노새는 그 음악 소리에 맞춰, 깡충깡충 춤사위를 밟았고, 그분 역시 모자 쓰신 고개를 흔드시며 춤사위에 발 박자를 맞추시곤 했네. 그 광경이 추기경들에게는 크게 기겁을 할 일이었지만, 백성 모두는 이렇게 외쳤다네.

"아! 훌륭한 군주시여! 아! 선량한 교황이시여!"

*

교황께서 샤토 뇌프의 포도밭 다음으로 세상에서 제일 사랑하신 것은 그분의 노새였네. 그 동물을 정말 열렬히도 좋아하

67
교황의 노새

셨지. 매일 밤 그분은, 주무시기 전에 노새 마구간에 가셔서 문은 잘 닫혔는지, 여물 주는 것을 잊어버리지는 않았는지 확인하셨고, 설탕을 듬뿍 넣고, 여러 가지 향료까지 넣고 끓인 포도주가 담긴 커다란 그릇을 눈으로 확인하시기 전엔 식탁에서 일어나시지도 않았고, 그걸 또 노새에게 직접 가져다주셨다네. 그분의 추기경들이 지켜보고 있음에도 불구하고 말일세… 말하자면 참으로 대접받는 짐승이었던 것이지. 까무잡잡한 몸에 붉은 반점이 박혀 있고, 튼튼한 다리에, 윤기 흐르는 털에, 크고 펑퍼짐한 엉덩이에, 온갖 모양의 리본 매듭이며, 은방울이며, 방울 모양의 술 등으로 치장한 마르고 작은 얼굴은 거만하게도 보였지만, 천사처럼 부드럽게도 보이는 순진한 눈동자나, 항상 떨고 있는 기다란 두 귀 때문에, 착한 어린아이처럼도 보였다네. 아비뇽 사람들 모두가 그 녀석을 존중했지. 그리고 녀석이 길에라도 나서면, 녀석에게 친절하게 대하지 않는 사람은 절대 없었다네. 그도 그럴 것이, 그게 교황청에서 성공으로 가는 지름길이라는 것을 모두들 알고 있었기 때문이지. 순진해 보이는 교황의 노새 덕분에 부귀한 존재가 된 티스테 베덴느가 그의 경이로운 모험으로 증명해 보였듯이 말이야.

티스테 베덴느는 교황령 안의 뻔뻔스러운 불량배였다네. 오죽하면 금 세공업을 하는 그의 아버지 기 베덴느조차 녀석을 집에서 내쫓았겠는가. 일은 전혀 하지도 않고, 견습 일꾼들을 방탕하게 물들였으니 말일세. 그 후 여섯 달 동안, 아비뇽의 개울가, 특히 주로 교황의 저택 부근에서 그의 꼬락서니를 볼 수 있었다네. 이 웃기는 녀석은, 아주 오랫동안 교황의 노새를 염두에 뒀다네. 이게 얼마나 교활한 짓이었는지 이제 보여 줌세. 하루는 교황 성하께서 홀로 노새를 타시고 성벽 밑을 거닐고 계셨는데, 이놈 티스테가 나타나서는, 두 손을 모아서 경탄한 듯이 아뢰길.

"아, 주여! 위대하신 교황 성하시여, 이 얼마나 씩씩한 노새인지 모르겠습니다! 제가 조금만 봐도 되겠습니까?… 아! 교황님, 이 아름다운 노새! 신성로마제국의 황제조차도 이와 같은 노새는 없을 겁니다."

그러고는 놈이 노새를 쓰다듬으며 마치 아가씨에게라도 하듯이 부드럽게 이야기했네.

"이것 좀 보세요. 보석 같고, 보물 같고, 고귀한 진주와도 같이 소중합니다……."

그러자 그 선량한 교황께서는 감동하셔서 속으로 이렇게 생각하셨지.

'정말 착한 젊은이로구나! 내 노새에게 이렇게도 친절하다니!'

그러고는 다음 날 아침, 누가 왔는지 알겠는가? 티스테 베덴느가 오래되고 누추한 상의 대신, 레이스를 단 하얀 사제복으로 갈아입고, 보라색 비단으로 된 어깨 망토를 두르고, 고리를 단 구두를 신고 교황의 성가대에 들어온 것이라네. 그 녀석 전에는, 추기경의 조카나 귀족의 자제들 외에는 받아들여진 적이 없는 자리에… 이건 음모일 수밖에! 거기서 멈추지 않았다네.

일단 교황을 모시게 되자, 이 웃기는 녀석은, 본인에게 잘 어울리는 장난질을 계속했네. 모든 사람에게는 오만불손하게 대했지만, 노새에게만큼은 주의를 기울이고 세심한 배려를 아끼지 않았다네. 그리고 교황청의 궁정에서는 늘 귀리 한 줌이나 콩 한 움큼을 가지고 있다가, 교황 성하의 발코니를 바라보면서, 그것을 장미 다발처럼 부드럽게 흔드는 걸세.

'아잉!… 이거 누구 줄 거게?'

이렇게 말하는 듯이 말일세. 그러다 보니 결국, 스스로 나이가 들었다고 느끼신 선량한 교황께서는, 밤새 마구간을 돌보고, 데운 포도주가 든 그릇을 노새에게 갖다 주는 일 등을 그에게 맡기신 것일세. 추기경들로서는 웃을 일이 아니었지.

*

그건 노새에게도 마찬가지였네. 그건 웃을 일이 아니었어……. 이제는 포도주를 마시는 시간에도 망토와 레이스를 걸친 성가대의 어린 성직자 녀석, 대여섯 놈들이 마구간으로 들어와 밀짚 안으로 잽싸게 파고드는 꼴을 항상 봐야만 했네. 그리고 잠시 후, 따끈한 캐러멜과 향료들의 좋은 향기가 마구간을 가득 채우면, 예고라도 했다는 듯이, 티스테 베덴느가 따끈하게 데운 포도주 그릇을 들고 나타난다네. 그러고는 불쌍한 짐승의 고난이 시작되는 것이지.

이 향기로운 포도주를 그렇게 좋아했는데, 몸을 따듯하게 해주고, 날개가 돋친 듯하게 만들던. 이놈들은 잔혹하게도 그걸 가져와서는, 거기 노새의 구유통에 놓고는, 냄새만 맡게 했다네. 노새가 콧구멍을 활짝 열면, 뺏고, "보기만 해!" 그러고는, 그 불타는 장미 빛깔의 아름다운 액체는, 이 불한당 놈들의 목구멍 속으로 몽땅 사라졌다네. 그리고 노새의 포도주를 훔쳐 먹기만 할 뿐 아니라, 이 어린 성직자 놈들은 술만 마셨다 하면 악마처럼 변했다네. 한 놈은 귀를 잡아당기고, 한 놈은 꼬리를 당기고, 키케라는 놈은 등에 올라타고, 벨뤼게라는 놈은 지 놈의 모자를 씌우고. 이 불량배 녀석들 중 어느 한 놈도, 이 늠름한 짐승의 허리치기 한 방이나, 뒷발길질 한 방이면, 북극성까지, 아니면 더 멀리 보내 버릴 수 있다는 것을 알아채지 못했네. 하지만 아니지! 교황의 노새다 보니 그럴 수는 없었지. 은총과 자애의 노새로서는 말일세…….

꼬마 녀석들이 못된 짓을 해도 노새는 화를 내지는 않았네. 하지만 티스테 베덴느라면 다른 얘기지… 이 경우, 예를 든다면, 노새가 자기 뒤쪽에서 그 녀석의 냄새를 맡으면, 발굽이 근질근질거렸지. 정말로 이유는 충분했어. 이 불량스러운 티스테 녀석이야말로 노새에게 못된 장난을 많이도 쳤거든! 술을 마시고는 특히 잔인한 방법들을 생각해 냈네.

어느 날, 그 녀석은 교황 궁전의 꼭대기 중에서도 가장 높은 성가대 종탑으로 알아채지도 못하는 노새를 끌고 올라갔네! 농담이 아니고 프로방스의 이십만 주민이 그걸 봤지. 공포에 떠는 이 불쌍한 노새를 상상이나 좀 해보게. 한 시간 동안이나 눈을 가린 채 달팽이처럼 꼬인 계단을 빙빙 돌아 올라갔는데, 몇 걸음이나 걸었는지 알 수도 없다가, 갑자기 빛이 눈부신 꼭대기 층에 서 있는 걸 알았으니. 노새의 천길 밑으로 환상적인 아비뇽의 풍경이 펼쳐졌다네. 시장의 가건물들이 헤이즐넛보다 커 보이지 않았고, 교황의 병사들은 붉은 개미들처럼 그들의 병영 앞에 서 있고, 그리고 저기, 은색의 줄처럼 보이는 것 위로, 아주 작은, 현미경으로 보이는 것처럼, 작은 다리가 있는데, 우리가 춤추는 다리, 바로 우리가 춤을 추는 그 다리잖아… 아! 불쌍한 짐승! 얼마나 무서웠을까! 노새는 내지를 수 있는 대로 울어 젖혔네. 궁전의 모든 창문이 떨릴 정도로.

"대체 무슨 일이야? 누가 저런 짓을 한 거지?"

선량한 교황께서는 서둘러 발코니로 나오시며 고함을 치셨네.

티스테 베덴느는 벌써 우는 표정을 짓고 자기 머리를 쥐어뜯으며 궁정에 와 있었네.

"아! 위대하고 성스러운 교황이시여. 이게 무슨 일입니까! 교황 성하의 노새에게 무슨 일이… 하느님 아버지! 어떻게 이런 일이 일어날 수 있을까요? 노새가 종탑에 올라가다니……."

"혼자서 말이냐?"

"예, 교황 성하. 혼자서요… 저기! 저 위를 좀 보세요. 저기 삐져나온 노새의 귀 끄트머리가 보이십니까? 우리가 제비라고 부르는……."

"맙소사, 야단났군! 저 녀석이 미친 거군! 그러다 죽겠구나… 내려오고는 싶은 게냐? 불쌍한 녀석."

가엾은 교황은 눈을 들어 위를 올려보며 외쳤다네.

저런 가엾어라! 노새인들 그러고 싶지 않았겠나. 내려오는 것 말일세……. 하지만 어디로? 계단으로? 그건 상상도 못할 일이었네. 다시 올라간다면 그건 그렇다 치지만, 내려오는 거라면 다리를 백 번은 부러트릴 판일세. 불쌍한 노새는 낙담한 채 공포가 가득 찬 눈을 크게 뜨고 꼭대기 층 위를 빙빙 맴돌 뿐이었네. 그리고 노새는 티스테 베덴느를 생각했지.

'아! 이 강도 같은 놈, 내가 빠져나가기만 하면… 내일 아침 발굽으로 차주고 말 거야!'

이 발길질 생각으로 노새는 조금 용기를 얻었다네. 이런 생각이라도 안 했으면 노새는 버텨 내질 못했을 거네… 결국 노새를 위에서 끄집어 내리는 데 성공했지만, 이건 모두에게 어려운 일이었네. 도르래와 밧줄과 들것을 사용해서 내려야만 했거든. 실 끝에 묶인 풍뎅이처럼 허공을 네 발로 허우적거렸으니, 그 높이에 매달려 있던 이 교황의 노새가 얼마나 창피했을지 생각 좀 해보게. 더구나 온 아비뇽 사람들이 그걸 다 지켜봤으니.

이 불쌍한 짐승은 밤에 잠을 이룰 수 없었네. 발밑에 도시 사람들이 비웃던, 그 저주스러운 꼭대기를 계속 빙빙 도는 듯했네. 그리고 그 비열한 티스테 베덴느와 내일 아침에 멋지게 한 방 날려 줄 발길질을 생각했네. 아! 친구들, 굉장한 발길질을 기대하게! 팡페리구스트에서도 그 먼지 연기를 보게 될 거야… 그렇기는 한데, 마구간에서 그렇게 멋지게 맞아 줄 준비를 하는 동안, 티스테 베덴느는 무얼 하고 있었던 줄 아는가? 잔느 왕비의 곁에서 여러 해 동안 외교술과 훌륭한 예절을 배우기 위해 나폴리의 궁정으로 보내지는 도시의 귀족 자제들 무리에 속해, 교황의 갤리선에 올라, 노래를 부르며 론강을 내려가고 있었다네. 티스테는 귀족은 아니었지만, 교황께서 그의 노새에게 기울여 준 배려에 보답해 주려고 챙겨 준 것이지. 특히 노새를 꼭대기에서 구하는 날, 녀석이 펼친 활약 덕분이었네.

노새는 다음 날 실망에 빠졌네!

'아! 이 강도 놈! 뭔가 눈치를 챘구나!'

노새는 화가 나서 몸에 달린 방울들을 흔들며 생각했다네.

'어쨌든 좋아! 보라고, 이 나쁜 놈아! 돌아오기만 하면 발길질을 해주고 말 거야… 잘 간직하고 있으마!'

그리고 노새는 그것을 간직해 뒀다네.

티스테가 떠난 후 교황의 노새는 평온한 일상과 예전의 거동을 되찾았네. 키케나 벨뤼게도 더 이상 마구간을 드나들지 않았지. 데운 포도주를 마시는 나날도 되찾았고, 기분 좋게 낮잠도 길게 즐기고, 아비뇽 다리를 춤추듯이 작은 걸음으로 건넜네. 그런데 그때의 사건 이후로 도시에선 약간 냉랭해진 표시가 났네. 노새가 길을 가면 수군거렸다네. 노인들은 고개를 내저었고, 애들은 종루를 가리키면서 웃었다네. 그 선한 교황도 역시 그의 노새를 그전과 같이 신뢰하지는 않았네. 일요일, 포도밭에서 돌아오는 길에 노새의 등에서 잠깐 졸아서, 노새 마음대로 가도록 놔두기라도 했다가는, '나도 저 위 종루 꼭대기에서 눈을 뜰지도 모르지!' 이런 생각이 내심 들었던 것이지. 노새도 이 상황을 눈치챘지만, 아무 소리도 하지 않고 참고 견뎌 냈네. 다만 그 노새 앞에서 누가 티스테 베덴느라는 이름을 올리기라도 하면, 두 개의 기다란 귀를 떨면서 자갈 돌 위에 발굽 쇠를 날카롭게 갈았네, 슬쩍 미소 지으면서 말일세.

그렇게 칠 년이 지났네. 칠 년이 지나고 결국 티스테 베덴느가 나폴리 궁정에서 돌아왔다네. 그곳에서의 임기가 아직 끝나지 않았지만, 아비뇽에서 교황의 수석 겨자 상인이 급작스럽게 죽었다는 사실을 알아차렸던 것일세. 그 자리가 탐이 났으니 그 후보 중 하나에 끼려고 엄청 서둘러 온 것이지.

이 간교한 베덴느란 놈이 교황의 거실에 들어오자, 교황은 겨우 그를 알아봤네. 그새 녀석이 키도 크고, 덩치도 커졌거든. 물론 우리 선량한 교황께서는 나이가 드신 편이라 돋보기 없이는 뭘 잘 보실 수 없었단 것도 이야기해야겠지.

티스테는 주눅 들지 않았다네.

"교황 성하, 어떻게 저를 알아보지 못하십니까? 접니다. 티스테 베덴느!"

"베덴느?"

"아, 예, 기억하시는군요… 교황님의 노새에게 데운 포도주를 갖다주던……."

"아! 그래… 그렇구나… 기억이 나는구나… 티스테 베덴느, 참 착한 남자아이였지. 그런데 지금 원하는 것은 무엇인고?"

"아, 별거 아닙니다. 교황 성하, 부탁을 드리자면… 아참, 그전에, 교황님의 노새는 여전히 잘 있습니까? 잘 있겠지요? 아! 참 잘됐군요… 이번에 죽은 수석 겨자 상인의 자리를 좀 부탁드리려고 왔습니다."

"수석 겨자 상인이라, 너한테 말이지!… 그런데 너는 너무 젊어, 몇 살이지?"

"스무 살하고도 두 달입니다. 저명한 성직자인 교황님의 노새보다 다섯 살이나 많습니다… 아! 하느님의 영예랍니다. 그 선량한 짐승이야말로!… 제가 그 노새를 얼마나 사랑했는지요… 제가 이탈리아에서 그 노새를 얼마나 그리워했는데요!… 그 노새를 좀 볼 수 있도록 해주시진 않겠습니까?"

"그러지. 가서 보도록 하세. 그리고 네가 그렇게도 그 선량한 짐승을 사랑한다니, 너를 노새로부터 멀리 떨어져 살게 둘 수 없구나. 오늘부터 수석 겨자 상인의 지위로, 내 측근에 임명하겠네. 추기경들이 난리를 치겠지만, 뭐 할 수 없지! 나도 익숙해졌다네… 내일 저녁 미사 전에 나에게 찾아오게. 우리 참사관

교황의 노새

들이 배석하는 앞에서 자네의 지위를 나타내는 휘장을 수여하겠네. 그러고는 노새를 볼 수 있도록 데려가겠네. 우리 둘이 포도밭엘 가는 걸세… 허! 허! 가보게! 가봐……."

티스테 베덴느가 그 큰 거실에서 나오며 얼마나 신이 났겠나, 다음 날의 의식을 기다리는 것이 또 얼마나 초조했겠는가. 내 자네한테 얘기할 필요도 없을 걸세. 그런데 궁전 내에서 그 녀석보다 더 초조하고, 더 행복한 녀석이 하나 있었다네. 바로 노새였지. 베덴느가 돌아왔을 때부터 다음 날의 저녁 미사까지, 이 살벌한 짐승은 뒷발굽으로 벽을 차면서 끊임없이 귀리를 입에 채워 넣었다네. 노새 역시 그 의식을 준비하고 있었던 게지.

그러고서 다음 날일세. 저녁 미사를 언급할 즈음, 티스테 베덴느가 교황의 궁정으로 들어왔네. 모든 고위 성직자들이 나와 있었지. 붉은 긴 옷을 입은 추기경들, 검정 벨벳을 걸친 율법학자들, 작은 빵모자를 쓴 수도원장들, 성 아그리코를 모시는 성당 관리인들, 보라색 망토를 걸친 성가대원들, 하위직 성직자들도 마찬가지였네. 제복을 갖춘 교황의 근위병들, 세 군데의 고행 평신도 회원들, 사나운 얼굴을 한 방투산의 은둔 수사들, 뒤에 종을 들고 선 어린 복사들, 상체를 드러낸 채찍 고행 수도승들, 법복에 꽃을 수놓은 성구 관리인들, 모두 다, 모두 다, 나와 있었네. 성수 나눠 주는 사람들이나, 불을 피우는 사람이나 불을 끄는 사람이나… 한 사람도 빠진 사람이 없었네. 아! 정말 멋진 서품식이었네! 종을 치고 폭죽을 터트리고 햇빛이 비치는 가운데 음악도 연주되고, 물론 항상 저기 아비뇽의 다리 위에서는 춤을 이끄는 작은북 소리가 사람들을 흥분시키고 있었지.

베덴느가 공회의 한가운데 당당한 풍채와 잘생긴 얼굴을 드러내자 모두들 감탄하면서 속삭였다네. 꼬불거리는 금발을 길게 기른, 정말 멋진 프로방스 남자였어. 금 세공업자인 그의 부친이 쓰는 끌에서 떨어진 귀금속 조각을 갖다 붙인 듯, 턱수염을 조금 기르고 말일세. 들리는 소문에 의하면, 잔느 왕비의 손가락이 몇 번이나 만지작거렸다는 금빛 턱수염이었네. 이제 만족스러운 베덴느 경께서는, 왕비들의 총애를 입은 남자들처럼 거만한 태도로 사람들을 방만하게 내려다봤다네. 그날, 그의 고향에 경의를 표하기 위해 입고 왔던 나폴리식의 옷들을 벗어 버리고 프로방스식으로 장미를 수놓은 상의로 갈아입었고, 모자 위에는 카마르그 따오기의 큰 깃털이 떨고 있었네.

수석 겨자 상인은 들어서자마자 정중하게 인사를 올리고 단상 높은 곳으로 향했네. 교황께서 그의 지위를 상징하는 휘장인 노란색 회양목 수저와 노란 사프란 색깔의 복식을 하사하려고 기다리시는 곳으로 말일세. 노새는 포도밭으로 출발하기 위해 온갖 치장을 다 하고 그 계단 밑에 있었네. 노새의 옆을 지나다가 말일세. 티스테 베덴느는 착하게 미소를 지으며, 친밀하게 등이나 두세 번 다독여 주려고, 노새 곁에 다가가 섰다네. 교황께서 그걸 보시기 좋은 위치를 찾아서 말일세. 위치가 참 좋았네……. 노새가 껑충 뛰면서 폭발했네.

"받아라! 사기꾼, 강도 놈아! 너를 위해 칠 년간 참은 거다"

노새가 녀석에게 먹인 발굽질 한 방은 정말 무시무시했다네. 팡페리구스트까지도 그 연기를 볼 수 있을 만큼 엄청났다고. 연기 나는 금발 머리의 회오리바람이 한바탕 불고는, 따오기 깃털이 팔랑팔랑 떨어졌네. 불쌍한 티스테 베덴느의 흔적이라고는 그것이 다였어.

노새의 발길질이 일반적으로 그렇게 아연실색할 정도는 아니네만, 이 경우는 교황의 노새였거든. 더구나 생각 좀 해보게. 칠 년이나 그걸 참아 왔는데……. 성직자의 원한에 관한 예로는 더 이상이 좋은 것이 없을 걸세.

상기네르의 등대

이 밤, 나는 잠들지 못한다네. 미스트랄 바람이 미친 듯이 불면서 커다란 소음의 파편으로 나를 아침까지 깨어 있게 한다네. 부서진 날개들이 삭풍에 비명을 지르는 범선의 선구들처럼 무겁게 흔들리며 풍차 전체가 으스러지고 있었네. 기와들이 날아가며 지붕은 파국을 맞고 있었지. 저 멀리, 어둠 속에서 신음 소리와 불안한 흔들림으로 뒤덮인 언덕의 무성한 소나무들. 마치 바다 한가운데가 아닌가 싶네.

삼 년 전, 코르시카섬 아작시오만의 초입에 서 있는, 상기네르 등대에 머물던 때의 감미로운 불면의 밤들이 완벽하게 되살아났네.

꿈꾸고 홀로 되기 위해 찾아냈던, 또 다른 멋진 곳이었지.

거친 풍경을 한 붉은빛의 섬을 상상해 보게나. 한쪽 끝에는 등대가 섰고, 다른 쪽 끝에는, 내가 있을 당시 독수리 한 마리가 살던 오래된 제노바 형식의 탑이 서 있었다네. 밑에 바닷가 쪽으로는, 잡초들로 온통 뒤덮이고 무너진 나병 요양소가 있었고, 협곡들, 관목숲, 커다란 암석들, 야생 염소 몇 마리, 바람에 갈기를 휘날리는 코르시카의 작은 말들. 그리고 저 위, 아주 위에는, 바다 물새들이 선회하며 날고, 등대지기들이 천천히, 그리고 오랫동안 서성이던, 하얀색 암반 기초 위에 선 등대 집, 첨두아치의 녹색 문, 주철로 만든 작은 탑, 그 위에는 태양의 화염마저 갈라내며 낮에도 빛을 내는 커다란 전조등……. 이것이 바로 내가 오늘 밤 소나무들이 우르릉거리는 소리를 들으며 떠올리는 상기네르섬일세. 내가 이 풍차를 얻기 전에, 고독과 대자연이 필요할 때면, 가끔씩 나를 가두던 매혹적인 섬이네.

내가 무엇을 했냐고?

지금 여기서 내가 하는 일이지. 더 적을 수도 있고. 북풍이나 미스트랄 바람이 너무 세게 불지 않을 때면, 갈매기들과 티티새들과 제비들이 날아다니는 바닷가의 두 암벽 사이에 자리 잡았네. 바다와의 합일이 주는 압도적이고 감미로운, 일종의 마비 상태에 빠져 거의 하루 종일을 보냈네.

자네도 알지 않는가? 이 멋진 영혼의 도취 말일세. 생각도 하지 않고 꿈도 꾸지 않는 거지. 자네 존재의 모두가 자네를 빠져나와, 날아오르고, 흩어지고, 곤두박질하는 갈매기가 되기도 하고, 햇빛이 비치는 파도 사이에 떠 있는 거품 부스러기가 되기도 하고, 아득히 먼 증기선의 하얀 연기가 되기도 하고, 빨간 돛을 단 산호 줍는 배가 되기도 하고, 진주 같은 물방울이 되기도 하고, 한 덩어리의 안개가 되기도 하고, 우리 자신들을 뺀 나머지 모든 것들로⋯ 아! 내가 그 섬에서 잠든 듯이, 흩어진 듯이 보낸 아름다운 시간들!

바람이 거친 날, 바닷가를 감당할 수 없다면, 나는 야생 쑥과 로즈마리 향기가 가득한 나병 요양소의 쓸쓸하고 작은 마당에 틀어박혔다네. 거기 오래된 벽의 한 면에 웅크리고 앉아, 고대의 무덤들처럼 사방이 뚫린, 돌로 쌓은 작은 방에, 햇빛과 같이 떠다니는 체념과 슬픔이 향기롭게 밀려들면, 그 부드러운 침탈에 나를 내맡겼다네.

가끔씩 풀숲에서 살짝 튀어 오르는 듯 문 두드리는 소리가 났네. 바람을 피하기 위해 찾아들어서 풀을 뜯는 염소였지. 나를 보고도 염소는 꼼짝도 하지 않고 생기발랄한 모습의 뿔을 곧추세우고, 내 앞에 멈춰 서서 천진난만한 눈으로 나를 바라봤다네.

오후 5시쯤이 되면, 저녁 식사를 알리는 등대지기의 확성기 소리가 나를 부른다네. 나는 바닷가 위 능선에, 관목 넝쿨들이 타고 오르는 작은 오솔길을 걸어, 등대 쪽으로 천천히 돌아온다네. 내가 오르면 오르는 만큼 더 넓게 측량되는 빛과 이 광대한 수평선을 매 걸음마다 돌아보면서.

*

그곳은 매력적이었네. 나는 아직도 커다란 타일이 깔리고 참나무 판자를 두른 식당 방을 상상한다네. 가운데엔 김이 모락모락 나는 부야베스[17]가 놓이고, 흰색 테라스 쪽으로 크게 열린 문과 거기로 가득 들어오는 석양……

등대지기들이 거기서 내가 식탁에 앉기를 기다리고 있다네. 세 사람이었는데 마르세유 사람 한 명과 코르시카 사람 둘이었네. 세 사람 모두 키가 작고, 턱수염을 기르고, 똑같이 거칠고, 햇빛으로 그을린 얼굴이었고, 똑같이 염소 털로 짠 두건 달린 외투를 입었지만 행동이나 성격은 완전히 달랐다네.

이 사람들의 사는 방식을 보면 이 두 지역 사람들의 차이점을 금방 느낄 수 있을 걸세. 마르세유 사람은 산업화되고 활기찼네. 늘 일이었지, 항상 움직이고. 아침부터 저녁까지 섬을 뛰어다니며 정원을 가꾸고, 낚시를 하고, 새알을 모으고, 관목숲에 숨어 있다가 지나다니는 염소를 잡아서 젖을 짜고, 항상 아이올리[18]를 만들거나 부야베스를 만들거나.

코르시카 사람들은 그들의 업무 외에는, 절대로 아무 일에도 매달리지 않는다네. 그들은 스스로를 공무원이라 여겨서 그런지, 하루 종일 주방에서, 끝나지도 않는 스코파[19] 놀음을 한다네. 심각한 표정으로 담배 파이프에 불을 붙이거나, 초록색 담뱃잎을 손아귀에 잡고 가위로 잘게 자를 때 외엔 멈추는 법도 없었지.

나머지 부분에선 마르세유든 코르시카든 세 사람 모두 좋은 사람들이었네. 순박하고, 순진하고, 그들의 손님을 대단히 세심하게 배려해 주는, 어쨌거나 그들에게는 충분히 비정상적인 사람이었을 텐데도 말이야.

생각해 보게! 본인이 좋아서 등대에 와 처박히다니! 하루하루가 그렇게 길게 느껴지고, 육지로 돌아가는 차례가 되면 그렇게 기뻐하는 사람들에게는 말일세. 날씨가 좋은 계절에는 이 커다란 기쁨이 매달 찾아온다네. 등대에서 삼십 일을 보내면 육지에서 열흘을 보내는 것이지. 이게 규칙이란 말일세. 하지만 겨울이나 악천후 때는, 따질 규칙 따위는 없는 것이지. 바람이 불어 젖히고 파도가 높아지면 상기네르섬은 하얀 거품 속에 잠기고, 근무 중인 등대지기는 두세 달 동안, 연속으로 발이 묶인다네. 가끔 있는 끔찍한 기상 상황에서는 말일세.

어느 날 저녁을 먹는 동안, 나이 지긋한 바르톨리가 이야기를 꺼냈네.

"내가 여기서 겪은 일인데 말이오, 선생. 오 년 전에 내가 겪은 일이오. 우리가 지금 앉아 있는 이 식탁에서 말이오. 어느 겨울날, 지금처럼 말이오. 그날 저녁에는 이 등대에 우리 두 사람밖에 없었거든. 나와 체코라고 부르던 동료… 다른 사람들은 육지에 나가 있었소. 병 때문에도 그렇고, 휴가 때문에도 그렇고, 기억은 잘 안 나지만… 우린 저녁 식사를 끝내고 있었소. 아주 평온하게… 그런데 갑자기, 이 동료가 먹는 걸 멈추고, 나를 이상한 눈으로 잠깐 바라보더니, 픽! 식탁 위로 쓰러지는 거요. 팔을 앞으로 뻗은 채. 그 친구한테 가서, 그 친구를 흔들면서 말을 붙였소. '어이! 체코!… 어이 체코!' 전혀 움직이지 않았소! 죽은 거였소… 어떤 기분인지 상상하시겠소! 나는 한 시간 이상 시체를 앞에 두고 떨면서도 멍하게 앉아 있었소. 그러다 문득 생각이 났소. '등대!' 나는 즉시 전조등으로 올라가서 불을 밝힐 수밖에 없었소. 벌써 밤이었던 것이지… 정말 끔찍한 밤이었소, 선생! 바다든, 바람이든, 전혀 평소의 소리와 같지 않았소. 누가 계속 나를 계단에서 부르는 것 같고… 그러니 열도 나고, 목도 마르고! 하지만 내려가지는 않았소… 나는 죽은 사

람이 너무 무서웠던 게요. 그럼에도 불구하고 새벽에는 용기가
좀 나더군요. 나는 그 동료를 그의 침대로 옮겼소. 침대보를 덮
어 주고 기도도 올렸소. 그러고는 서둘러 비상 신호를 날렸지.
불행하게도 바다가 너무 거칠었소. 간절하게 부르고 또 불렀지
만, 아무도 오지 않았소. 나는 등대에 이 불쌍한 체코와 단둘
이 남게 된 거요. 하느님만 아실 동안 말이오. 나는 배가 도착
할 때까지 그를 등대에 모셔 두려고 있었소. 하지만 사흘이 지
나자 그건 정말 가능치 않았소. 어떻게 해야겠소? 밖으로 들고
가? 땅에 묻어? 암반은 너무 단단하고 섬에는 까마귀들이 너
무나 많았소. 이 독실한 신자를 버려 두자니 가엾었단 말이오.
그래서 나병 요양소의 작은 방으로 그를 옮기는 건 어떨까 생
각했소⋯ 이건 나에게도 오후 내내 해야 했던 슬픈 노역이었다
오. 그리고 용기를 내야 했던 일이었다고 얘기할 수도 있소. 이
보시오, 선생. 오늘까지도 오후에 큰 바람이라도 불 때, 섬의 그
쪽으로 내려갈 때면, 나는 그 시신이 아직도 내 어깨에 남아 있
는 것처럼 느껴지곤 한다오⋯⋯."

　가여운 바르톨리 노인! 그 일을 생각하는 것만으로도 그의
얼굴에는 땀이 흐르고 있었네.

*

우리의 식사는 그러고도 이런저런 얘기를 하느라 길어졌네. 등대 얘기, 바다 얘기, 침몰선 이야기, 코르시카 강도들 이야기……. 그리고 날이 어두워지자, 첫 번째 순번의 등대지기가 그의 작은 램프에 불을 밝히고, 담배 파이프와 물병과 상기네르도서관의 유일한 장서인 빨간 표지의 두꺼운 『플루타르코스 영웅전』[20]을 들고 아래쪽 어딘가로 사라졌네. 잠시 후에는 쇠사슬과 도르래, 무거운 시계를 돌리는 소음이 등대 전체를 채우기 시작하네.

그 시간 동안, 나는 바깥의 테라스로 나가 앉는다네. 태양은 이미 많이 내려앉았네. 수평선조차도 밑으로 끌어당길 듯이, 수면으로 점점 더 빨리 떨어지고 있네. 바람은 차가워졌고 섬은 보랏빛으로 물들어 갔네. 하늘에선 내 주위로 커다란 새가 무겁게 지나치는데, 아마 탑으로 돌아가는 독수리였을 듯싶네. 조금씩 바다에서 안개가 일었네. 잠시 후면 섬 주위로 하얀 거품이 만드는 가장자리만이 보이겠지… 갑자기 내 머리 위로 부드러운 빛의 거대한 광채가 터져 나왔네. 등대가 밝혀진 것일세. 섬 전체를 어둠 속에 남겨 둔 채, 밝은 광선은 바다 위로 넓게 퍼져 나갔네. 번잡한 고뇌에 빠진 나에게 빛줄기를 뿌리는 거대한 빛의 파장 아래, 나는 밤 속으로 숨어 버렸다네. 이제 바람은 더욱 차가워졌네. 들어가야 했지. 나는 더듬더듬 큰 문을 닫고 걸쇠가 잘 잠겼는지 확인하고, 그러고도 계속 더듬거리면서, 발밑의 떨며 삐걱거리는 작은 주철 계단을 올랐네. 등대의 꼭대기에 오른 거지. 여기는, 예를 든다면 말일세. 빛 그 자체일세.

여섯 줄의 심지가 박힌 거대한 카르셀 램프를 떠올려 보게. 그 램프 주위로 천천히 돌아가는 전조등의 벽면 중에 한 면은 거대한 크리스털 렌즈가 끼워졌고, 다른 면은 바람으로부터 불꽃을 지키기 위해, 커다란 고정 유리 격자가 끼워져 있다네. 들어가니까 눈이 부셨네. 구리, 주석, 반짝이는 금속 반사판, 가운데가 불룩 튀어나온 크리스털 유리벽은 푸르스름한 큰 원을 그리며 돌아가고, 온통 번쩍거리고, 온통 요란스러운 빛들 때문에, 나는 잠깐 현기증을 느꼈네.

그동안 조금씩 내 눈은 익숙해졌고, 나는 졸음을 참기 위해 소리 높여 『플루타르코스 영웅전』을 읽고 있는 등대지기 옆의 램프 발치에 가 앉았네.

바깥은 캄캄한 심연이었네. 유리로 둘러쳐진 작은 발코니 위에는 바람이 미친 듯이 울부짖으며 내달리고 있었네. 등대는 삐걱거리고, 바다는 으르렁거렸네. 섬의 끄트머리, 암초 위로는 대포가 터지는 듯, 은빛 파도가 번쩍였네. 가끔씩 보이지 않는 손가락이 유리 창틀을 두드렸네. 불빛에 이끌린 밤의 날짐승

몇 마리가 와서 크리스털 창에 머리를 부딪친 걸세. 번쩍이면서도 뜨거운 전조등 안에는, 불꽃이 타닥타닥 하는 소리밖에 들리지 않았네. 기름이 떨어지는 소리, 체인이 감기는 소리, 그리고 펠레온의 데메트리우스[21]의 생애에 대해 낭송하는 단조로운 목소리……

*

자정이 되면 등대지기가 일어나서 심지들을 마지막으로 살펴보고 우리는 내려온다네. 계단에서 눈을 비비며 올라오는 두 번째 순서의 동료와 만나게 되네. 그에게 물병과 『플루타르코스 영웅전』을 넘기고… 그런데 침대에 들기 전에 우리는 체인들과 커다란 추, 주석 탱크, 밧줄들이 잔뜩 쌓인 아랫방에 잠깐 들어간다네. 그리고 거기, 작은 램프의 희미한 불빛 아래, 등대지기는 항상 펼쳐져 있는 커다란 등대 일지에 적는 거지.

자정. 파고 높음. 폭풍. 먼 바다에 선박.

세미양트호의 최후

지난번 밤에는 미스트랄 바람이 우리를 코르시카섬으로 데려갔으니까, 이번에는 어부들이 잠자리에서 자주 이야기하는, 바다에서 일어난 끔찍한 이야기 하나를 해볼까 하네. 나는 이 호기심 넘치는 자료를 우연히 얻게 되었네.

이삼 년 전이었을 걸세.

나는 일고여덟 명의 세관 선원들과 동행해서 사르데냐의 바다를 항해하고 있었네. 풋내기 선원에게는 만만치 않은 여행이었지! 3월 내내 좋은 날씨라고는 하루도 없었다네. 동풍은 우리 뒤에서 세차게 불어 왔고, 바다는 노여움을 가라앉히지 않았지.

어느 저녁, 폭풍우에 직면한 우리는 보니파시오해협의 초입에 위치한 작은 섬들 가운데 한 섬으로 우리의 배를 대피시켰네. 전혀 매력적일 것이 없는 섬이었네. 바다 새들이 뒤덮은 황량하고도 커다란 암석들과 약쑥 무더기, 유향나무 덤불들, 그리고 여기저기 물웅덩이에는 나무조각들이 썩어 가고 있었고. 하지만 내 경우로 보자면 밤을 지내는 데, 이 음산한 돌무더기가, 파도가 제집처럼 드나들고 절반쯤이나 화물을 실은, 낡은 세관선의 갑판 선실보다는 훨씬 나았다네. 그러니 우리 모두들 만족해했지.

배에서 고생스럽게 내리자, 선원들은 부야베스를 끓이기 위해 불을 지폈네. 그러고 있는데, 선장이 나를 부르더니, 섬 끝에 안개 사이로 잘 보이지도 않는, 작고 하얀 돌담장을 가리켰네. 나한테 그러더군.

"묘지에 좀 가보지 않겠소?"

"묘지라구요. 리오네티 선장님? 근데 여기가 어딥니까?"

"라베치섬이라오. 선생. 세미양트호의 육백 명 선원들이 매장된 곳이오. 그들의 군함이 난파한 곳이기도 하고. 십 년 전이오. 불쌍한 사람들! 참배객들도 많이 없을 거요. 그저 가서 안녕하냐고 인사나 좀 하는 게 좋을 듯해서, 여기까지 왔으니."

"기꺼이 그렇게 하겠습니다. 선장님."

*

세미양트호의 묘지는 정말 우울했네!⋯ 돌로 된 작고 낮은 벽, 녹이 슬어서 열기도 힘든 철문, 적막한 예배당에, 무성한 잡초에 덮여 잘 보이지도 않는 수백 개의 검정색 십자가들⋯ 국화꽃 화환도 없고, 기념물도 하나 없었네! 전혀⋯ 아! 무덤 속에서 차가운 운명을 견뎌야만 하는, 버려진 불쌍한 영혼들.

우리는 한동안 무릎을 꿇고 있었네. 선장은 크게 소리 내서 기도를 하더군. 묘지의 유일한 지킴이들인 갈매기떼가 우리 머리 위를 맴돌며, 바다의 탄식하는 소리에 맞춰, 그 황량한 울음소리로 합세하더군.

기도를 끝내고 우리는 배를 정박해 놓은 섬의 구석으로 우울하게 내려왔네. 우리가 자리를 비운 사이, 선원들은 시간을 허비하지 않았더구만. 큰 바위를 피난처 삼아 크게 모닥불을 피워 놨고, 냄비에선 김이 모락모락 나고 있었네. 우리는 모닥불을 발치에 두고 둥그렇게 둘러앉았고, 잠시 후, 부야베스를 담고, 검정 빵 두 조각을 썰어 올린, 빨간 토기 사발을 하나씩 받아서 무릎에 올렸네. 식사 자리는 조용했네. 우리는 흠뻑 젖었고, 배고프고, 더구나 묘지를 이웃하고 있었으니⋯ 잠시 후, 사발들을 비우고 파이프 담배들에 불을 붙이고는, 조금씩 이야기들을 꺼냈네. 자연스럽게 우린 세미양트호에 관한 이야기를 했네.

"그래서 결국 무슨 일이 있었던 겁니까?"

나는 머리를 감싸 쥐고 고뇌하는 표정으로 모닥불을 바라보던 선장에게 물었네.

"무슨 일이 벌어진 거냐고?"

선량한 리오네티 선장은 크게 한숨을 쉬고는 대답을 했네.

"어휴! 선생, 이 세상에 그 대답을 해줄 수 있는 사람은 없소. 우리가 아는 것이라고는 크림반도로 가는 부대를 태웠고, 툴롱에서 전날 저녁 나쁜 날씨 속에 출항했다는 것. 밤에는 더욱 나빠지고. 바람에, 폭우에, 우리가 일찍이 볼 수 없었을 만큼 대단한 바다였소. 아침에 바람이 약간 잦아들었지만 바다는 계속 그 모양이었다던데, 네 발자국 앞의 등대 불빛도 가늠이 안 될 만큼, 끔찍하고, 욕 나오는 안개가 끼었던 모양이오. 선생, 안개라는 것이 말이오. 얼마나 음흉한지 아시오… 어쨌거나 말이오, 내 생각에 세미양트호는 아침나절에 방향타를 잃은 것 같소. 왜냐하면 안개 때문에 그걸 잃은게 아니라면, 어떤 선장도 이 섬을 향해 그렇게 바짝 붙이는 경우는 없소. 그 선장은 여기 우리 모두가 알 정도로 대단한 뱃사람이었소. 코르시카의 해군기지를 삼 년 동안이나 지휘했고, 다른 분야는 알

94
별들

지 못하더라도, 이 분야만큼은 나보다 훨씬 잘 아는 사람이었소."

"그럼 세미양트호가 조난을 당한 건 몇 시쯤이라 생각하십니까?"

"아마 정오쯤일 거요. 맞소, 선생. 정확히 정오… 하지만 글쎄! 바다 안개 속이라면 아무리 정오라도 늑대 아가리처럼 시커먼 밤보다 더 나을 것이 없었을 것이오… 그날 거기 있었던 연안 세관원이 나한테 해준 얘기로는, 대략 11시 반쯤 자기 집 덧창을 닫으려고 오두막을 나섰는데, 바람에 모자가 날아가 버렸다더군. 그래서 자기까지 파도에 쓸려 갈지도 모르는 위험을 무릅쓰고 모자 뒤를 쫓아갔다는구먼. 그 긴 해변을 네 손발로 기어서 말이오. 이해하실 거요! 세관원들은 부자들이 아니지, 모자는 비싸고. 어찌 됐든 이 남자가 고개를 잠깐 들어 자기 바로 옆을 흘낏 보니까, 안개 속에서, 마른 돛에, 라베치섬 쪽으로 부는 바람을 안고 지나치는 큰 배가 있었던 거요. 배가 아주 빨리, 너무 빨리 지나쳐서 세관원은 자세히 볼 만한 시간도 거의 없었소. 그렇기는 하지만 모든 것을 미루어 봤을 때, 그건 세미양트호였소. 그리고 삼십 분 후에, 섬의 양치기가 암벽들 위에서 들었던 거요. 선생. 이제 저기 저 양치기가 선생께 자세히 얘기할 거요. 그가 직접 겪은 것을 얘기하는 것이지… 안녕

팔롱보!… 이리 와서 몸이나 좀 녹이게, 겁내지 말고."

두건을 뒤집어쓴 남자였네. 나는 우리 모닥불 주위를 어슬렁거리며 다니던 그를 언제부터인가 봤지만, 우리 선원들 중 하나인 줄로만 알았다네. 이 섬에 양치기도 있었나 하고 생각하는데, 그가 두려워하며 조심스럽게 다가왔네.

그는 나이 든 나병 환자였네. 거의 바보와도 같았고, 비대한 아랫입술로 봐서 괴혈병에라도 걸린 것 아닌가 싶었네. 보기 끔찍했지. 그에게 뭘 시키려면, 우린 아주 힘들게 설명해야 했네. 결국 아픈 입술을 손가락으로 들어 올리면서, 그 노인은 우리에게 문제의 그날, 대략 정오에 무슨 일이 있었는지 얘기하기 시작했네. 그는 암초 위로 뭔가가 부서지는 무시무시한 소리를 자기 오두막 안에서 들었다네. 섬 전체가 바닷물로 덮인 날이었으니 그는 즉시 나가 볼 수 없었고, 다음 날이 돼서야 문을 열고 혼자 내려가 파도에 의해 내던져진 시체들과 배의 잔해들이 가득한 해변을 보고 만 걸세. 끔찍했겠지. 그는 즉시 그의 배로 달려가서 보니파시오로 사람들을 부르러 갔네.

*

겨우 그 정도 얘기를 하는 것도 그 양치기는 힘들어했네. 그래서 선장이 그 이야기를 이어갔지.

"그랬소. 선생. 이 불쌍한 노인네가 우리에게 신고를 해온 것이오. 공포에 질려 거의 미친 상태였소. 그 사건 이후로 그의 머리가 저렇게 망가져 버렸지. 그 일이 그에겐 원인이 된 거요……. 생각해 보시오. 백사장에 널브러진 육백 명의 시체들, 나무조각들과 조각난 돛이 엉망진창이고… 불쌍한 세미양트!… 바다가 그 선체를 두들겨서 박살을 냈으니, 모든 잔해들은 부스러기들뿐이었소. 양치기 팔롱보가, 그의 오두막 주위에 칠 울타리로 쓸 나무 쪼가리 하나도 겨우 찾을 지경이었으니… 시신들도 거의 형체가 온전하지 못했소. 끔찍하게 훼손됐지… 무더기로 쌓여서, 이리저리 얽혀 있는 시신들을 보자니 정말 불쌍했소. …우린 정복 차림의 선장과 목에 영대를 두른 종군 사제를 찾아냈소. 그리고 두 개의 바위틈 구석의 어린 견습 선원, 눈을 뜨고 있더군… 우리는 그가 아직 살아 있는 거 아닌가 했지만, 아니었지! 살아남은 사람은 단 한 명도 없었소."

이때 선장이 말을 끊더니 소리를 질렀네.

"조심해, 나르디! 불 꺼지겠다."

나르디가 역청을 칠한 판자 조각 두세 개를 사그라지는 모닥불 위에 올리자 불꽃이 다시 피어올랐네. 리오네티 선장이 이야기를 이어갔네.

"이 이야기에는 더욱 서글픈 것이 있소. 이거 참… 그 재난에 앞서 삼 주일 전에 말이오. 세미양트호처럼 크림반도로 가던 작은 군함이 같은 방식으로 난파한 적이 있소. 거의 같은 지점이었고. 단지 이 경우엔 우리가 선체에서 발견된 선원들과 스무 명의 병사들을 구하는 데 성공했다는 것이오. 그런데 이 불쌍한 수송병들은 그들의 운명이 영 아니었던 게요. 따져 보시오! 우리는 그들을 보니파시오에 데리고 가서 이틀 동안 직접 돌봐 줬소. 항구에서 말이오… 술도 멋지게 한잔하고, 회복들이 돼서 일어섰을 땐, 안녕! 행운을 비네! 그랬소. 그들은 툴롱으로 돌아갔는데, 거기서 얼마 후에 또다시 크림반도행 배를 탄 것이오. 어떤 배를 탄 줄 아시오? 바로 세미양트였소, 선생… 우리는 그들 전부를 알아볼 수 있었소. 시체들 사이에 누워 있는 그들 스무 명 전부를. 우리가 지금 있는 이 자리였소. 나는 지금도 멋지게 콧수염을 기른 잘생긴 기병 하사. 파리에서 온 그 금발 친구를 떠올린다오. 내가 우리 집에서 재울 때, 항상 재밌는 얘기를 해서 우리를 웃기곤 했는데. 거기에서 그 친구를 보니 내 가슴이 찢어지는 것 같았소. 아! 성모시여!"

그러고 나서, 선량한 리오네티 선장은 가슴이 메었는지, 자기 파이프 속 담뱃재를 털어 내고는 외투를 몸에 둘둘 말고 누워, 나한테 잘 자라고 그러더군… 잠시 동안 선원들이 목소리를 죽여 서로 얘기를 나누더니… 하나씩, 하나씩 담배 파이프를 끄더니… 이야기하는 사람이 더 이상 없었네. 그 늙은 양치기는 가버렸고… 나는 잠에 빠진 선원들 틈에서 홀로 상상하기 시작했네.

*

내가 들은 이야기로부터 받은 비통한 영감이 아직 남아 있을 때, 나는 내 생각을 다시 짜 맞춰 봤네. 사라져 버린 이 불행한 배와 갈매기들만이 유일하게 지켜본 이 절망적인 이야기를. 몇몇 상세한 광경이 나를 사로잡았네. 정복 차림의 선장, 종군 사제의 영대. 스무 명의 병사 무리. 이로써 나는 이 비극의 모든 우여곡절을 추측할 수 있었네.

밤에 툴롱을 떠나는 호위함이 보이네… 항구를 벗어났네. 바다는 거칠었고 바람은 험악했지만 굳센 바다 사람인 선장을 믿고 모두들 배 위에서 평안했네.

아침이 되자 바다 안개가 끼었네. 모두들 걱정하기 시작했다네. 선원들은 모두 갑판 위로 올라갔네. 선장은 함교를 떠나지 않는다네. 중갑판의 선실에는 병사들이 틀어박혀 있다네. 깜깜했지. 분위기는 훈훈했네. 그들 중 몸이 아픈 몇몇은 그들의 그물 침대에 누웠지만, 배가 심하게 흔들리고 이제 서 있는 것도 불가능하네. 그들은 무리를 지어 바닥에 의자들을 붙들고 앉아 떠들었네. 알아들으려면 고함을 쳐야만 했네. 몇 명이 두려움을 느끼기 시작했네.

"들어봐 다들! 여기 근처에서 가끔씩 배가 침몰한다네."

그 수송병들이 그런 얘기를 하는 것이지. 그런 얘기까지 들으니 안심들이 되지 않는다네. 항상 농담 좋아하는 그 파리 출신 기병 하사는 특히나 심했네. 소름 끼치는 농담을 아무렇지도 않게 내뱉었네.

"침몰이라!⋯ 그것 참 재밌지. 침몰이란 말이야, 목욕하러 얼음물에 뛰어드는 거야. 그러고는 우릴 보나파시오 항구로 데려다주지. 리오네티 선장네 집에서 티티새를 먹게 된다는 얘기라고."

그리고 수송병들은 웃는다네⋯ 갑자기 우지끈 하는 소리가 들렸네⋯⋯.

"이게 뭐야? 무슨 일이야?"

"방향타가 부러져 나갔어."

중갑판을 가로질러 뛰어가는 한 선원이 외쳤지.

"즐거운 여행 하세요!"

기병 하사가 악에 받친 듯 외쳤지만 웃는 사람은 아무도 없었네.

갑판 위는 크게 동요하고 있다네. 안개가 시야를 막아선 거지. 선원들이 겁에 질려 더듬거리면서 오락가락한다네… 방향타가 없다니! 조종은 불가능하네… 세미양트호는 바람처럼 표류하기 시작하네… 이때가 11시 30분. 그 세관원이 지나는 모습을 봤을 때일세. 호위함의 선수에서 대포 터지는 것처럼 큰 폭음이 들렸네.

"암초다! 암초!"

끝장이지. 더 이상 희망은 없네. 해안 쪽으로 똑바로 가고 있네. 선장이 함교에서 내려왔네. 그 막다른 순간에도 그는 후미 갑판의 자기 자리에 다시 섰네. 정복을 하고 말일세……. 죽는 순간에도 품위를 지키고 싶었던 게지.

중갑판에서는 불안에 떠는 병사들이 전혀 말도 없이 서로를 바라보며… 병자들은 몸을 일으키려고 노력하고… 그 불쌍한 기병 하사는 이제 웃지 않는다네… 그때 문이 열리고 어깨에 영대를 걸친 종군 사제가 문턱에 나타난다네.

"무릎을 꿇으시오, 여러분!"

모두가 따른다네. 울리는 목소리로 사제는 임종 기도를 시작한다네. 갑자기 엄청난 충격이 닥치네. 비명 소리, 단말마. 끔찍한 비명과 함께 팔을 쭉 펴고 손을 모아 간구하며 번개처럼 지나는 죽음의 광명을 놀라서 바라본다네.

"자비를 베풀어 주소서!"

이렇게 나는 상상으로 온밤을 지새웠네. 십 년의 시공을 두고 나를 둘러싼 잔해, 불행한 배의 영혼을 소환해서 말일세… 저 멀리, 해협에서는 폭풍우가 여전히 격렬했네. 야영지의 모닥불도 지중해의 강풍 밑에서 엎드렸고 나는 암벽의 발치에서 춤추고 있는 우리의 배가 밧줄에 묶여 울부짖는 소리를 듣고 있었네.

세관원들

에밀리라는 이름의 그 배, 포르토 베키오 선적, 라베치섬으로의 우울한 여행을 할 때 탔던 세관 소유의 오래된 소형 보트였다네. 반갑판식이라 파도와 햇살과 빗물을 피할 곳이라고는 간이침대 두 개와 식탁 하나가 겨우 자리 잡을 만큼 좁고, 역청을 칠한 작은 갑판 선실뿐이었네. 그러니 날이 거칠어도 선원들은 갑판에 있어야 했지. 빗물 흐르는 얼굴에, 삶아 낸 빨랫감처럼 김이 모락모락 오르는, 흠뻑 젖은 작업복에, 한겨울에도 이 불쌍한 사람들은 갑판에서 하루를 보냈다네. 밤에는 말일세. 나쁜 습기에 몸을 덜덜 떨며 젖은 의자에 쪼그려 앉아야 했네. 배 위에선 불을 지피는 것조차 할 수 없었지. 그렇다고 해안에 배를 대는 것은 꽤 어려운 일이었고, 이렇게 혹독한 시간을 보넘에도 불구하고, 그들 중에 불평을 하는 사람은 한 명도 없었 네. 그들은 항상 평온하고 쾌활해 보였네. 하지만 이 세관 선원 들만큼 서글픈 인생들이 있을까 싶네!

그들 대부분은 기혼이었는데, 부인과 자식들은 육지에 있고, 그들은 바깥의 그 위험한 해안을 이리저리 항해하면서 몇 달 을 보낸다네. 먹는 걸 따져 보면 그들은 곰팡이 난 빵이나 보잘 것없는 양파 정도 외엔, 거의 먹을 수 없네. 포도주나 고기 같 은 것은 일절 없었지. 일 년에 오백 프랑밖에 못 버는데 그 비 싼 포도주와 고기라니! 일 년에 오백 프랑이라고! 생각 좀 해보 게! 어두컴컴할 수밖에 없는 저기 부두 쪽의 오두막과 신발도 신기지 못하는 애들을 말일세!… 말도 안 되지! 그 사람들, 전 부 겉으로만 만족스러워 보이는 걸세. 뒤로는 말일세, 선실 앞 의 빗물을 가득 채운 큰 물통에서 선원들이 물을 마실 때면, 내가 기억하기로, 이 불쌍한 친구들은, 누구나 물컵의 마지막 한 모금을 마시고 나면 만족스럽다는 듯이 "아!" 하고 감탄을 한다네. 어쩌면 웃기고, 어쩌면 눈물겹게도, 잘 살고 있다는 흉 내를 내는 것이지.

그중에서도 제일 명랑하고 제일 긍정적인 사람은 우리가 팔 롱보라고 부르는, 키가 작지만 다부지고, 햇볕에 잔뜩 그을린 보니파치오 사람이라네. 아무리 험악한 날씨 속이라 해도 노래

104
별들

를 부르는 사람이었지. 파도가 거칠어지고, 낮고 어둡게 깔린 하늘에서 우박이 떨어지면, 모두들 바람의 냄새를 맡고, 바람 소리에 귀를 기울이며 오락가락하는 바람의 방향을 살피지만, 이 근심 걱정 가득하고 적막한 배 위에서조차, 팔롱보의 목소리는 평온하게 울려 퍼진다네.

안 돼요, 주교님,
너무 영광이지만요.
리제트는 정숙…해요.
마을에 머무…세요.

돌풍이 몰아치고 선구들이 삐그덕거리고, 배가 요동치고 바닷물이 들이쳐도, 이 세관원의 노래는 파도 위의 갈매기처럼 균형을 잡으면서 계속 이어졌네. 가끔 바람 소리의 반주가 너무 세면, 말하는 소리는 들리지 않았지만, 파도치는 소리 사이사이로, 쥐어짜듯 쏟아지는 빗줄기 속에서 이 짧은 후렴구는 계속 들려왔다네.

리제트는 정숙…해요.
마을에 머무…세요.

하루는, 바람이 세게 불고 비가 아주 많이 오는데도 불구하고, 그의 노랫소리가 들려오지 않았네. 이건 아주 비정상적인 일이라 나는 선실 문을 나섰네.

"어이! 팔롱보. 노래 이제 안 해?"

팔롱보는 대답이 없었네. 꼼짝도 않고 긴 의자에 누워 있었네. 가까이 다가갔지. 그 친구는 이빨을 딱딱거리며 떨고 있었네. 고열로 온몸을 떨고 있었던 걸세.

"풍투라에 걸렸어요".

그의 동료가 슬픈 목소리로 말했네. 그 친구가 풍투라라고 부른 것은 옆구리 통증으로 바로 늑막염일세. 하늘은 온통 납빛이고, 배는 물로 흥건하고, 열이 펄펄 나는 이 불쌍한 친구는 바다표범 가죽 같은, 고무를 씌운 낡은 방수 외투를 돌돌 말아 덮고, 이 빗속에 누워 있었네. 이렇게 침통한 광경은 본 적이 없었지. 잠시 후 추위와 바람과 거친 파도는 그의 병세를 더욱 악화시켰네. 헛소리까지 했다네. 배를 뭍에 대야 했네.

오랜 시간과 우여곡절 끝에, 저녁이 돼서야 우리는, 조롱하듯 빙빙 날아다니는 새 몇 마리만이 생기를 느끼게 하는, 조용하고 호젓한 작은 항구에 배를 정박시켰네. 해안 주변으로는 계절도 상관없이, 늘 어두운 초록색을 띤 잡초들과 관목들이 온통 엉켜 있는, 경사진 높은 암벽이었고, 그 밑으로 해변에 회색 덧창을 단 하얗고 작은 집이 있었네. 거기가 바로 세관 출장소였지. 이 황량한 곳 한가운데, 국가의 건물이랍시고 제복의 정모처럼 번호를 달아 놓은 걸 보니 음산해 보이더군. 여기다 우리는 운도 지지리 없는 팔롱보를 내려놨네. 환자에게는 정말 한심한 시설이었네! 화롯불 옆에서 아내와 아이들과 저녁을 먹고 있던 세관원이 우리를 맞았네. 바짝 야위어서 누렇게 뜬 얼굴에 눈동자만 튀어나온 그곳 사람들 모두가 열병 환자들이었네. 아직 젊고 팔에 젖먹이를 안고 있던 그 엄마는 우리에게 얘기를 할 때면 몸을 덜덜 떨었네. 그때 감찰관이 낮은 목소리로 얘기했네.

"여긴 끔찍한 곳이오. 이 년마다 여기 근무하는 세관원들을 교체해야만 하오. 말라리아로 죽을 수도……."

그는 그동안에도 의사를 부르기 위해 애썼네. 하지만 사르텐느보다 가까운 곳엔 없었다네. 말하자면 반경 삼십 킬로미터 내에는 없다는 말일세. 어쩌겠는가? 우리 선원들이 갈 수는 없고, 애들 중 한 명을 보내기엔 너무 멀고. 그때 그 아내가 바깥의 비탈 쪽으로 누군가를 불렀네.

"세코! 세코!"

그리고 우리는 균형이 잘 잡힌 몸매의 청년이 들어오는 걸 봤는데, 염소 털로 짠 망토를 걸치고 갈색 모직 모자를 쓴 모습이 진짜 밀렵꾼이나 산적처럼 생겼더군. 배에서 내릴 때, 나는 이미 빨간 담배 파이프를 이에 물고, 다리 사이에 엽총을 끼고 문 앞에 앉아 있는 그를 눈여겨봤다네. 이유는 모르겠지만 우리가 다가가자 그는 우리를 피했었지. 아마도 우리 일행 중에 헌병이라도 있는 줄 알았던 모양일세. 그 친구가 들어오자 세관원 부인의 얼굴이 약간 붉어졌네.

"제 사촌이에요. 관목숲에서도 길을 잃을 위험이 없을 거예요."

그녀가 우리에게 이렇게 얘기하고는, 아주 낮은 목소리로 그 사촌에게 환자에 대해서 설명을 했네. 그 친구는 대답도 없이 고개를 끄덕하고는 나가더니 휘파람을 불어 자기 개를 부르고는 떠났다네. 엽총을 어깨에 메고 긴 다리로 이 바위 저 바위를 뛰면서 말일세. 그러고 있는 동안, 나타난 감찰관을 보고 무서워서 떨던 아이들은 밤과 하얀 치즈로 서둘러 저녁 식사를 끝냈네. 여전히 물이었지. 식탁에는 물밖에는 없었어! 아이들한테 포도주 한 모금이라도 있었으면 얼마나 좋았겠는가! 아, 불쌍하더구먼! 결국 엄마는 애들을 침실로 올려 보냈고, 아빠는 호롱불에 불을 붙이고 해안을 순찰하러 나갔네. 그리고 우리는 불가에 머물며, 아직도 바다 한가운데에서 파도에 흔들리는 것처럼, 초라한 침대에서 몸을 뒤척이고 있는 우리의 환자를 돌보고 있었네.

그의 병세를 조금 가라앉히기 위해 우리는 자갈과 벽돌 몇 개를 데워서 그의 옆구리에 대어 줬네. 한두 번 정도, 내가 그의 침대에 다가서니까 그 불쌍한 환자가 나를 알아보더니 감사의 표시라도 하려는 듯이 손을 힘겹게 내밀더군. 그 거칠고 큰 손이 방금 불에서 꺼낸 벽돌처럼 뜨거웠네.

참 슬픈 간호였네! 바깥에선 해가 지니까 기상이 다시 나빠졌네. 파도 부서지는 소리, 자갈 구르는 소리, 거품 끓어오르는 소리, 바다와 암석들의 전투였다네. 가끔씩 광포한 바람이 섬 입구의 협곡 사이를 빠져나와, 우리가 머무는 집을 뒤덮었네. 우리는 갑작스레 피어올라 선원들의 침울한 얼굴을 확연히 비추는 불꽃의 움직임을 통해 그걸 느낄 수 있었네. 벽난로 주위에 모여 있는 그들은, 한결같은 수평선과 광대한 공간에 익숙한, 일종의 체념 같은 평온함으로 그 불빛을 바라보고 있었네. 가끔씩 팔롱보도 가늘게 신음 소리를 냈네. 그러면 모두가 눈을 돌려, 가족들로부터 멀리 떨어져 도움도 받지 못한 채, 죽음의 과정을 거쳐 가는 가련한 동료가 누운 어두운 구석을 바라봤네. 모두가 숨을 들이마시고 크게 한숨을 내쉬었네. 그들이 짊어진 불행에 대한 자각으로 인해, 끈기 있고 온유하기만 한 이 바다의 일꾼들에게서 얻어 낼 수 있는 것은, 이것이 전부였다네. 폭동도 없고, 파업도 없고. 한숨을 쉬는 것 외엔 아무것도 할 수 없는! 아니, 어쩌면 내가 틀릴지도 모르겠네. 벽난로 불에 장작 하나를 넣으려고 내 앞을 지나던 그들 중 한 사람이 나에게 아주 낮고 비통한 목소리로 말했네.

"보셨소, 선생? 우리 직업에 고민들이 꽤나 많소!"

퀴퀴냥의 주임 사제

매년 성촉절[22]이 되면, 프로방스의 시인들은 아비뇽에서 재 있는 산문과 아름다운 시문들이 가득 담긴 작지만 행복스러운 책을 발간합니다. 조금 전에 올해분으로 발간된 책이 도착했고, 거기서 경배할 만한 우화를 하나 발견한 김에, 여러분께도 조금 요약해서 전달하고자 합니다. 파리 분들, 광주리를 좀 갖다 대세요. 이번에 제가 드릴 것은 프로방스의 최고급 밀가루랍니다.

*

마르탱 신부는 퀴퀴냥의… 주임 사제입니다.

빵처럼 부드럽고 황금처럼 솔직했죠. 퀴퀴냥 사람들을 친자식들처럼 사랑했답니다. 그로서는 퀴퀴냥 사람들이 조금만 더 마음에 들게 행동한다면, 퀴퀴냥이 마치 지상의 천국과 같지 않을까 생각했습니다. 하지만 세상에! 고해실은 거미들이 줄을 쳐놨고, 부활절처럼 중요한 날에도 성합 밑바닥의 성체들은 그대로 남았습니다. 그 선한 사제는 가슴에 멍이 들어서 항상 하느님께 자비를 간구했습니다. 그의 길 잃은 양떼가 교회의 품 안으로 돌아오기 전에는 죽지 않도록 해달라고 말이죠.

그런데도 불구하고 그에게 응답하신 하느님을 이제 보여 드리겠습니다.

어느 주일미사에서 복음서 강독을 끝낸 마르탱 신부가 설교를 위해 강단으로 올라갔습니다.

*

형제님들! 믿어지지는 않겠지만 제 얘기를 믿어 주세요. 며칠 전 밤, 이 가련한 죄인은 천국의 문에 가 있었습니다. 제가 문을 두드리니까 베드로 성인께서 문을 여셨습니다.

"이게 누구신가! 우리 선량한 마르탱 신부시구먼. 그런데 어쩐 일로? 내가 그대에게 뭔가 해줄 거라도 있는가?"

"생명책을 펼치시고, 천국의 열쇠를 쥐고 계신, 거룩하신 베드로 성인이시여! 제가 호기심이 아주 많은 사람은 아니지만 천국에 들어간 퀴퀴냥 사람들이 몇 명이나 되는지 말씀해 주실 수 있겠습니까?"

"자네에게라면 거절할 이유가 없지, 마르탱 신부. 여기 앉게. 우리 같이 좀 들여다보세."

그리고 베드로 성인은 그의 커다란 명부를 가져다 펼치시고 돋보기를 걸치셨습니다.

"좀 보세! 퀴퀴냥이라. 그렇지. 퀴… 퀴… 퀴퀴냥. 여기 있구면. 퀴퀴냥… 선량한 마르탱 신부. 페이지가 완전히 백지라네. 한 명의 영혼조차 없다네… 칠면조에 생선가시처럼, 퀴퀴냥 사람이라고는 전혀 없네."

"그럴 수가! 퀴퀴냥 사람들이 여기 한 사람도 없다는 말씀이십니까? 단 한 사람도요? 말도 안 되는 일입니다! 자세히 좀 더 봐주시죠……."

"아무도 없다니까, 성직자 양반. 그대가 직접 좀 보게. 내가 농담이라도 하는 줄 아는가."

"제가 어찌 감히!" 저는 다리가 덜덜 떨렸습니다. 그리고 두 손을 모아 자비를 빌었습니다. 그러자 베드로 성인께서 그러셨죠.

"마르탱 신부, 나를 믿어 주게. 이게 아무리 나쁘고, 기절할 일이라 하더라도, 너무 마음 상하지는 말게. 이게 그대의 잘못은 아니지. 게다가 그 퀴퀴냥 사람들 말일세. 그대도 알잖은가. 연옥에서 잠깐 속죄를 하고 있을지도 모르지."

"아! 위대한 베드로 성인이시여! 자비를 베풀어 주십시오! 제가 그들을 만나서 위로라도 할 수 있도록."

"그대가 그렇게 원한다면야… 자, 받게. 남은 여정이 그렇게 편안하지는 않을 테니 이 샌들을 서둘러 신게나. 자, 됐구면. 이제 그대 앞으로 보이는 길을 쭉 따라가게. 저기 보이지? 그 끝에서 돌아서면 말일세. 검정색 십자가가 별처럼 촘촘히 박힌 은으로 된 문이 보일 게야. 아, 오른손으로… 두드리게, 열릴 걸세… 주께서 함께하시길! 늘 건강하고 평안하기를."

*

저는 나아가고 또 나아갔습니다! 얼마나 끔찍한 것들이 쫓아오는지! 상상만 해도 소름이 돋습니다. 그 좁은 오솔길에는 고난이 가득했습니다. 번쩍이는 눈을 빛내며 쉬익 쉬익 숨을 쉬는 뱀들이 저를 그 은빛 문까지 쫓아왔습니다.

"쾅! 쾅!"

"누구요!"

짜증스럽고 거친 목소리가 들렸습니다.

"퀴퀴냥의 주임 사제입니다."

"어디?"

"퀴퀴냥이요."

전 들어갔습니다. 밤처럼 어두운 날개를 달고, 낮처럼 빛나는 긴 옷을 입은, 크고 아름다운 천사가 허리띠에 다이아몬드 열쇠를 하나 차고, 베드로 성인의 것보다 훨씬 더 두꺼운 큰 장부에다가 뭔가를 적고 있었습니다. 긁적긁적……

"거두절미하고, 원하는 게 뭐요? 뭘 부탁하려는 거요?"

천사가 물어 왔습니다.

"하느님의 거룩한 천사시여. 제가 좀 알고 싶은데… 어쩌면 제가 호기심이 너무 많은지 모르겠습니다만…. 여기 혹시 퀴퀴냥 사람들이 좀 있는지……."

"어디?"

"퀴퀴냥이요. 퀴퀴냥 사람들 말입니다… 제가 그 사람들 신부거든요."

"아! 그 마르탱 신부 아니십니까?"

"예, 그렇습니다, 천사님."

*

"퀴퀴냥이라고 했겠다……."

그 천사는 그 큰 장부를 펼쳐서, 종잇장을 잘 넘기기 위해 손가락에 침을 묻혀 가며 책장을 넘기기 시작했습니다.

"퀴퀴냥이라. 마르탱 신부님, 여기 연옥에는 퀴퀴냥 사람들이 한 명도 없습니다."

천사가 긴 한숨을 쉬면서 말했습니다.

"예수님! 성모마리아님! 요셉 아버지! 퀴퀴냥 사람이 연옥에 한 명도 없답니다! 오, 거룩하신 하느님! 그럼 대체 그들이 어디 있답니까?"

"음! 신부님. 천국에 있지 않을까요? 거기 아니라면 도대체 어디들 있겠습니까?"

"아니요. 제가 가봤습니다. 그 천국에……."

"가봤다고요? 정말로요?"

"정말로요! 거기도 없었어요!… 아! 천사 같으신 성모님이시여!"

"어쩔 수 없는 것 아닙니까? 주임 사제님. 천국에도 없고 연옥에도 없다면 그 사이엔 뭐가 없으니, 그들은 아마도……."

"성스러운 십자가의 예수님! 다윗 왕의 자손이시여! 아! 아! 아! 그럴 수가?… 거룩하신 베드로 성인께서 거짓말이라도 하신 걸까요? 수탉이 우는 소리도 듣지 못했는데… 아! 불쌍한 사람들! 퀴퀴냥 사람들이 천국에 가지 못했다면 제가 또 어떻게 천국에 갈 수 있겠습니까?"

"들어 보시오, 가엾은 마르탱 신부님. 그렇게 원하신다면, 어떠한 대가라도 치르신다면, 이 모든 것에 확신을 갖고, 이 상황을 뒤집기 위해 노력을 해보시겠다면, 이 길로 가시오. 길 흐르는 대로 따라가시오. 열심히 따라가다 보면… 왼쪽에 큰 문을 찾을 낼 수 있을 겁니다. 이제 모든 것을 알려 드렸습니다. 하느님께서 드리신 거죠!"

그러고는 천사가 문을 닫았습니다.

*

그 긴 오솔길은 온통 이글이글 타는 붉은 숯이 깔렸습니다. 저는 술에 취한 듯이 비틀거렸습니다. 매 걸음마다 망설였던 것이죠. 저는 푹 젖었습니다. 제 몸의 털끝마다 땀방울이 맺혔죠. 저는 목이 말라 헐떡거렸습니다… 그래도 선한 베드로 성인께서 저에게 빌려 주신 샌들의 가호로, 발이 타지는 않았습니다.

제가 그럭저럭, 아주 틀리지 않게 가다 보니, 제 왼쪽으로 문하나가 보이더군요… 아니 대문, 아주 큰 대문이었어요. 거대한 오븐의 문짝처럼, 온통 불타고 있었지요. 오! 여러분, 엄청난 광경이었습니다. 거기선 제 이름을 묻지 않았고, 접수처도 없었습니다. 사람들이 무더기로 활짝 열린 문으로 들어가고 있었으니까요. 형제분들, 여러분이 일요일마다 들어가는 무도회장처럼 말입니다.

굵은 땀방울이 흘렀지만 오히려 저는 오싹했습니다. 저는 얼어붙어 버렸습니다. 머리카락이 쭈뼛 섰습니다. 불에 타는 냄새가 났습니다. 마치 우리 퀴퀴냥의 대장장이 엘로이가 나이든 당나귀에게 쇠 징을 달기 위해, 발굽을 지질 때 나는 것 같은, 바로 살을 태우는 냄새였습니다. 이 역겨운 냄새와 불타는 것 같은 공기 때문에 저는 숨을 못 쉴 지경이었습니다. 그리고 끔찍한 비명 소리, 울부짖는 소리, 고함 소리와 욕설까지 들려왔습니다.

"어이! 너, 들어올 거냐, 아님 말 거냐?"

뿔 달린 악마 하나가 삼지창으로 저를 찌르면서 물었습니다.

"나? 나는 들어가지 않겠네. 나는 하느님을 모시는 사제일세."

"넌 하느님의 사제로군… 어! 머리 가운데가 훤한 것이 말야!… 근데 여기서 뭐 하는 거냐?"

"뭐 하러 왔냐면… 아! 말도 말게. 지금 내 다리로 서 있는 것도 힘들 판인데… 뭐 하러 왔냐면… 내, 저 멀리서 왔는데… 솔직히 좀 물어보겠네… 혹시… 혹시 말일세. 우연하게라도 말일세… 자네 여기서 혹시… 누군가… 퀴퀴냥의 누군가를……."

"아! 참 이상한 놈이네! 퀴퀴냥 사람 모두가 여기에 있는 것도 모르는 멍청한 놈일세. 봐봐. 이 추잡한 까마귀 같은 놈아. 보라고. 우리가 그 유명한 퀴퀴냥 놈들을 어떻게 다루고 있는지 보라고!"

*

저는 이 엄청난 불길의 소용돌이 속에서 그들 모두를 볼 수 있었습니다.

우선 키가 큰 코크갈린─형제님들, 여러분들도 잘 알고 있는─ 그렇게 자주 술에 취해서, 그렇게 자주 그 불쌍한 클레롱에게 호통을 치던 그 코크갈린입니다.

카타리네도 봤습니다… 이 불쌍한 매춘부… 빈둥거리면

서… 헛간에서 혼자 자던… 기억들 날 텐데? 참 웃기는 사람들이네! 뭐 그렇다면 지나갑시다. 길게 얘기하지 않겠습니다.

전, 파스칼 두와 드 푸와도 봤습니다. 줄리앙 씨네 올리브 열매를 갖다가 기름을 짜던.

전, 이삭줍기 바베도 봤습니다. 이삭을 주울 때 자기 짚단을 좀 더 묶겠다고 다른 사람 짚단에서 한 움큼씩 빼내던.

전, 그라파시 영감도 봤습니다. 자기 마차의 바퀴에만 그렇게 기름을 듬뿍 칠하던.

그리고 자기 집 우물물을 그렇게 비싸게 팔아먹은 도핀느.

그리고 거룩한 하느님을 모시는 저를 만나기만 하면, 개라도 만났다는 듯이 파이프를 입에 물고, 모자를 쓴 채로, 왕처럼 거만하게, 제 갈 길로 가버리던 토르티야르.

그리고 쿨로와 그 부인 제트. 자크. 피에르. 그리고 토니까지……

*

가슴이 메이면서도 공포에 질린 청중은 울먹이는 것 같았습니다. 그들의 아버지, 어머니, 할머니, 심지어 작은할머까지 몽땅 지옥에 떨어졌다니요… 마르탱 신부가 강론을 이어갔습

120
별들

니다.

"잘 생각해 보세요. 형제님들. 잘 생각해 보세요. 이건 그렇게 질질 끌 일이 아닙니다. 저는 영혼을 변화시키려 합니다. 그리고 저는 여러분 모두가 머리부터 굴러떨어지고 있는 구렁텅이에서 여러분을 구하고 싶습니다. 내일부터 당장 저는 작업을 시작할 겁니다. 내일보다 더 늦을 수는 없습니다. 그리고 이 작업은 멈추지 않을 겁니다! 여기 제가 가져온 것을 좀 보세요. 이 모든 것을 잘 실행하기 위해서는 이 모든 것을 순서대로 해야 합니다. 줄을 좀 맞춰 봅시다. 종키에르 마을에서 춤을 추듯이 말입니다.

내일 월요일엔 노인들의 고해성사를 진행하겠습니다. 뭐 별거 없겠지요.

화요일엔 아이들. 이것도 금방 끝날 겁니다.

수요일엔 처녀, 총각들. 이건 좀 길어지겠네요.

목요일엔 남자들. 일찍 좀 끝냅시다.

금요일엔 여자들. 미리 얘기하죠. 수다는 안 됩니다!

토요일엔 그 방앗간 주인!… 그이 혼자라도, 온종일도 모자랄지 모릅니다.

그리고 일요일에 우리는 끝날 겁니다. 모두들 행복해질 겁니다.

여러분 좀 들어 보세요. 밀이 익으면 수확을 해야죠. 와인 마개를 따면 마셔야죠. 여기 엄청 더러운 빨랫거리가 있으면 빨아야 합니다. 이걸 아주 잘 빨아야 하는 겁니다.

여러분 모두에게 주님의 은총이 함께하시길 축원합니다. 아멘!"

*

그 이야기들은 다 이뤄졌습니다. 우리 모두 세탁이 된 거죠.

이 기억할 만한 일요일부터 퀴퀴냥에서 풍기는 미덕의 향기는 그 주위 사방천지로 전해졌습니다. 그리고 이 훌륭한 신부 마르탱 씨는 행복하고 환희에 넘쳤습니다. 어느 날 밤, 그는 그의 양떼를 몰고, 반짝이는 예배 행렬을 이뤄서, 불 켜진 촛불 사이로 소년 성가대가 부르는 찬미송을 들으며, 향기로운 향불 연기 속에서 하느님 나라로 가는 빛나는 길로 올라가는 꿈을 꾸었습니다.

자, 이것이 그 역시도 다른 훌륭한 동료에게서 들었다면서, 위대한 방랑 시인 루마니유[23]가 여러분께 전하라는 퀴퀴냥의 주임 사제에 관한 이야기입니다.

노인들

"편지라고요? 아장 아범?"

"예 선생님… 파리에서 왔네요."

이런 것이 파리에서 오면, 아장 아범은 신이 나곤 했네. 나야 아니지. 장 자크 거리에 사는 이 파리 친구가, 이렇게 이른 아침에 내 책상 위로 난데없이 떨어뜨려 놓은 것이라면, 하루를 송두리째 잡아먹을 일일세. 틀린 적이 없어. 곧 보게 될 거네.

친구야, 내 부탁 좀 하나 들어줘. 자네 풍차의 문을 하루만 닫아걸고 에기에르로 좀 급히 가주게. 에기에르야 자네 집에서 겨우 삼사십 리 정도 떨어진 마을이니까, 산책이지, 뭐. 도착하면 오르펠린 고아원을 물어보게. 고아원 뒤로 첫 번째 집, 회색 덧창을 하고 작은 정원을 뒤로 가꿔 놓은 집일세. 문 두드릴 것 없이 들어가게— 문이야 늘 열려 있을 테니—. 그리고 들어가면 이렇게 큰 소리로 외치게, "안녕하세요? 어르신! 모리스 친구 됩니다……." 그러면 키 작은 노인네 두 분이 나오실 걸세. 아! 노인들이시지. 노인들이야. 엄청 노인들일세. 내 대신 성심을 다해 두 분을 안아 드리게. 두 팔 활짝 펴서, 그분들 안락의자처럼 말일세. 그분들도 자네에게 그렇게 할 걸세. 그러고는 수다스러워지실 걸세. 그분들은 자네에게 나에 대해 물어보실 걸세, 오로지 나에 대해서만 말일세. 그분들은 자네가 지겨울 만큼 수없이 물어보실 거야. 그래도 지겨워하지는 말게, 응? 그분들은 내 조부모님이시네. 두 분은 나를 그분들 인생 전부라 여기시지만, 지난 십 년 동안이나 찾아뵙지 못했네. 십 년, 너무 길지! 하지만 어쩌겠는가? 나야, 오랜 세월, 파리가 날 붙들고 있으니……. 두 분 연세들이 그러시니 나를 보러 오신대도, 길에서 쓰러지실지도……. 다행스럽게도 내 방앗간지기 친구, 꼭 안아 주고 싶은 자네가 거기 있으니, 불쌍한 노인네들이 나처럼 여기고 안아 주실 수 있도록 좀 해주게. 내, 그동안 우리들 얘기를 자주 드렸네. 우리 사이의 좋은 우정 말일세.

참 끔찍한 우정이지! 아침까지만 해도 날씨가 참 좋았지만,

지금은 길을 나설 만한 날씨가 아니었네. 미스트랄 바람이 너무 세고 햇볕은 너무 강했네. 진짜 프로방스 날씨지. 이 염병할 편지가 도착할 때까지도, 나는 바위틈 속에 도피처를 벌써 골라 놨었네. 거기서 햇볕을 쬐며 소나무들 노래하는 소리를 들으며, 도마뱀처럼 하루 종일 처박힐 궁리였지. 결국 이게 뭔가? 나는 투덜거리면서 풍차집 문을 닫아걸었네. 열쇠를 문 밑, 구멍 안으로 숨겨 놓고, 지팡이를 들고, 파이프를 입에 물고, 길을 나섰네.

2시쯤 되어서 에기에르에 도착했네. 모두들 들판에 나갔는지 마을은 적막했네. 프로방스 땅 천지가 그렇듯이, 먼지 뽀얀 마을 광장의 느릅나무에서 매미들이 울고 있었네. 읍사무소 광장에선 당나귀 한 마리가 햇볕을 쬐고 있었고, 성당 분수 위로는 비둘기가 날고 있었네. 하지만 고아원이 어딨는지 물어볼 사람은 없었네. 하지만 또 다행스럽게도, 자기 집 문 앞 모퉁이에 웅크리고 앉아, 실을 잣고 계신 할머니 한 분이 갑자기 요정처럼 내 앞에 나타나셨네. 그분께 내가 찾는 것을 말씀 드리자, 이 요정께선 실 잣던 작대기를 휙 들어 올리셨을 뿐인데, 마치 마술처럼 바로 오르펠린 고아원이 내 앞에 모습을 드러냈네. 거무스레하고 을씨년스러운 큰 건물이었는데, 라틴어가 둥그렇게 적힌 낡은 적회색 십자가가 그 아치 모양의 대문 위에 자랑스럽게 모셔져 있었네. 그 건물 옆에서 난 좀 더 작은 다른 집을 발견했네. 회색 덧창에, 뒤에는 정원이… 나는 그 집을 금방 알아보았네. 그리고 문 두드릴 것도 없이 들어갔지.

내 인생 내내 회상하고는 한다네. 그 서늘하고 조용한 긴 복도와 장미가 그려진 벽지, 살랑살랑 바람 부는 정원, 그 뒤로 둘러친 선명한 색깔의 차양, 바이올린과 꽃들이 희미하게 그려진 판자들. 스텐[24]이 살던 시절의 나이 든 대법관의 집에 온 것은 아닌가 싶었네.

복도 끝 왼쪽으로, 반쯤 열린 문틈 새로, 커다란 괘종시계의 똑딱거리는 소리와 어떤 아이의 목소리, 학교 다니는 애가 각 음절을 끊어서 읽는 소리가 들려왔네.

그…래…서… 성인… 이…레…네가… 소리…쳤…습니다… 나는… 주님의… 밀…알…이… 야수의… 이빨이… 나를… 으…스러…트린다… 해도…….

나는 그 문으로 조용히 다가가 들여다봤다네.

조용하고 어둑한 작은 방에는, 손가락 끝까지 주름이 가득하고, 사과처럼 안색이 불그스레한 노인 한 분이, 손을 무릎에 올리신 채 입을 벌리고 안락의자에 깊숙이 앉아 주무시고 계셨네. 그분 발치에는, 파랗게 차려입은 여자아이가—고아원의 복장인 듯, 큼직한 망토와 작은 모자를 쓴— 자기보다 더 큰 책을 펴놓고, 이레네 성인의 일생 부분을 읽고 있었네. 참 신기하게도 그 책 읽는 소리가 집 안 전체를 재우고 있었네.

안락의자의 할아버지, 천장의 파리들, 저기 창 밑 새장 속의 카나리아들, 큰 괘종시계는 똑딱, 똑딱, 코를 골고 있었네. 방 전체에서 잠들지 않은 것은 닫힌 덧창 사이로 하얗게 똑바로 떨어지고 있는 넓은 빛무리뿐이었네. 활기차게 반짝이며 미세하게 춤추고 있었지. 모두들 졸고 있는 와중에도, 그 아이는 심각한 어조로 낭독을 이어가고 있었네.

바로… 그때… 사…자 두… 마리…가… 그를… 덮…치…고는… 게걸…스럽게…잡…아…먹었…….

내가 방에 들어갔을 때가 바로 그때였네……. 이레네 성인을 덮쳤던 사자들이 방에 나타났다 해도, 내가 나타난 것보다 당황하지는 않았을 걸세. 정말 극적인 등장이었던 모양일세!

작은 여자아이가 큼직한 책을 떨어뜨리며 소리를 쳤고, 카나리아, 파리들도 잠에서 깨어났다네. 괘종시계가 울렸고, 노인은 소스라쳐 일어났네. 질겁하신 거지. 나도 조금 당황해서는, 문지방에 서서 큰 소리로 외쳤지.

"안녕하세요, 호인 어르신! 저, 모리스 친구 됩니다."

아, 그러고 나자, 자네가 봤어야 하는데, 이 불쌍하신 노인네가, 내 쪽으로 오셔서 두 팔을 뻗어서 나를 껴안으시는 걸 말일세. 두 손으로 나를 꽉 잡으시고는 정신없이 방으로 들어가시면서 그러시더군.

"세상에! 세상에!"

그분은 주름진 얼굴 가득 미소를 지으셨네. 얼굴이 벌게지셨어. 어쩔 줄 몰라 하셨지.

"아! 이 사람아… 아! 이 사람 참……."

그러고는 복도 쪽을 향해 누굴 부르셨네.

"마메트!"

문 하나가 열리더니, 복도에서 마치 쥐가 부산하게 걷는 듯한 소리가 들렸네. 마메트 할머니였지. 마냥 귀엽지만은 않은 키 작은 할머니가 조개껍질 달린 고깔모자를 쓰시고, 갈색 드레스를 입고, 나에게 인사를 하기 위해 수놓은 손수건을 손에 드셨는데, 옛날 방식으로 말이야. 참 눈물겨운 분들이었네! 두 분이 닮으셨단 말일세. 내가 뒤돌아 서 있는 동안, 그 노란 모자를 바꿔 쓰신다면, 할아버지를 마메트 할머니라 불러도 될 정도였네. 그 반대도 물론 마찬가지고. 단지, 마메트 할머니가 인생의 눈물을 더 많이 흘리셨는지, 할아버지보단 주름이 더 많으셨다네. 할아버지와 마찬가지로, 할머니도 파란색 망토와 작은 모자를 쓴 고아원의 소녀 한 명을 곁에 두셨고, 그 아이는 할머니 곁을 절대 떠나지 않았다네. 오히려 노인네들이 이

고아 소녀들의 보살핌을 받는 건 아닐까 하고 생각하니, 훨씬 가슴이 찡했네.

들어오시자마자, 마메트 할머니는 나에게 격식을 갖춰 절을 하려고 하셨네만, 할아버지가 한마디 하시자, 멈추셨네.

"모리스의 친구야……."

그 말을 듣자마자, 할머니는 격동하시더니 눈물을 흘리면서 손에 든 손수건을 떨구셨네. 얼굴이 벌게지셨네. 완전히 벌게지셨는데, 할아버지보다 훨씬 벌게지셨다네… 아, 노인들 참! 혈관에 피 한 방울밖에 남지 않으셨을 텐데, 그만한 감동으로도 얼굴이 벌게지시다니…….

"얼른, 얼른… 의자 좀……."

할머니가 곁의 여자아이에게 말하셨네.

"저 덧창 좀 열거라……."

할아버지는 또 그분 곁의 여자애한테 소리치시고.

그분들은 내 양쪽에서 한 팔씩을 잡으시더니, 종종걸음으로 나를 창가로 데려가셨네. 이제 활짝 열린 데서 나를 좀 더 자세히 보시고 싶으셨던 것이지. 우리는 안락의자가 있는 곳으로 갔네. 나는 두 분 사이에 접이의자를 놓고 앉았네. 파란 옷 소녀들이 우리 뒤에 섰고, 말하자면 심문이 시작됐네.

"그 아이가 좀 어떻던가? 뭐하고 살고? 대체 왜 안 오느냐?

129
노인들

행복하게는 살고 있는지?"

그러고는 이러쿵! 저러쿵! 몇 시간 동안 이랬다네.

나야 최선을 다해서, 그분들이 내 친구에 대해 물어보시는 대로, 전부 말씀 드렸지. 내 아는 한 자세히 말일세. 내가 모르는 부분은 염치없지만, 좀 짜 맞췄네. 그 집 창문은 잘 닫히는지, 그 친구 침실의 벽지 색깔이 뭔지는, 나도 전혀 신경 쓰지 않았다고 곧이곧대로 고백할 수는 없잖은가.

"그 친구 침실의 벽지라!… 파란색이요. 할머니, 꽃 장식 무늬가 그려진 옅은 파란색이요……."

"정말인가?"

가엾은 할머니가 듣고는 되물으셨네. 그러고는 고개를 할아버지께 돌리셔서 덧붙이셨네.

"갸가 참 착한 아이라우!"

"아! 당연하지. 정말 착한 아이지!"

할아버지가 신이 나셔서 맞장구를 치셨지.

내가 말하는 동안 내내, 고개를 끄덕이시고, 잔잔한 미소를 지으시고, 눈을 깜빡이시면서, 들으시는 듯했지만, 결국 할아버지가 내 귀에 대고 그러시더군.

"좀 크게 얘기해 주겠나… 할머니 귀가 잘 안 들리거든."

그러나 할머니는 할머니대로,

"좀 더 크게 얘기해 주슈!··· 할배가 잘 못 듣는다우······."

그래, 내가 목소리를 높이자, 두 분 모두 웃으시면서 감사를 표하셨네. 희미하게 미소 지으시며 내 쪽으로 몸을 기대시는 두 분을 뵈노라니, 내 눈 깊숙이, 그분들의 손자, 모리스의 모습이 떠올랐네. 안개 속 아주 먼 곳에서, 나에게 웃어 주는 내 친구를 보는 것처럼. 거의 잡을 수 없이 흐릿하게 물결치는 이 광경을 보면서, 나는 엄청난 감동에 빠졌다네.

*

갑자기 할아버지가 그의 안락의자에서 일어나셨지.

"근데, 내 생각해 보니, 여보, 마메트··· 아직 점심도 못 먹었겠구려!"

마메트 할머니가 깜짝 놀라 두 손을 들어 올리시면서,

"점심도 안 먹었다니!··· 세상에!"

나는 이분들이 아직도 모리스에 대해 얘기하시는 줄 알고, 그 착한 아이는 정오를 절대 넘기는 법 없이 식탁에 앉는다고 말씀 드렸네. 하지만 아니었네. 그건 나를 두고 하신 얘기셨어, 그러고는 고백컨대, 내가 여전히 어린애라도 된다는 듯이 크게 난리를 부리시더구먼.

"얘들아, 얼른 식탁을 차리자! 저 방 가운데 있는 식탁에다가 주일에 쓰는 식탁보를 좀 깔고, 꽃무늬 접시도 좀 갖다 놓고. 그렇게 웃고 있지만 말고, 제발! 좀 서둘러서……."

여자애들이 서둘렀다네. 시간 허비하는 것 없이 점심 먹을 접시 세 개가 차려졌네.

"자, 훌륭한 아침 식사유! 자네 혼자만 드시면 되겠구먼… 우리는 아침에 벌써 먹었으니 말이유."

마메트 할머니가 말씀하시면서 나를 식탁으로 인도하셨네.

아휴 가엾은 노인들! 시간이 몇 신데 아직도 아침에 드셨다는 건지.

마메트 할머니의 훌륭한 아침 식사는 겨우, 우유 두 모금에, 대추야자 조금에, 비스킷 하나였네. 좀 그을린 것 같은 그 비스킷 하나면, 할머니하고 카나리아들이 적어도 여드레 정도는 먹을 수 있지 않았을까… 그런데 나 혼자 이 비축 식량을 몽땅 먹어 버리게 되었으니!… 식탁 주위에서 얼마나 화들을 내는지! 파란 옷 입은 여자애들은 서로 팔꿈치로 밀면서 속삭이고, 저기 새장 속에선, 카나리아들이 허공에 대고 얘기하는 듯했네.

"아! 저 아저씨가 우리 비스킷을 전부 먹네!"

난 그걸 다 먹었네. 거의 알아채지도 못하고, 솔직히 오래된 물건들이 풍기는 향취가 떠도는, 이 깨끗하고 평온한 방에서, 내 주위를 감상하느라 바빴거든. 거기 놓인 두 개의 작은 침대에서 나는 눈길을 떼지 못했네. 거의 요람 같은 이 침대에서, 나는 오늘 아침의 광경을 상상했네. 두 분은 평소와 같이, 술 장식이 달린 커튼 밑에 아직 파묻혀 계신다네. 3시를 알리는 시계 종소리가 났네. 이 노인네들이 항상 일어나는 시간인 거지.

"자고 있소, 마메트?"

"아뇨, 여보."

"모리스란 녀석, 참 착한 아이지 않소?"

"그럼요, 정말 착한 아이죠."

나란히 놓여 있는 노인들의 작은 침대 두 개를 보는 것만으로도, 나는 이 모든 것을 연유해 떠올려 볼 수 있었네.

그러는 동안, 방 저쪽 끝의 장식장 앞에선 엄청난 일이 벌어지고 있었네. 할아버지가 제일 위쪽 선반을 향해 올라서서는, 십 년 동안 모리스에게 주기 위해 남겨 둔, 체리 증류주 병을 내려, 그걸 나에게 따주시려는 거였네. 마메트 할머니의 걱정 어린 애원에도 불구하고, 할아버지는 그 나름대로 체리 술을 내리려고 안간힘이셨네. 그 부인이 그렇게 걱정하시는데도, 의자 위에 올라서서는, 그 술병을 내리려고 노력하시는데……

이 광경이 그려지시는가. 노인은 손을 들어 올리신 채 덜덜 떨고 계시고, 여자아이들은 그 의자를 잡고 버티는 중이고, 마메트 할머니는 숨을 헐떡이며 할아버지 뒤를 두 손으로 받치고 있는데, 그 위로 가냘프게 흐르는 베르가못 향기, 열린 장식장과 그 안에 접어서 잔뜩 넣어 놓은 적갈색의 면직물에서 퍼져 나오는……. 정말 정겨운 광경이었네.

결국 그 난리 후에, 장식장에서 그것들을 꺼낼 수 있었네. 그 소중한 술병과 그에 어울릴 만큼 온통 찌그러지고, 오래된 은 사발 말일세. 그건 모리스 자네가 어렸을 때 쓰던 사발이었다네. 거기에 잔이 넘치도록 체리 술을 부어 주시더군.

"모리스가 정말 좋아했다네. 이 체리 술을 말일세."

그리고 그걸 따르면서, 할아버지가 내 귓가에 대고 군침을 삼키 듯이 말씀하셨네.

"자네는 정말 행운아일세. 자네는 마실 권리가 있지! 이거 우리 할멈이 담근 건데, 얼마나 맛있는지 맛 좀 보게."

세상에, 할머니가 직접 담그시긴 했는데 설탕 넣으시는 걸 깜빡하신 걸세. 어쩌겠는가? 우리도 나이가 들면 건망증도 생기고 할 텐데. 술은 끔찍했네. 이 체리 술 말이에요, 마메트 할머니……. 하지만 나는 눈살 찌푸리는 것 없이 당황하지 않고 끝까지 다 마셨네.

*

식사가 끝났네. 나는 두 분께 작별하고자 일어섰네. 그분들은 사랑하는 손자 때문이라도 나를 조금 더 옆에 두고 싶어 하셨지만, 벌써 해가 지고 있었고, 내 풍차는 멀었다네. 정말 떠나야 할 시간이었어.

할아버지도 나와 같이 일어서셨네.

"여보 마메트, 내 옷 좀!… 광장까지는 내가 데려다줘야지."

물론 마메트 할머니는, 광장까지 나를 바래다주기에는, 날씨가 벌써 좀 차갑다고 여기셨지만, 전혀 내색하지는 않으셨네. 그저 할머니는 할아버지가 자개단추가 달린 스페인식의 멋진 의상을 걸치시고, 그 옷의 소매에 손을 넣으시는 것을 묵묵히 도와드릴 뿐이었지만, 나는 그 존경스러운 여자분이 할아버지에게 부드럽게 속삭이는 걸 들을 수 있었네.

"너무 늦지는 마슈, 알았쥬?"

할아버지는 약간 장난 투로

"허허… 알게 뭐야……. 어쩌면 또 모르지……."

그러더니 두 분은 서로 바라보시면서 웃으셨고, 파란 옷 입은 아이들도 서로 마주 보면서 웃었네. 저 구석의 카나리아들도, 지들 나름대로 또 웃고 말일세… 우리끼리 얘긴데, 체리 술 향기 덕분에, 모두들 조금 취한 거 아닌가 싶기도 했네.

할아버지와 나, 우리가 나섰을 때는 이미 밤이었네. 파란 옷의 여자애가 할아버지를 모시고 가려고 멀리서 우리를 따라나섰네. 하지만 할아버지는 그 아이를 보지 못하시고 자랑스럽게 내 팔짱을 끼고 걸으셨네. 사나이처럼 말일세. 마메트 할머니는 문밖으로 한 발짝 나오셔서, 환한 표정으로 우리를 지켜보다가 고개를 곱게 저으시는데, 마치, 이렇게 이야기하시는 듯했네.

"내 소중한 남편!… 그래도 아직 정정하시다우."

산문으로 쓴 서정시

　오늘 아침 문을 여니까, 내 풍차 방앗간 주변이 온통 서리로 깐 거대한 양탄자였네. 향기로운 풀들이 유리처럼 반짝이며 부스러졌고, 언덕마다 추위에 떨고 있었네… 오늘만큼은 나의 사랑스러운 프로방스가 북쪽의 나라들로 변장을 했다네. 그중에서도 소나무들은 성에로 레이스를 두르고, 라벤더 꽃망울들은 수정 다발로 피어났으니, 나는 어쩌면 게르만적일수도 있는 환상시 두 곡을 읊어 보려고 하네. 그사이 하인리히 하이네의 나라에서 날아온 백조들의 떼가 삼각의 거대한 대형을 이루고, 청명한 하늘 저 높은 곳에서, 그 반짝이는 하얀 날개를 펼쳐 서리를 흩뿌리며 카마르그 쪽으로 내려간다네. 이렇게 울면서 말일세.

"날씨가 추워요… 추워요… 추워요……"

I
도펭 공[25]의 죽음

어린 도펭 공이 아프다네, 어린 도펭 공이 죽어 간다네… 왕
국의 모든 성당에선, 이 어린 왕족의 회복을 위해, 커다란 성촉
을 밝히고 성스러운 성체가 밤낮으로 전시되도록 모셔 놨네.
오래된 주택가의 길들은 고요하고 우울했으며, 성당의 종은 울
리지 않았으며, 마차들도 속도를 늦췄네… 궁성 주위로는, 시
민들이 조심스럽게 바라보고 있고, 철책 너머로는, 금빛 흉갑
을 입은 스위스 용병들이 궁정 여기저기에서 근엄한 자세를 갖
춘 채 이야기를 나누고 있네.

궁성 전체가 근심에 빠졌네… 시종들과 급사장들이 대리석
계단을 오르락내리락 뛰어다니고… 회랑에는 비단 옷을 입은
근시들과 대신들이 가득 들어차서, 무리를 지어 옮겨 다니며,
낮은 목소리로 서로들 새로운 소식을 묻고 있었네… 넓은 층계
위에선, 비탄에 빠진 궁녀들이 수를 놓은 예쁜 손수건으로 눈
물을 닦으며 대례를 올리고 있었네.

오랑주리[26] 별궁에선 가운을 걸친 의사들이 수차례 회의를

거듭했네. 유리 창문 너머로 보이는 그들은, 기다란 검정 소매를 흔들어 가며, 대단한 학자인 양, 가발 쓴 머리를 망치처럼 끄덕이고 있었네. 어린 도펭 공의 총독과 시종장은 문 앞을 서성이며 의사회의 결정을 기다렸네. 시종들은 그들의 곁을 절도하지 않고 지나다녔네. 시종장은 마치 이교도인 듯 신을 저주하고, 총독은 호라티우스의 시문을 암송했네. 그러고 있는 동안, 저기 마구간에선 애처로운 말 울음 소리가 길게 들려왔네. 그건 빈 여물통 앞에서, 여물 주는 것을 잊어버린 마부들을 애달프게 부르는 어린 도펭 공의 밤색 말이었네.

그럼 국왕께서는? 국왕 전하께서는 어디에 계시냐고?… 국왕께서는 궁성의 제일 깊은 방에 홀로 칩거하셨네… 군주들께서는 그들이 우는 모습을 누구에게도 보이고 싶지 않으실 거야. 왕비께서는 좀 다른 상황이었네. 어린 도펭 공의 침대 머리맡에 앉으셨는데, 그 아름다운 얼굴은 눈물로 흥건하고, 시정 상인들처럼 모두들 앞에서 큰 소리로 흐느껴 울고 계셨네.

레이스로 꾸민 침대에 누운, 어린 도펭 공은 펼쳐진 이불 위의 쿠션보다 더 하얀 얼굴빛으로 눈을 감은 채, 누워 계셨네. 주무시는 것 같기도 했지만 아니었네! 어린 도펭 공께선 잠들지 않았다네… 그의 어머니 쪽으로 고개를 돌려, 그녀가 우시는 것을 보고는 말씀하셨네.

산문으로 쓴 서정시

"어마마마, 어찌하여 우시는 겁니까? 소자가 죽기라도 할 것 같사옵니까?"

왕비께서 대답하려 했지만, 흐느껴 우시느라 그럴 수가 없었네.

"어마마마, 그만 우시옵소서. 제가 도펭 공이라는 것을 잊으셨사옵니까? 도펭 공은 죽을 수조차 없다는 것을요……"

왕비께서는 더욱 슬프게 흐느끼셨고, 어린 도펭 공께서는 불안하셨는지 말을 이으셨네.

"여봐라! 죽음의 사신이 나를 데려갈 수 있도록 하지 않겠노라. 죽음이 이곳까지 침노하는 것을 막겠노라… 가서 나의 침상 주위를 에워쌀, 아주 힘센 근위용병 사십 명을 당장 불러오너라!… 그리고 발사 준비를 갖춘 큰 대포 백 문을 여기 창문 밑에 배치하여, 밤낮으로 지키도록 하라! 그럼에도 무모하게 다가온다면, 죽음이라는 것을 끝장내 버려라!"

어린 왕자의 비위를 맞추기 위해 왕비께서는 얼른 손짓하셨네. 즉시, 정원 안에서 커다란 대포 구르는 소리가 들렸고, 사십 명의 건장한 근위 용병이 미늘창을 쥐고 들어와 방 안 사방으로 정렬해 섰네. 모두들 회색빛 콧수염을 기른 노련한 용병들이었네. 어린 도펭 공께서 그들을 보시더니 손뼉을 치셨네. 그들 중 한 명을 알아보시고 그를 부르신 것이지.

"로랭! 로랭!"

그 용병이 침대 쪽으로 한 발 다가섰네.

"내 그대를 총애하노라. 노병 로랭이여… 그대의 큰 칼을 좀 보여다오… 만약, 죽음의 사신이 나를 데려가려 한다면, 그이를 죽여 다오. 알겠는가?"

로랭이 대답했네.

"예, 저하."

하는 그의 검게 그을린 뺨 위로, 두 줄기 굵은 눈물이 흘렀다네.

그때, 왕실의 부속 사제가 어린 도펭 공에게 다가가, 예수님의 십자가상을 보여 주며 낮은 목소리로 오랫동안 말씀을 드렸네. 어린 도펭 공께서는 약간 화가 난 듯이 듣고 계시다가, 갑자기 사제의 말을 가로막으셨네.

"무슨 얘기를 하는지는 잘 알겠소, 신부님. 하지만 결국 아무리 돈을 많이 줘도 내 친한 친구 베포가 나 대신 죽을 수는 없다는 것 아니오?"

부속 사제는 낮은 목소리로 말을 이어갔고, 어린 도펭 공은 더욱 더 화를 내시는 듯했네.

부속 사제가 여쭈기를 마치자, 어린 도펭 공께선 크게 한숨을 쉬셨네.

"그대가 내게 한 모든 말들이 참으로 슬프구려, 신부. 하지만 한 가지 위안이라면, 저 위에, 별들 반짝이는 천국에서도, 나는 여전히 도펭 공이라는 것이오… 거룩하신 하느님이 나의 사촌이시라는 걸 알고 있으니, 내 지위에 맞게 대우해 주시는 걸 잊지는 않으실 게요."

그러고는 모후께 고개를 돌리고는 덧붙이셨네.

"제일 멋진 옷들을 갖다주세요. 하얀 담비 가죽 상의와 빌로드 무도화도요! 도펭 공에 걸맞은 복장으로, 천국에 들어갈 때 천사들에게도 위엄을 보여야겠습니다."

세 번째로 그 부속 사제는 어린 도펭 공께 몸을 구부리고는 낮은 목소리로 오래 여쭈었네. 그가 여쭈는 와중에, 어린 왕자께선 또다시 화를 내며 멈추게 하셨네. 그리고 고함치셨네.

"그렇다면 도펭 공이라는 게 아무것도 아니란 얘기 아니오!"

그리고 더 들을 것도 없다는 듯이, 어린 도펭 공께서는 벽 쪽으로 몸을 돌려 누우시고는, 애절하게 우셨다네.

II
전원 속의 군수님

군수님께서 순시에 나섰네. 마부는 앞에 두고, 하인들은 뒤에 두고, 군수용 사륜마차에 위풍당당하게 올라타고, 콩브 오 페에서 열리는 지역 경연 대회에 간다네. 이 특별한 날을 위해, 군수님은 수놓은 옷을 멋지게 차려입고, 모자를 쓰고, 착 달라붙는 바지에 은빛 허리띠를 매고, 자개 손잡이의 의례용 칼까지 찼다네. 무릎 위에 사각 무늬의 가죽 서류가방을 올려놓고는, 그걸 근심에 차 바라보고 있었네.

군수님이 그 사각 무늬의 가죽 가방을 근심스레 바라보며, 콩브 오 페의 주민들 앞에서 잠시 후에 해야 하는 멋진 연설문을 구상했네.

"친애하는 군민 여러분……"

하지만 그가 아끼는, 비단 같은 금발을 스무 번 이상 계속 꼬아서 비틀어 봐도,

"친애하는 군민 여러분……" 그다음의 연설문은 생각이 나질 않았다네.

그다음의 연설문이 생각이 나질 않으니… 이놈의 마차 안이 왜 이렇게 더운 거야!… 막막하게도, 콩브 오 페로 가는 길은, 정오의 태양 아래서 먼지가 뽀얗게 피어오르고 있었네. 공기는 불타는 듯 뜨겁고… 길가의 느릅나무 위로는 뽀얀 먼지가 수북하고, 수없이 많은 매미들이 이 나무 저 나무에서 맴맴거리고 있었네… 갑자기 군수님은 영감이 떠올라 두근거렸다네. 저

기 작은 언덕 발치에, 푸르고 작은 참나무숲이 신호하듯 부르는 걸 발견했다네.

푸르고 작은 참나무숲은 군수님에게 이렇게 신호하는 듯했네.

"이리로 좀 오세요, 군수님. 연설문을 지으시려면, 여기 나무 그늘 아래가 훨씬 나을 거예요."

군수님은 마음에 드셨네. 마차 아래로 뛰어내린 다음, 수하의 사람들에게 기다리라고 얘기하고는, 푸르고 작은 참나무숲 속으로 연설문을 지으러 들어갔네.

푸르고 작은 참나무숲속에는 새들과 제비꽃과 향기로운 풀 밑으로 흐르는 샘물이 있었네…… 멋진 바지를 입고, 네모 무늬의 가죽 가방을 든 군수님을 발견하자마자, 새들은 겁을 집어먹고 노래하는 것을 그쳤고, 샘물은 더 이상 맑은 소리를 내지 않았고, 제비꽃은 풀숲으로 숨어 버렸다네…… 그곳 작은 세상의 존재들은 군수님을 본 적이 없었으니, 낮은 목소리로, 은장식 달린 바지를 입고 걸어오는 저 멋진 양반이 누구냐고 서로들 물어봤다네.

낮은 목소리로, 이파리 밑에서, 은장식 달린 바지를 입은 저 멋진 양반이 누구냐고 서로들 물어봤다네… 그러는 사이에, 군수님은 시원하고 조용한 숲속이 마음에 드셨는지, 옷자락을 풀어 펼쳐 놓고, 향기로운 풀 위에 모자를 내려놓고, 어린 참나무 밑동의 이끼 위에 앉았다네. 그리고 무릎 위의 네모 무늬 가죽 가방을 열고, 커다란 관공서용의 종이 한 장을 꺼냈네.

"예술가야!"

꾀꼬리가 말했지.

"아냐, 예술가가 아니야. 은장식 달린 바지를 입었잖아. 어쩌면 왕자일지도 몰라."

피리새가 말했네.

"어쩌면 왕자일지도 몰라."

피리새가 말했네.

"예술가도 아니고 왕자도 아니야."

한 계절 내내, 군청의 정원에서 지저귀던 나이 든 밤꾀꼬리가 말을 끊었네.

"나는 알지. 누구냐면… 군수님이야!"

그러자 작은 숲의 모두가 소근대기 시작했네.

"군수님이시다! 군수님이시다!"

"대머리잖아!"

종달새가 큰 후루티 새에게 일러바쳤네.

제비꽃들이 물어봤네.

"무서운 분 아닐까?"

산문으로 쓴 서정시

"무서운 분 아닐까?" 제비꽃들이 물어봤네.

나이 든 밤꾀꼬리가 대답했네.

"전혀!"

그러자 모두들 안심해서는, 새들은 다시 노래하고, 샘물은 흐르고, 제비꽃들은 향기를 피웠다네. 마치 그분이 거기 없기라도 하듯이. 이 귀여운 소동의 도가니 속에서, 군수님은 태연하게 마음속으로, 농민회의에 적당한 뮤즈를 부르고 있었네. 그러고는 연필을 세워 들고 행사장에서의 근엄한 목소리로 낭독을 시작했네.

"친애하는 군민 여러분……."

"친애하는 군민 여러분." 군수님은 행사장에서의 근엄한 목소리로 말했네.

그때, 갑작스러운 웃음소리 들려와 그는 멈췄네. 주위를 둘러봤지만, 풀 위에 내려놓은 그의 모자 위에 올라앉아, 그를 바라보며 웃고 있는 큼직한 딱따구리 외엔 찾을 수 없었네. 군수님은 어깨를 으쓱하고는 연설을 계속 하려 했네. 하지만 딱따구리가 또다시 그를 방해하고는 멀리서 그에게 소리쳤네.

"그게 다 무슨 소용이에요?"

"뭐라고? 무슨 소용이라니?"

얼굴이 벌게진 군수님이 얘기하셨네. 그러고는 이 뻔뻔한 녀석을 손짓으로 쫓아 버리고 목소리를 훨씬 가다듬어 다시 시작했네.

"친애하는 군민 여러분……."

"친애하는 군민 여러분……."

군수님은 목소리를 훨씬 가다듬어 반복했다네.

하지만 이번에는 저기 작은 제비꽃들이 줄기 끝의 고개를 쳐들고는, 그에게 부드럽게 속삭였네.

"군수님, 우리들 향기가 얼마나 좋은지 맡아 보셨나요?"

그러자 이끼 밑을 흐르는 샘물이 황홀한 음악을 연주하고, 그의 머리 위 나뭇가지에서는, 꾀꼬리 무리들이 정말 예쁜 목소리로 노래하기 시작했다네. 그리고 작은 숲속의 모두는, 그가 연설문 짓는 것을 방해하기로 작정들을 했다네.

작은 숲속의 모두는 그가 연설문 짓는 것을 방해하기로 작정했다네……. 군수님은 향기에 취하고, 음악에 도취하여, 그를 새롭게 덮쳐 오는 아름다운 것들에 저항하려 했지만, 허망한 시도였네. 그는 향기로운 풀 위로 팔꿈치를 고이고는, 멋진 옷자락을 풀어 헤치고, 입안으로 두세 번 우물거렸다네.

"친애하는 군민 여러분… 친애하는 군민 여러분… 친애하는……."

그리고 그 넌덜머리 나는 친애하는 군민들을 갖다 버렸네.

산문으로 쓴 서정시

그런데 농민회의 때문에 떠올렸던 뮤즈는 그러고도 그 얼굴을 감추지 않았네.

"얼굴을 감추어라, 오 뮤즈여, 농민회의의 뮤즈여……."

잠시 후, 한 시간쯤 지나, 군수님이 걱정된 군수님의 수하 사람들이 작은 숲속으로 들어왔네. 그들은 눈앞에 펼쳐진 광경을 보고는, 겁에 질려 뒷걸음쳤네… 군수님은 보헤미아 집시들처럼 옷을 풀어 헤친 채, 풀밭에 배를 깔고 누워 있었네. 그는 입고 있던 옷을 내던져 놓고는, 제비꽃을 입에 가득 물고, 시를 읊조리고 있었다네.

빅슈의 가방

10월의 어느 아침, 파리를 떠나기 며칠 전, 방문객이 있었네─점심 먹는 중이었다네─. 오다리에 지저분한 데다, 등은 굽었고, 날개 뽑힌 두루미처럼, 긴 다리를 덜덜 떠는 노인네가 누더기 같은 옷을 입고 말일세. 빅슈였네. 그래, 그 파리지앵 신문사의 그 빅슈. 냉혹하고도 매력적인 빅슈, 십오 년 동안, 신랄하고 광적인 만평과 비평으로 우리를 즐겁게 해준, 바로 그일세……. 아! 불쌍한 사람, 얼마나 비참했던지! 들어올 때 찌푸린 그 인상이 아니었으면, 그를 절대 알아보지 못했을 걸세.

고개를 어깨 쪽으로 삐딱하게 구부리고, 자기 지팡이를 클라리넷처럼 입에 물고 있던, 이 음산한 어릿광대 같은 만평가 선생은, 방 한가운데로 다가와 식탁에 기대선 채, 고통스러운 목소리로 말했네.

"불쌍한 장님에게 자비를 좀 베풀게나……."

그게 너무나 그럴듯해서 나는 웃음을 참지 못했네. 하지만
그는 냉랭하게 덧붙였네.

"내가 장난치는 줄 아는구먼… 내 눈을 보게……."

그리고 그가 내 쪽으로 돌아서서, 동공이 보이지 않는 크고
허연 눈동자 양쪽을 보여줬네.

"나 장님이야, 이 친구야. 평생 동안 장님… 막 씹어 대며 써
댄 대가겠지. 이놈의 엿 같은 직업 덕분에, 눈을 다 태워 먹었
네. 밑바닥 끝까지 태웠단 말이지. 병신이 될 때까지 말일세!"

그는 속눈썹 그늘 하나 남지 않고 타버린 눈꺼풀을 보여 주
면서 덧붙였네. 그에게 할 말을 아예 잃었을 정도로, 나는 충격
에 빠졌네… 그는 할 말을 잃은 내가 오히려 걱정됐는지 물어
왔네.

"일하는 중이었나?"

"아니요, 빅슈. 점심 먹고 있었습니다. 같이 들겠습니까?"

대답하지는 않았지만, 그의 콧구멍이 미세하게 떨리는 것을
보니, 그러고 싶어 죽을 지경이라는 걸 알 수 있었네. 그의 손
을 잡아서 내 옆자리에 앉혔네.

그의 앞에 음식을 가져다 놓으니, 그 불쌍한 인간은 미소를

지으며 코로 냄새를 맡더구먼.

"아주 냄새가 좋구먼. 오늘 제대로 좀 먹겠어. 점심이라는 것을 먹어 본 지 아주 오래됐거든! 매일 아침 관공서들을 돌아다니면서 얻어먹는 한 푼짜리 빵 한 조각… 진짜로 말일세. 알겠는가, 관공서들을 돌아다닌다네. 요즘. 그게 내 유일한 직업이야. 담배 가게나 하나 따낼까 하거든… 왜냐고? 식구를 먹여 살려야 할 거 아닌가. 이제 그림도 못 그리고, 쓸 수도 없고… 받아쓰게 하라고? 어떻게? 내 머리에 든 게 하나도 없는데. 아무런 생각도 안 나는데. 내 작업이라는 것이, 파리의 인상 더러운 놈들과 그놈들이 하는 짓을 들여다보는 거였는데. 이제 그게 안 되잖은가… 그래서 담배 가게를 생각한 거지. 뭐 큰길 쪽으로는 안 되겠지. 잘 알거든. 그런 특혜를 받을 정도의 권리는 없다는 것 말일세. 내가 무희의 어머니도 아니고, 고위 장교의 미망인도 아니고 말일세. 아니지! 그저 시골에. 보주 지방 한쪽 구석같이, 먼 곳 어디의 작은 가게 정도면 되는 거지. 사기로 만든 담배 파이프를 물고. 이름도 한스나 제베테같이 에르크만-샤트리앙[27]이 쓴 작품 속에 나오는 걸로 바꾸고. 내가 최근에 쓴 작품들은 찢어서 담배나 말면, 이제 더 이상 내가 뭘 쓸 수 없다는 것도 위안이 되겠지."

"이게 내가 바라는 것 전부일세. 대단한 것이 아니지. 그렇지 않나? 그런데 마가 끼었는지… 그렇다 하더라도, 내 후원자들이 나를 그렇게 내팽개칠 줄은 몰랐네. 나도 예전엔 잘나갔었는데 말일세. 육군 원수나 왕자나 장관들 집에서 저녁을 먹고 말일세. 그 사람들 모두에겐 내가 필요했던 것이지. 내가 그들을 즐겁게 해주거나, 아니면 그들이 내게 겁을 먹었거나 말일세. 지금이야 누가 나에게 겁을 먹겠는가. 아, 내 눈 때문이야! 내, 이 한심한 눈! 이젠 사람들이 나를 아무도 초대하지 않는다네. 장님 하나가 테이블에 앉아 있다면, 참 슬픈 일이지… 빵 좀 건네주시겠습니까… 아! 강도 같은 놈들! 보잘것없는 담배 가게에 돈을 얼마나 비싸게 부르는지. 지난 여섯 달 동안, 나는 탄원서 한 장 써 들고 모든 부처들을 돌았다네. 아침에 시간 맞춰 가면, 걔네들은 불에 냄비를 올리고 있거나, 모래 깔린 마당에서 지들 장관이 타는 말을 운동시키고 있다네. 내가 밤에 갈 수도 없잖은가. 마차에 큰 램프를 달고 있거나, 주방에서 향긋한 냄새를 풍기기 시작하니 말일세.

부속실의 나무 상자 위에서 내 인생 전부를 보냈는데 말일세. 거기 경비원들도 나를 전부 알아봤었지. 그랬다니까! 내무부에서는 말일세… 걔네들이 나를 이렇게 불렀네. '참 좋은 양반'이라고. 나는 걔네들 후원을 좀 받아 보겠다고 농담 따먹기를 하거나, 아니면 걔네들이 보고 웃을 만한 고관대작들의 캐리커처를, 걔네들이 쓰는 압지 구석에다 그려 주곤 했다네. 보게, 엄청 잘나가던 이십 년 세월을 보낸 내 꼬라지가 겨우 이 모양이고, 예술가 인생의 막장이 또 이 꼴이라네. 그런데도 우리 직업에 군침을 흘리면서 달려드는 어린 녀석들이 프랑스에서 사만 명 정도나 된다니! 즉, 매일 각 지방에서, 문학과 인쇄기 소리에 미쳐 버린 멍청이들을 가득 태운 기차가 올라온다는 말일세!… 아! 몽상에 푹 빠진 촌놈들. 이 빅슈의 불쌍한 꼬라지가 그렇게 교훈을 주는데도 말이야!"

이런 다음에야 그는 접시에 코를 박고 게걸스럽게 먹기 시작했다네. 한 마디 말도 없이… 그걸 보려니 참 애처롭더군. 매번 빵이나 포크가 어디 있는지 모르는 데다, 잔을 찾기 위해 더듬거리고… 불쌍한 사람! 그는 아직도 적응이 안 된 걸세.

*

잠시 후 그가 말을 이었네.

"아직도 내게 가장 끔찍한 것이 뭔지 아는가? 이제 신문을 읽을 수 없다는 걸세. 이걸 이해하려면 이 직업의 본질을 알아야 할 걸세. 가끔 저녁때 집에 들어가면서 나는 신문을 하나 산다네. 축축한 종이와, 새로운 뉴스들의 냄새라도 맡으려고

153
빅슈의 가방

말일세… 정말 좋다네! 하지만 나에게 이걸 읽어 줄 사람이 없다네. 마누라가 읽어 줄 수는 있지. 하지만 그러질 않는다네. 신문 사회면에 실리는 점잖지 못한 뉴스들 때문에 버티는 걸세… 아! 이 구식 여자들 말일세. 한번 결혼하고 나면 정숙한 거 빼고는 남는 게 없어. 내 마누라도 나와 결혼을 하고 나니까 당연한 듯이 독실한 신자가 되어 버렸네. 근데 정도껏 좀 해야지! 살레트[28]에서 가져온 성수로 눈을 씻어 주려고 하질 않나! 축성한 빵에, 헌금에, 아기 예수 선교회, 중국 아동 자선회, 기타 등등 말일세. 자선 활동이 목까지 치인다네. 아주… 그러는 동안, 나한테 신문을 읽어 주는 것도 좋은 자선 활동일 텐데 말일세. 그래도 아냐. 신문 안 읽어 줘… 내 딸이라도 집에 있었으면 신문을 읽어 줬을 텐데. 하지만 내가 시력을 잃은 다음에, 딸을 노트르담 데 자르 수녀원에 넣었다네. 먹는 입이라도 하나 줄이려고 말일세……

나에게 온 동의서가 아직 여기 있구먼. 걔가 세상에 나온 지 아홉 해밖에 안 됐을 때부터, 벌써 온갖 병치레를 했다네… 참 짜증나는 애였어! 그리고 못생겼지! 나보다도 못생겼으니 말일세. 그랬다니까… 괴물 같았어!… 어쩌겠는가? 어떻게 책임져야 할지를 전혀 모르겠는데… 그건 그렇고, 나는 상관없네만 자네에게 내 가족 얘기 하는 거 말일세. 자네한테야 무슨 상관이 있겠는가?… 어디, 그 브랜디 좀 더 따라 주게. 내 사전 작업을 좀 할 게 있거든. 여기서 나가자마자, 내, 교육부를 좀 들어가 봐야겠네. 거기 수위들 비위 맞추기가 그렇게 쉽지가 않다네. 모두들 전직 교사들이라서 말일세."

나는 브랜디를 따라 줬네. 그는 측은한 모양새로 브랜디를 조금씩 마시기 시작했네… 갑자기 무슨 생각이 들었는지 그가 잔을 들고 벌떡 일어났네. 연설을 시작하려는 연사처럼 호기로운 미소를 짓더니, 눈이 먼 뱀이 머리를 놀리는 것처럼 주위를 순간적으로 둘러보았네. 그러고는 이백 명 정도는 모여 앉은 연회에서 연설을 하듯이, 카랑카랑한 목소리로 외쳤네.

"예술을 위하여! 문학을 위하여! 언론을 위하여!"

그리고 십 분 정도의 건배사가 시작되었네. 이 우스꽝스러운 만평가의 두뇌에선 절대 나오지 않았던, 열광적이고 훌륭한 즉흥 연설이었네.

'186×년 문학 총서'라고 이름 붙은 연말의 잡지를 떠올려 보게. 우리 문인들이 흔히 문학적이라고 이야기하는 우리들의 잡담, 우리들의 논쟁, 비정상적인 세상의 우스꽝스러운 모든 것들, 먹물 든 쓰레기, 위인 없는 지옥, 우리끼리 목을 베는 곳, 우리끼리 배를 가르는 곳, 우리끼리 약탈하는 곳, 시정의 상인들보다 더 비싼 이자를 따지는 곳, 굶어 죽는 것조차 방해하지 않는, 외딴 섬보다 더한 곳. 우리의 모든 비열한 짓, 우리의 모든 파렴치함. 포주처럼 차려입고 동냥 그릇을 들고 튈르리 정원을 돌아다니며 "궁시렁… 궁시렁… 궁시렁…"대는 통볼라[29]에서 왔다는 늙은 T 남작. 그리고 올해의 부고들, 장례식 광고들, 불행하게 죽은 문인의 무덤에 돈 한 푼 내는 것도 거절하면서, 늘 와서 똑같이 떠드는 어느 의원 나리의 추도사. "친애하는 추모객 여러분, 불행한 고인!" 자살한 사람들, 미쳐 죽은 사람들.

인상 험악한 천재가 손짓을 해가며 자세히 이야기하는, 이 모든 것들을 떠올려 보게. 빅슈의 즉흥 연설이 어떤 것이었는지 알 수 있을 걸세.

*

건배사가 끝나자 잔을 비웠네. 나에게 시간을 물어보더니, 작별 인사도 하지 않고 인상을 쓰며 나갔다네… 오늘 아침에 들렀었다는 뒤뢰이 내무부 장관의 수위들은 어땠는지 몰라도, 이 끔찍한 장님이 떠나고 난 뒤, 나는 내 일생에서 이렇게 한없이 슬프고 고통스러운 기분을 느낄 수는 없을 거라는 것을 알았네. 잉크병은 역겨웠고 펜은 무서웠네. 나는 정말 먼 곳으로 떠나고 싶었네. 서둘러서 말일세. 나무도 보고 좋은 향기도 맡으면서 말일세⋯⋯. 주여, 정말 혐오스럽습니다! 악밖에 남지 않아서! 그 양반은 모든 것들, 더러운 그 모든 것들에게 욕을 하고 싶었겠지! 아! 파렴치한 인간⋯⋯.

나는 분노에 가득 차 내 방을 서성였네. 그가 자기 딸에 대해서 얘기할 때 들었던, 구역질 나는 비웃음이 계속 들려오는 것 같았네.

그때 그 장님이 앉았던 의자 옆에서, 내 발밑으로 뭔가 걸리는 걸 느꼈네. 몸을 숙여 내려다보니, 그가 놓고 간 가방이라는 걸 알 수 있었네. 네 귀퉁이가 전부 해어졌지만 여전히 반짝이는 큰 가방이었네. 절대 몸에서 떼어 놓지 않았던, 그가 종종 웃으면서 자기의 독주머니라고 부르던 그 가방이었네. 이 주머니는, 우리 세계에서는, 드 지라르댕[30] 씨의 유명한 상자만큼 이름이 났다네. 그 안에 뭔가 끔찍한 것들이 들었을 거라고 얘기하곤 했지. 나로선 확인할 수 있는 좋은 기회였다네. 낡은 가방은 너무 불룩해서, 들자마자 덮개가 열리더니 내용물이 쏟아졌다네. 종이들이 양탄자 위로 왕창 흩어져서, 나는 한 장씩 주워야 했네.

꽃무늬 종이 위에 쓴 편지들 뭉치는 전부 이렇게 시작됐네. '사랑하는 아빠.' 그리고 끝에 적힌 서명은 '셀린 빅슈. 마리아회 수녀.'였네.

아픈 아이의 질병을 위해 받은, 오래전의 처방전에는 후두염, 경련, 성홍열, 홍역……. (불쌍한 아이. 한 가지도 빼놓지 못했구나!)

그리고 온통 뒤엉킨 노란 말총 같은 것, 두세 움큼이, 여자아이의 모자에서 삐져나온 것처럼, 삐져나온 커다란 봉투가 있었네. 그리고 봉투 위에는, 떨리는 굵은 글씨체로, 그 장님의 글이 쓰여 있었네.

셸린의 머리카락. 5월 13일에 자르다. 아이가 그곳으로 간 날.

이것이었네, 빅슈의 가방 속에 있던 것은.

자, 파리 사람들, 우리들 모두 다 똑같네. 구역질 나고, 앞뒤 안 맞고, 끝없이 비웃고, 신랄하게 빈정거리고, 그리고 결국에는— 5월 13일에 자른 셸린의 머리카락.

황금 뇌를 가진 남자의 전설
-재미있는 이야기를 신청하신 부인께

보내 주신 편지를 읽다 보니 일종의 회한이 드는군요. 부인. 저도 어쩌면 제 이야기들의 색깔이 너무 장례 복장 같지 않았나 싶습니다. 오늘만큼은 즐거운, 미칠 듯이 즐거운 이야기를 해드려야겠다는 다짐을 저도 했습니다.

그럼에도 불구하고 저는 왜 이렇게 우울할까요? 안개 낀 파리에서 천 리나 떨어진 곳에서, 햇빛 가득한 언덕 위에서, 달콤한 포도주와 작은 북의 고장에 살면서 말입니다. 저희 집 주위엔 온통 음악과 햇빛밖에 없는데도요. 도요새들의 오케스트라와 박새들의 중창단이 연주를 하고, 아침에는 마도요 새들이 "도요! 도요!" 노래를 하고, 한낮에는 매미들이 웁니다. 그리고 양치기들은 피리를 불고, 갈색 머리의 예쁜 아가씨들은 포도밭에서 깔깔대며 웃는답니다. 솔직히 말씀 드리면, 이곳은 거무 칙칙한 슬픔과는 거리가 먼 곳입니다. 장밋빛 시와 재밌는 콩트 를 한 바구니 담아서 부인께 보내 드려야 마땅하죠.

그런데, 그럴 수가 없습니다. 저는 아직도 파리 주변에서 너 무 가까운 모양입니다. 날마다 여기 소나무숲까지, 그곳에서 벌어지는 슬픈 일들의 파편이 날아오고 있습니다. 지금 제가 이 글을 쓰고 있는 중에도, 저는 불쌍한 샤를 바바라[31]의 비참 한 죽음을 전해 들었습니다. 그리고 지금 그를 추모하며 슬픔 에 빠져 있습니다. 도요새들과 매미들이여, 안녕! 제 마음에서 즐거운 것을 찾아낼 수는 없습니다. 그러한 이유로, 부인께 약 속 드렸던 재밌고 익살맞은 콩트 대신, 오늘도 슬픔 가득한 전 설 하나를 전해 드리도록 하겠습니다.

*

옛날 옛적에 황금 뇌를 가진 남자가 있었습니다. 예, 부인. 전 체가 모두 황금으로 된 뇌 맞습니다. 그가 세상에 태어날 때부 터, 의사들은 이 아기가 살 수 없을 거라 생각했습니다. 아이의 머리가 너무 무거웠고, 두개골이 너무나도 컸기 때문입니다. 그 럼에도 불구하고, 아이는 아름다운 올리브나무처럼 햇빛을 받으며 잘 컸습니다. 단지, 커다란 머리가 그 아이를 짓누르다 보니, 걸을 때마다 가구들에 부딪히는 걸 보는 게 안쓰러웠습니다. 자주 또 넘어졌습니다. 하루는 계단 위에서 굴러떨어져 대리석 계단에 머리를 찧었는데, 그 두개골에서 금괴 부딪히는 소리가 났습니다. 혹시 죽었나 싶었는데도, 아이는 곧 일어났답니다. 금발 머리칼에 붙은 몇 개의 황금 쪼가리와 약간의 상처만 입고요. 그 일로 인해 부모는 아이가 황금 뇌를 가진 것을 알게 됐답니다.

그 일은 비밀로 남겨 두었습니다. 그 불쌍한 어린아이 자신도 전혀 의심하지 않았구요. 가끔씩 아이는, 왜 자기를 문밖에 내보내, 길가의 또래 친구들과 뛰어놀게 하지 않는지 물어 왔습니다.

"누가 훔쳐 갈까 봐 그러지, 내 예쁜 보물!"

어머니는 그렇게 대답해 줬죠.

덕분에 아이는 누가 자기를 훔쳐 가지는 않을까 그게 큰 걱정이었고, 아무 말도 없이, 이 방 저 방을 육중하게 굴러다니며 혼자 노는 것에 익숙해졌습니다.

그가 이제 열여덟 살이 되자, 그의 부모는 그가 지닌 운명의 괴이한 선물에 관한 비밀을 이야기해 줬습니다. 그러고는 그 부모는, 지금까지 먹이고 키워 줬으니 금을 조금 떼어 달라고 부

161

황금 뇌를 가진 남자의 전설

탁했습니다. 아이는 망설이지 않고 그 즉시—어떻게요? 어떤 방법으로요? 전설에 그런 건 없답니다— 두개골에서 금 덩어리 조각, 호두알만 한 크기의 조각을 떼어 내서, 어머니의 무릎 위로 거만하게 던져 줬습니다. 그러고는, 그의 머리 안에 든 것이 가져다준 부유함에 현혹되고, 욕망에 미치고, 그 힘에 도취되어 버렸습니다. 그는 부모님의 집을 떠나 그의 보물을 낭비하기 위해 세상으로 나갔습니다.

*

그 이후로 그는, 마치 그의 뇌가 무궁무진하기라도 한 것처럼, 따지지도 않고 금을 뿌려 가며 왕족 같은 생활을 이어갔습니다. 그러는 동안 뇌는 고갈되어 갔고, 퀭한 눈과 점점 더 패어 가는 볼로 보아 그것을 짐작할 수 있었습니다. 결국 어느 날, 미친 듯이 방탕한 밤을 보내고 맞은 아침에, 이 불행한 남자는 희미한 샹들리에 불빛 아래, 향연이 남긴 잔해들 가운데 홀로 남아, 겁에 질려 버렸습니다. 그의 머릿속 금괴에 이미 커다란 구멍이 나버렸거든요. 이제 멈출 때가 된 겁니다.

그 이후 그는 새로운 삶을 살았습니다. 황금 뇌를 가진 남자는 이제 혼자 멀리 떨어져서 그의 손으로 일하면서, 수전노처럼 벌벌 떨면서, 남을 의심하면서, 유혹을 멀리하고, 그 스스로도 절대 손대지 말아야 할, 그 불길한 운명의 재물을 잊기 위해 노력했습니다. 하지만 불행하게도 그의 고독한 생활에 끼어든 친구가 하나 있었고, 그 친구는 그의 비밀을 알게 되었습니다.

어느 날 밤, 그 불쌍한 남자는 머리의 두통, 그것도 무시무시한 고통을 느끼고는 소스라쳐 잠에서 깨어났습니다. 그가 필사적으로 몸을 일으키자, 그의 친구는 외투 밑으로 뭔가를 숨긴 채 달빛 속으로 도망쳐 버렸습니다.

그 친구가 가져가고도 아직 약간의 뇌는 남아 있었습니다……

그 이후 시간이 흘러, 황금 뇌를 가진 남자는 사랑에 빠졌고 이번에는 끝장이 나고야 말았습니다… 그는 금발의 예쁜 여자를 영혼을 다해 사랑했습니다. 여자도 그를 사랑했고요. 하지만 방울 장식과 하얀 깃털과 예쁜 금박 장식이 길게 박힌 반장화 같은 것을 더 사랑하는 여자였습니다. 어쩌면 새 같기도 하고, 어쩌면 인형 같기도 한, 이 귀여운 여자의 두 손 사이로 금 조각들이 녹아 없어지고 있었지만, 그것도 즐거웠습니다. 그녀는 투정도 심했지만, 그가 거절하는 경우는 절대 없었습니다. 또한 그녀가 고통스러워하지 않도록, 그는 그 재산의 슬픈 비밀을 끝까지 그녀에게 숨겼습니다.

"우리 정말 부자죠?"

그녀가 그렇게 물으면 그 불쌍한 남자는 이렇게 대답했습니다.

"아! 그럼… 당연히 부자지!"

그리고 그는 사랑을 듬뿍 담아 미소 지으며, 이 천진난만한 작은 파랑새에게 자기의 뇌를 먹였던 겁니다. 그러면서도 가끔은 그도 두려워져서 구두쇠가 될까도 생각했지만, 그 예쁜 부인은 그에게 팔짝팔짝 뛰며 다가와 이렇게 얘기한답니다.

"우리 엄청 돈 많은 자기야! 꽤 비싼 걸로 몇 개 좀 사주세요……"

그러면 그는 그녀에게, 그 꽤 비싼 거 몇 개를 사줬답니다.

그렇게 이 년이 지났습니다. 그리고 어느 아침, 그 예쁜 부인이 죽었습니다. 특별한 이유도 없이, 마치 새처럼……. 그녀의 마지막을 위해 그는 남은 보물에 손을 댔습니다. 부인을 여읜 남자는 부인의 죽음을 아름다운 장례식으로 치러 냈습니다. 종소리가 울려 퍼지고 검정 휘장을 친 큰 마차에 잘 치장한 말들, 반짝이는 은박을 입힌 벨벳 천, 그럼에도 그는 만족하지 않았습니다. 그의 황금은 이제 어떻게 됐을까요? 그는 성당에 기부를 하고, 짐꾼들에게도 좀 주고, 장의사에게도 주고, 모두에게 흥정할 것도 없이 주었습니다… 그러자 묘지에서 나올 때쯤엔, 그 대단했던 뇌도 거의 남아 있는 게 없었습니다. 두개골 여기저기에 부스러기 몇 개뿐이었습니다.

그리고 그는 길에 나섰습니다. 취한 사람처럼 비틀거리며, 손을 내밀고 정신이 나간 사람처럼 헤맸습니다. 저녁이 되어 상점들이 불을 밝히는 시간이 되자, 그는 조명 밑에서 반짝거리는 장신구들과 직물이 잔뜩 쌓인, 커다란 유리 진열장 앞에 멈췄습니다. 그리고 백조의 솜털로 가장자리를 두른 파란 비단 구두 한 벌을 오랫동안 바라봤습니다.

"이런 구두를 정말 좋아하는 사람을 내가 알지."

그는 미소 지으며 그렇게 중얼거렸습니다. 그리고 그 예쁜 부인이 이미 죽었다는 것도 기억하지 못한 채, 그 구두를 사기 위해 들어갔습니다.

가게 안쪽 끝에 있던 상점 여주인은, 누가 부르는 큰 목소리를 듣고 달려 나갔다가, 넋이 나간 사람처럼 계산대에 몸을 기대어, 고통스럽게 그녀를 바라보며 서 있는 남자를 보고 겁에 질려 뒷걸음쳤습니다. 그는 한 손에 백조 솜털로 가장자리를 두른 파란 구두를 들고 있었고, 온통 피범벅인 다른 손은, 손톱 끝으로 긁어 낸 것 같은 금 부스러기를 묻힌 채 내밀고 있었습니다.

부인, 이것이 황금 뇌를 가진 남자에 대한 전설이었습니다.

*

상상 속의 이야기인 것 같지만 다른 면에서 보면 이 전설은 진실입니다… 그들의 뇌를 갉아먹으며 사는 것을 강요받는 불쌍한 사람들이 세상에는 많습니다. 인생에서 가장 하찮은 것들을 사기 위해, 그들의 골수와, 그들의 본질을, 고귀한 순금처럼 지불하면서요. 그들에게는 하루하루가 고통이겠지요. 그리고 고통을 참아 내는 것마저도 지쳐 버린다면…….

시인 미스트랄[32]

지난 일요일, 아침에 일어나니, 파리의 포브르 몽마르트 거리[33]에서 눈을 뜬 건 아닌가 싶었네. 비는 오지, 하늘은 회색이지, 내 사는 풍차집도 우중충했네. 나는 차갑게 비 내리는 날, 하루 종일 집에 처박혀 지내는 건 싫고 해서, 곧바로 프레데리크 미스트랄을 찾아갈까, 거기서 나도 좀 몸을 달궈 볼까 싶었네. 그 대단한 시인은 여기 소나무숲에서 삼십 리 떨어진 작은 마을 마이엔느에 살고 있었네.

생각 즉시, 즉시 출발. 도금양나무 지팡이 하나 들고, 몽테뉴의 책을 챙기고, 우비 뒤집어쓰고, 길을 나섰네!

들판에는 사람이 없었네… 가톨릭을 믿는 우리 멋진 프로방스 사람들, 일요일에는 땅도 쉬게 놔두지… 농가에는 개들밖에 없고, 농장들은 문을 닫았네……. 저 멀리, 빗물에 흠뻑 젖은 암소가 끌고 가는 마차가 하나 굴러가고, 짙은 갈색 망토를 뒤집어쓰신 할머니 한 분이 걸어가시고, 은방울, 빨간 실 방울을 달고, 파랗고 하얀 밀짚 안장을 올려서 제대로 장식을 한 노새들은, 미사를 보러 가는 농가 사람들을 가득 태운 마차를 종종걸음으로 끌고 가고 있었네. 그리고 저기 안개가 흐르고, 운하 위의 작은 배에서는, 어부 한 명이 일어서서 투망을 던지고 있었네.

이런 날에 길을 가다 책을 읽을 수는 없었네. 비가 퍼붓는데, 북쪽에서 바람까지 세게 불어닥치니까, 얼굴에다가 가득 찬 물 양동이를 끼얹는 것 같더군. 나는 길을 서둘렀고, 결국 세 시간을 걸어서, 바람을 피해 자리 잡은 그 마이엔느 읍내의 가운데쯤 심어 놓은 사이프러스나무숲 앞에 당도했네.

읍내의 길에는 고양이 한 마리 다니지 않았네. 모든 사람들이 대미사에 간 모양이었지. 성당 앞을 지나가는데 파이프 오르간 소리가 흘러나왔고, 성당의 스테인드글라스 사이로 반짝이는 성촉의 촛불이 보였네.

시인의 거처는 읍내 끄트머리에 있었네. 생 레미로 가는 길 끝의 왼쪽 마지막 집이었네. 집 앞에 정원을 둔 단층짜리 작은 집이었지… 나는 조심스럽게 들어갔네… 사람이 아무도 없었네! 거실 문은 닫혔는데, 내 뒤쪽에서 누군가 걸으면서 큰 소리로 외치는 소리가 들려왔네. 발걸음 소리하며, 목소리하며, 내가 잘 아는 소리였네. 나는 석회를 칠한 작은 복도에서 잠깐 서 있다가 문의 손잡이를 잡았네. 아주 흥분되더군. 심장이 두근거리고 말일세. 그가 있었어. 일하는 중이었지… 낭송이 끝나는 걸 기다릴 걸 그랬나? …내가 알 게 뭐야! 난 들어갔네.

*

아! 파리 분들, 그 마이엔느의 시인이 「미레유」[34]를 발표하기 위해 파리로 올라와, 여러분들을 방문했을 때를 기억하시는가? 거기 거실에서, 이 샤타스[35]처럼 생긴 양반은 도시 사람들처럼 옷을 입었지. 그의 명성에도 불구하고, 풀을 먹여서 빳빳하게 세운 옷에 높은 모자를 쓴 그는 무척 부자연스러운 모습이었네. 자네들은 거기서 미스트랄 시인을 봤다고 생각하겠지… 천만의 말씀. 그 모습은 그 양반이 아닐세. 지난 일요일, 그의 고향을 내가 깜짝 방문했을 때 본 사람이야말로, 세상이 모르는 미스트랄 시인의 진면모일세. 귀 위로 펠트 두건을 썼고, 조끼도 없이 재킷을 걸치고, 허리에는 카탈루냐 스타일의 빨간 헝겊 띠를 두르고, 눈빛은 이글거리고, 광대뼈는 영감의 불길로 환하고, 그리스 목자처럼 우아하게 멋진 미소를 짓고 있었네. 그리고 주머니에 두 손 넣고 긴 다리로 거닐면서 시문을 독송하고 있었네.

"아니 어떻게! 자네 아닌가?"

미스트랄이 펄쩍 뛰면서 나에게 외쳤네.

"여기를 오다니 참 잘 생각했네!… 바로 오늘은 마이엔느의 축제일일세. 아비뇽 음악을 연주하고, 황소몰이도 하고, 미사 행렬에, 파랑돌 춤에, 엄청 멋질 게야… 어머니께서 미사에 다녀오시면, 우리 점심을 먹고, 그다음엔… 놀아야지! 예쁜 아가씨들이 춤추는 걸 보러 가세……."

그가 나에게 떠드는 동안, 나는 감동에 젖어, 아주 오랜만에 보는 이 깨끗한 카펫이 깔린 작은 거실을 둘러보았네. 이곳에서 나는 전에 정말 아름다운 시간을 보냈다네. 바뀐 건 하나도 없었네. 노란 격자무늬의 소파에, 등나무 안락의자 두 개, 팔 없는 비너스상과 아를의 비너스상이 벽난로 위에 올려져 있고, 에베르[36]가 그린 이 친구 초상화, 에티엔 카르자[37]가 찍어 준 사진이 창문 옆 구석에 걸려 있고, 책상에는—등록 접수처에서나 쓸, 조그맣고 한심한 책상일세— 낡은 고서적들과 사전들이 잔뜩 놓여 있었네.

책상 가운데 펼쳐져 있는 커다란 노트를 발견했네… 바로

「칼랑달」이었네. 올해 연말에 성탄절에 맞춰 발표하려는 프레데리크 미스트랄의 신작 시집. 이 시집에 미스트랄은 칠 년간 매달려 왔고, 더구나, 이 마지막 한 줄을 위해 육 개월이나 고심을 하고 있었다네. 그럼에도 불구하고, 그는 아직 이 무모한 작업을 놓지 않고 있었다네. 자네들은 이해하잖은가? 좀 더 울림이 있는 각운을 찾기 위해 끝없이 각 절마다 다듬고 고치는 것 말일세…… 미스트랄은 프로방스 언어를 아름답게 썼다네. 마치 세상 사람들 모두가 이 언어로 쓴 시를 읽어야 하고, 훌륭한 장인의 노고를 헤아려 줘야 한다는 듯이 썼다네……. 아! 대단한 시인이지. 몽테뉴라면 미스트랄에 대해 이렇게 이야기했을 게 분명하네.

　―이런 사람을 아시겠는가. 지적 부흥의 길로 매진하는 것을 알아주는 사람 하나 없는데, 도대체 왜 그 어려운 예술의 길을 그렇게 강고하게 견뎌 가는 거냐고 물을 때, "약간이라도 상관없고, 한 명이라도 상관없고, 한 명도 없더라도 상관없습니다."라고 대답할 사람.

*

　나는 두 손으로 「칼랑달」이 쓰인 노트를 들었네. 그리고 감

171

동에 젖어 페이지를 넘겼지. 그때 갑자기, 피리와 작은북으로 연주하는 음악 소리가 창문 바깥의 거리에서 터지듯 들려왔네. 그러자 미스트랄은 장식장으로 달려가 술잔들과 술병들을 챙겨서, 거실 중간의 식탁에 줄줄이 늘어놓았다네. 그러고는 연주자들에게 문을 열어 주면서 나에게 말했다네.

"웃지 말게… 나를 위해 연주해 주러 온 걸세… 나 지방 의원이거든."

작은 거실이 사람들로 꽉 찼네. 작은북들을 의자에 내려놓고, 오래된 깃발은 구석에 세워 두고, 맛있는 술이 돌려졌네. 그리고 프레데리크 씨의 건강을 위해 건배한다며 몇 병을 비우고는, 축제에 대해 심각하게 상의를 시작했네. 파랑돌 춤이 작년보다 멋져야 할 텐데, 황소들이 말을 잘 들을 것인지 등등. 연주자들은 각자의 악기를 다시 들고, 연주를 하기 위해 다른 지역 의원들 집으로 갔네. 바로 그때, 미스트랄 시인의 어머니께서 돌아오셨네.

순식간에 식탁이 차려졌네. 예쁘게 하얀 식탁보가 깔리고, 두 명분의 식기가 놓여졌네. 나는 이 집의 관례를 알고 있다네. 천하의 미스트랄일지라도 그의 어머니를 식탁에 앉히지는 못한다는 것을… 프로방스 말밖에 할 줄 모르는 그 초라한 노인네는, 프랑스 말을 하는 사람과 이야기하는 걸 고역으로 여기

신다네… 게다가 주방에서 하셔야 할 일도 있고 하니.

주여! 그날 점심에 먹은 멋진 식사 좀 보게— 어린 염소 구이 한 조각에, 산에서 만든 치즈, 포도잼, 무화과, 머스캣 포도. 게다가 정말 아름다운 장미 색깔의 샤토 뇌프 뒤 파프 와인을 잔에 따라 잔뜩 마셨네…….

디저트를 먹을 때 나는, 시를 적어 놓은 노트를 찾아서 들고 온 다음, 식탁 위 미스트랄의 앞에 놓았네.

"우리 나가자고 하지 않았는가."

시인이 웃으며 말했네.

"아니지! 아닐세!… 「칼랑달」! 「칼랑달」을 읽어 주게!"

미스트랄은 체념을 하고는, 부드럽고 음악적인 목소리로, 운율에 맞춰 손으로 박자를 치며, 노래의 첫 번째 장을 꺼내 들었네.

"사랑에 미친 어느 아가씨에 대하여— 그 슬픈 사연을 이야기하려네— 나는 노래하노니, 주께서 원하시는 대로, 카시스의 어느 청년— 어느 초라한 젊은 멸치잡이 어부……"

바깥에서 오후 미사를 알리는 성당의 종소리가 들려왔고, 광장에선 폭죽이 터지기 시작했네. 길에선 북소리에 맞춰 피리를 부는 사람들이 왔다 갔다 하고, 사람들이 내몬 카마르그 황소들이 울부짖으며 달렸네.

나야, 식탁보에 팔꿈치를 올리고 눈물을 글썽이며 프로방스의 젊은 어부 이야기를 듣고 있었네.

*

칼랑달은 어부에 불과했지만, 사랑은 영웅을 만든다네… 사랑하는 여인의 마음을 얻기 위해— 아름다운 그녀는 에스트렐— 헤라클레스의 열두 가지 위업조차도 그의 것에는 댈 수조차 없는 기적 같은 일들을 시작하노니.

한번은 부자가 되어야겠다는 생각이 들었네. 그는 고기를 잡는 엄청난 기계를 발명했고, 바다의 고기를 몽땅 잡아다가 항구로 가져왔네. 또 한번은 오이울 협곡의 끔찍한 산적인 세베랑 백작을 그 본거지까지 찾아가서, 그의 부하 산적들과 애첩들 앞에서 혼내 주기도 했다네… 이 젊은 칼랑달 참 무시무시했다네! 어느 날은, 생트-봄에 있는, 예루살렘 솔로몬 성전의 골조를 지은 프로방스의 장인 야고보의 무덤 위에서, 굉장한 기하학 논쟁을 벌이는 두 직공들 무리를 만났다네. 유감이지만,칼랑달은, 그 난장판의 중간에 끼어들어 그 직공들을 논리로서 제압했다네…….

초인적인 업적들이었지! …뤼르산의 암벽들 위에는, 누구도

174
별들

오르지 못하고, 아무도 자르지 못한, 접근 불가의 삼나무숲이 있었다네. 칼랑달은 거기 올랐네. 그는 거기서 삼십 일간 혼자 머물렀네. 삼십 일 동안, 거기 나무 둥치에 그의 도끼가 박혀 드는 소리가 울려 퍼졌네. 그 숲은 울부짖었지만, 하나둘씩, 그 오래된 거대한 나무들은 쓰러져서, 계곡 깊은 곳으로 굴러떨어 졌고, 칼랑달이 내려왔을 때, 그 산 위에는 삼나무가 한 그루도 남지 않았다네……

드디어 이와 같은 위업을 이룬 보상으로, 멸치잡이 어부는 에스테렐의 사랑을 얻었고, 카시스 사람들에 의해 집정관의 위 치에 오르네. 자, 이것이 칼랑달의 이야기일세… 하지만 칼랑 달이 뭐가 중요한가? 이 서사시에서 무엇보다 우선인 것은 바 로 프로방스 그 자체일세. 프로방스의 바다, 프로방스의 산, 그 역사와 그 풍습, 전설과 풍경, 그 위대한 시인이 죽기 전에 찾아 낸, 그지없이 순수하고 자유로운 모든 사람들……. 하지만 지 금은 철도가 놓이고, 전신주가 박히고, 학교에서는 프로방스어 가 내쫓기고! 그래도 프로방스는 「미레유」 안에서, 「칼랑달」 안 에서 영원히 남아 있을 것이네.

*

"시 읽는 건 그만 하세! 축제를 보러 가야지."

미스트랄이 노트를 덮으며 말했네.

우리는 나갔네. 마을 사람들 모두가 길에 나와 있었네. 북풍이 한바탕 불고 나서 하늘이 깨끗이 씻겼는지, 빗물에 젖은 빨간 지붕들 위로, 하늘은 행복하게도 반짝였다네. 우리는 미사 행렬이 되돌아가는 시간에 도착했다네.

거의 한 시간 동안, 복면 두건을 한 고행 수도자들의 행렬이 끝나지 않을 듯이 이어졌네. 하얀 고행 수도자, 파란 고행 수도자, 회색 고행 수도자, 베일을 쓴 평신도회 여자들, 황금색 꽃을 수놓은 깃발들, 네 사람이 어깨로 메고 가는 위대한 성자들의 금박이 벗겨진 목상들, 커다란 꽃다발을 손에 든, 우상같이 보이는 여자 성인들의 채색한 도자기상, 사제의 제의, 성합, 초록 벨벳으로 만든 이동식 천개[38], 하얀 비단으로 주위를 장식한 예수님의 십자가상. 이 모든 것이 햇빛과 성촉의 불빛 밑에서 시편을 암송하는 소리, 신도송을 부르는 소리, 온통 메아리치는 종소리와 더불어, 바람과 함께 물결치고 있었네.

미사 행렬이 끝나자, 성인상들은 각각의 교회당으로 다시 모셔졌고, 우리는 황소들을 보러 갔네. 거기는 갖가지 놀이가 펼쳐졌네. 남자들 격투도 벌어지고, 삼단뛰기, 고양이 목줄매기, 그 외의 놀이들, 프로방스의 축제에서 볼 수 있는 재밌는 놀이들이 모두 있었네… 마이엔느로 돌아오자 밤이 되었다네. 광장에 와서는, 작은 카페 앞에서, 미스트랄이 그의 친구 지도르와 그날 저녁의 짝을 지어 놓았네. 축하의 모닥불이 크게 지펴졌고… 파랑돌 춤이 시작되었네. 어두운 곳 여기저기에, 종이를 잘라 만든 횃불에 불을 밝혀 놨고, 젊은이들이 자리를 잡았네. 그리고 잠시 후, 북소리의 신호에 따라, 모닥불 주위로 커다랗게 원을 그리며 열광적이고 소란스러운 춤이 시작되었네. 아마 밤새도록 춤출 걸세.

*

밤참을 먹고 나니 계속 노는 것도 너무 피곤해졌네. 우리는 미스트랄의 침실로 올라갔네. 커다란 침대가 두 개 있는 평범한 농부의 방이었네. 벽에는 벽지를 바르지 않았고, 천장에는 서까래들이 그대로 드러나 있었네… 사 년 전에 학술원에서는, 「미레유」의 저자에게 삼천 프랑의 상금을 줬고, 미스트랄 노부인은 계획을 세웠지.

"네 방 벽과 천장에 도배를 좀 할까?"

그녀가 아들에게 묻자 미스트랄은 이렇게 대답했다네.

"안 돼요! 안 돼! 그건 시인들의 돈이에요. 우리가 건드리면

177
시인 미스트랄

안 됩니다."

그리고 방은 여전히 아무것도 바르지 않은 채였네. 하지만 미스트랄의 집을 찾는 시인들에게, 그 시인들의 돈은 꽤 오랫동안 그 지갑을 열었다네.

나는 그 방으로 「칼랑달」 노트를 가져갔네. 그리고 자기 전에 한 악절을 더 읽어 달라고 청했지. 미스트랄은 도자기에 관한 일화를 선택했네. 여기 요약을 좀 해봤네.

어딘지는 모르지만 성대한 식사 자리였네. 식탁 위로 무스티에산 도자기를 굉장하게 내왔네. 각각의 접시 바닥에는, 프로방스를 주제로 한 그림이 에나멜로 파랗게 그려져 있었네. 그 안에는 지역의 모든 이야기들이 담겼지. 게다가 이 아름다운 도자기들을 얼마나 애정을 기울여 묘사했는지, 각각의 접시마다 한 절의 노래가 붙었네. 순수하고 격조 높게 지어진 짧은 시구들이, 마치 테오크리토스[39]의 작은 그림들처럼 훌륭하게 완성된 것이지.

미스트랄이 아름다운 프로방스의 언어로 그의 시를 읽어 주는 바람에, 더구나 대부분은 라틴어였으니, 나는 거의 알아듣지 못했다네. 예전에는 왕비들의 언어였지만, 지금은 이곳의 목자들만이 이해할 수 있었네. 나는 내 앞의 이 친구에게 감탄했다네. 그리고 폐허의 상태에 빠진 그 언어를 찾아내고 돌보며

하고 있는 일을 상상해 보니, 알피유산에서 본 적 있었던, 보 지방에 자리 잡은 오래된 왕자의 궁전이 떠올랐네. 지붕도 없고, 층계에는 난간도 없고, 창문에는 유리도 하나 없고, 첨형 아치의 사각 장식은 부서져 내려앉았고, 문마다 그려졌던 문장들은 이끼 속에 사라졌고, 암탉들은 명예로운 궁정에서 모이를 쪼고 있고, 가는 기둥들이 연이은 회랑 아래에선 돼지들이 뒹굴고 있고, 잡초 무성한 예배당에는 당나귀가 풀을 뜯고 있고, 비둘기들은 빗물 고인 커다란 성수반에 와서 물을 마시고, 그리고 마지막으로 그 잔해 속에서, 농부들 두세 가족이 이 낡은 궁전의 측면에 오두막을 짓고 살고 있었네.

그리고 어느 좋은 날, 이 거대한 폐허에 매료된 그 농부들 중의 아들 한 명은, 그 궁전이 그렇게도 더럽혀진 것에 분노하게 되었다네. 서둘러, 서둘러서 그는 명예로운 궁정에서 가축들을 내쫓았네. 요정들도 그를 도우러 왔고, 그는 혼자 힘으로 거대한 계단을 다시 쌓아 올렸네. 벽에 나무 장식을 다시 붙이고, 창문에 유리를 다시 끼우고, 탑들을 다시 세우고, 대관실의 금박을 새로 입혔네. 그리고 그 옛날 교황들과 황후들이 거처하던 광대한 궁전을 발아래 두었네.

궁전은 다시 지어졌다네. 이것이 바로 프로방스어일세.

그 농부의 아들, 그가 바로 미스트랄일세.

세 번의 자정미사
—성탄절 이야기

I

"송로버섯 넣은 칠면조가 두 마리라고, 가리구야?"

"예, 신부님. 송로버섯을 빵빵하게 채운 칠면조가 두 마리입니다. 제가 좀 알죠. 왜냐하면 그거 속을 채우는 데 일손을 도왔거든요. 그걸 구우면 껍질이 바삭바삭할 거라고 하더라고요. 정말 빵빵하니까요……."

"예수님, 성모마리아님! 내가 송로버섯을 얼마나 좋아하는데!… 내 사제복을 얼른 주려무나, 가리구… 그래 칠면조하고, 주방에서 또 뭘 더 봤느냐?"

"아! 맛있는 건 전부 다 있었죠… 정오 무렵부터 꿩, 오디새,

180
별들

뇌조, 야생 닭까지 깃털을 뽑았답니다. 깃털이 사방에 얼마나 날리던지… 게다가 저수지에서 장어, 황금빛 잉어, 송어까지 잡아 왔답니다. 또……."

"송어들이 얼마나 크더냐, 가리구?"

"이만큼이나 크더라고요. 신부님… 엄청납니다!"

"오, 주여! 눈에 선하구나… 병에 성체 예식에 쓸 포도주들은 담아 놨느냐?"

"그럼요. 신부님. 포도주 병에 잘 담아 놨습니다. 하지만 글쎄요! 조금 있다 자정미사 끝나고 드실 포도주에 비할 수는 없겠지요. 성안의 만찬에서 드실 포도주를 상상해 보신다면 뭐, 온갖 색깔의 포도주가 가득 찬 반짝이는 술병들이 가득할 텐데요. 거기다 은제 식기들, 정교하게 조각된 장식 그릇들, 꽃들에다가, 커다란 촛대까지! 이 같은 밤샘 만찬은 보신 적이 없을 겁니다. 후작 각하께서 근방의 영주님들을 몽땅 초대하셨거든요. 식탁에 앉으실 분들, 적어도 사십 분은 되실 겁니다. 대법관님이나 서기 정도는 빼더라도요… 아! 거기 참석하실 수 있다니, 정말 행복하시겠습니다. 신부님!… 그 맛있는 칠면조 냄새만 맡았을 뿐인데, 송로버섯 향기가 제 몸에 온통 배었네요… 음냐……."

"자, 자, 이 녀석아. 예수님께서 나신 성스러운 밤에, 특히, 절대로 그렇게 식탐에 사로잡혀서는 안 되지. 가서 얼른 성촉에 불을 밝히고, 미사를 알리는 첫 번째 종을 울려라. 그러는 사이에 자정이 다 되었구나. 우리가 늦어서야 되겠느냐……."

이 대화는 1600년대 어느 해의 성탄절 밤에, 성 바오로회 수도사였다가 지금은 트랭클라주 영지의 전속 사제로 고용되어 있는 발라게르 신부와 그의 어린 복사 가리구가 나눈 이야기입니다. 어린 복사 가리구로 보일지도 모르지만, 여러분들은 이 녀석이 악마라는 것을 아셔야 합니다. 그날 저녁, 동그란 얼굴에 애매모호한 성격의 이 젊은 성당지기야말로, 전속 사제 신부를 인도하여 유혹에 빠트려, 식탐이라는 끔찍한 죄악을 저지르게 하기 위해 딱 맞았던 겁니다.

그리하여, 가리구라 불리는(에헴! 에헴!) 녀석이 영주 전속 성당의 종을 힘껏 치고 있을 때, 전속 사제는 성안의 작은 성당 제의실에서 제의로 갈아입고 있었습니다. 하지만 정신은 이미, 이 맛있는 음식들의 명단에 온통 빠져 있었습니다. 사제는 옷을 갈아입으면서도 혼잣말을 계속 내뱉었습니다.

"구운 칠면조에다가… 황금빛 잉어에다가… 이따만큼 큰 송어에다가……."

밖에서 밤바람이 부는 가운데, 성당의 종소리가 은은하게 울려 퍼지고 있습니다. 그리고 가늠컨대, 방투산의 봉우리 그림자 밑으로 불빛들이 밝혀지고 있고, 산의 높은 곳에는, 우뚝 선 트랭클라주의 고색창연한 탑들의 모습이 희미하게 보입니다. 소작인들의 가족들도 성에서 열리는 자정미사를 드리려고 오고 있습니다. 그들은 대여섯 명씩 모여서 찬송을 하면서 언덕을 오르고 있습니다. 등불을 손에 든 아버지가 앞장서고, 여자들은 둘둘 말아 쓴 그녀들의 커다란 다갈색 망토 안에다가 아이들을 단단히 여며서 안았습니다. 춥고 늦은 시간에도 불구하고, 이 선량한 백성들은 즐겁게들 걷고 있습니다. 매년 그렇듯이 미사가 끝나면 성안의 주방들 중 어느 낮은 곳의 식탁에 앉을 수 있을 거라는 희망 덕분이지요.

가끔씩은 우둘투둘하고 거친 오르막길로, 유리창이 밝은 달빛으로 빛나는 영주들의 마차가 횃불을 밝히며 지나가기도 하고, 노새 한 마리가 방울 소리를 내며 흥분한 듯이 경쾌하게 걸어갑니다. 안개에 싸여 희미하게 보이는 불빛에도 불구하고, 소작인들은 대법관을 알아보고 길을 가면서 인사를 합니다.

"안녕하십니까, 안녕하십니까, 아르노통 법관님!"

"안녕, 안녕들 하신가, 자네들!"

밤은 청명했고, 별들은 추위에 더욱 반짝입니다. 살을 콕콕 찌르는 겨울바람과, 옷이 젖지도 않을 만큼 미끄러져 떨어지는 약간의 싸락눈이, 눈 내리는 화이트 크리스마스의 전통에 대한 믿음을 지켜 줍니다. 언덕의 제일 꼭대기에 목적지인 성이 나타났습니다. 거대한 탑들의 덩어리가 성루와 부속 성당의 종탑과 더불어, 캄캄하면서 푸른 하늘에 떠올랐습니다. 그리고 성의 모든 창문들 안으로, 희미하게 왔다 갔다 하는 작은 등불들의 무리가 깜빡 깜빡 하고 있습니다. 마치 건물의 어두운 배경 위로, 불꽃이 불붙은 종이의 재를 따라 퍼지는 것처럼요.

도개교와 작은 성문을 지나 성당으로 가려면 첫 번째 마당을 가로질러야 했는데, 이미 마차들과 하인들과 가마들로 가득 찼고, 주방에서 흘러나오는 불길과 밖에 걸어 둔 횃불 덕분에 무척 밝았습니다. 바비큐 꼬치 기계가 돌아가는 소리가 들리고, 냄비들 달그락거리는 소리, 식사를 준비하기 위해 옮기느라 크리스털 잔들과 은제 식기들이 부딪히는 소리도 들려왔습니다. 그 위로 고기를 굽는 냄새와 허브들을 진하게 넣은 복잡한 소스들 냄새가 섞인 뜨거운 증기가 퍼졌습니다. 소작인들은 말할 것도 없고, 서기든 대법관이든, 모두들 이렇게 중얼거렸습니다.

"미사가 끝나면 엄청난 성탄절 만찬이 되겠구나!"

II

"뎅그랑 뎅! 뎅그랑 뎅!"

드디어 자정미사가 시작되었습니다. 성의 부속 성당은 주교께서 주재하시는 대성당을 축소해서 옮겨 놓은 듯했습니다. 가로지른 천장의 궁륭들, 참나무를 조각해서 벽 높은 곳까지 붙여서 장식하고, 양탄자들을 바닥에 깔고, 온통 성촉들을 밝히고. 사람들도 엄청 많고! 그러니 화장실 찾는 사람도 많고! 여기 우선 성가대석 주위로 조각을 해놓은 성직자 석을 보면, 연어처럼 번쩍이는 호박색 비단옷을 입은 트랭클라주의 영주님과 초대받아 온 모든 귀족 영주님들이 그의 주변에 앉았습니다. 맞은편에는 벨벳으로 장식한 기도대 아래로 불꽃같은 색깔의 화려한 비단 드레스를 입은, 연로하셔서 홀로 되신 후작 부인과 프랑스 궁정에서 최신 유행하는 방식으로 사각형의 레이스를 높게 올려 머리를 장식한 트랭클라주의 젊은 영주 부인께서 자리하셨습니다. 더 아래쪽으론 검은 옷을 입고 말끔히 면도를 하고 가발을 단정하게 쓴 대법관 토마 아르노통과 서기관 앙브로와가 앉았습니다. 화려한 다마스커스 천과 비단 옷들 중에 두 사람이 입은 심각한 분위기의 복장은 눈에 띄었습니다. 그리고 뚱뚱한 급사장들과 시동들, 마구간지기들, 집사들, 자기 열쇠들을 매단 얇은 은판을 옆에 찬 바르브 부인. 끝으로, 열 지은 의자에는 낮은 직책들, 하인들, 가족들을 거느린 소작인들이 앉았고, 마지막으로 저기 문 맞은편으로는, 요리사의 조수들이 조심스럽게 들락날락 두 가지 소스 사이를 왔다 갔다 하며, 밝혀진 촛불처럼 미적지근한 성당의 미사 분위기를 가져가기도 하고, 온통 축제 분위기의 성탄 만찬의 향기를 묻혀 오기도 했습니다.

요리사들의 작고 하얀 모자들을 본 것이 미사 진행에 어떤 부작용이라도 주었을까요? 아니면 오히려 가리구의 종소리 때문이었을까요. 공수병에라도 걸린 듯이, 제단의 발치에서 조급하고 사악하게 흔들어 대는 작은 종소리는 계속 이렇게 얘기하는 것 같았습니다.

"서두르세요. 서두르세요… 얼른 끝내야 얼른 식탁에 앉잖아요……"

매번 종이 울릴 때마다, 이 악마의 종소리는, 이 전속 사제로 하여금 만찬에 정신을 빼앗기는 것만큼 미사 진행은 잊어버리도록 만들었습니다. 그는 시끌벅적한 주방을 상상했습니다. 화덕에 풀무질해서 불을 지피고, 열고 닫는 뚜껑들 위로 수증기가 피어오르고, 그 수증기 사이로 송로버섯을 빵빵하도록 쑤셔 넣은 훌륭한 칠면조 두 마리. 그리고 그는 향기로운 김이 피어오르는 접시들을 들고 줄 지어 가는 시동들을 떠올렸고, 그들을 따라 진수성찬을 즐길 준비가 된 대연회장에까지 들어갔습니다. 오! 맛있는 것들! 번쩍번쩍 가득 차려진 이 엄청난 식탁을 보세요. 그 깃털로 장식한 공작새 요리, 황금색으로 구워진 날개를 펼친 꿩들, 루비 색깔 반짝이는 포도주 병들, 중간에 초록색 가지를 꽂아서 피라미드 모양으로 쌓아 올린 과일들, 그리고 가리구가 얘기한 이 훌륭한 생선들은(아! 맞아, 가리구였지!) 깔아놓은 펜넬 위에 올려졌습니다. 방금 물에서 건진 듯이, 비늘에서 윤이 나고 향기로운 허브 다발을 그 괴물 같은 입에 물려 놨습니다.

이 굉장한 환상이 너무나 생생했기에, 발라게르 신부는 제단 위에 덮인 벨벳 덮개 위에, 이 모든 굉장한 요리들이 올라가 있는 것처럼 느껴졌습니다. 그리고 두 번이나 세 번 정도, 도미누스 보비스쿰(주께서 여러분과 함께)! 대신 그 자신도 모르게 감사히 먹겠습니다 하는 식사 기도를 하기도 했습니다. 이런 작은 실수에도 불구하고 그 품위 있는 사제는 그의 미사를 굳건하게 진행해 나갔습니다. 성경 한 줄도 지나치지 않고, 무릎을 꿇고 하는 기도도 생략하지 않고, 첫 번째 미사가 끝날 때까지는 충분히 잘 진행되었습니다. 여러분들도 아시다시피 성탄절에는 같은 사제가 세 번의 미사를 연달아 봉헌해야 합니다.

"이제 하나 끝났네!"

전속 사제는 안도의 한숨과 함께 되뇌었습니다. 그리고 일 분도 허비하지 않고 그의 복사에게, 아니면 복사라고 생각하고 있을 뿐인 사람이든지, 어쨌든… 신호를 했습니다.

"뎅그랑 뎅! 뎅그랑 뎅!"

이제 두 번째 미사가 시작되었고, 그와 동시에 발라게르 신부의 죄악도 같이 시작되었습니다.

"빨리요, 빨리요, 서두릅시다."

가리구가 흔드는 종소리가 작고 날카로운 소리로 그에게 소리쳤습니다. 그리고 이번에는, 이 불행한 사제는, 식탐의 악마에 완전히 굴복해서 식욕에 사로잡힌 나머지, 잔뜩 흥분해서는 순서를 생략하고, 미사 경본까지 팽개쳐 버렸습니다.

정신이 나간 것처럼, 그는 허리를 숙였다가 일어섰다가, 성호를 그었다가 무릎을 꿇었다가, 조금이라도 일찍 끝내기 위해 그의 모든 행동을 서둘렀습니다. 복음서 위에 금방 손을 올렸다가, 곧바로 고해송을 하며 가슴을 두드리기도 했습니다. 그와 복자, 그 둘은 점점 더 빨리 말을 뭉개며 중얼거렸습니다. 성경 봉창과 답창은 서로 뒤섞여서 같이 망가졌습니다. 시간이 너무 걸리니까 단어들은 입도 열지 않고 절반만 발음했습니다.

이해할 수 없는 중얼거림으로 마무리했습니다.

"기도…하,ㅂ……."

"고해…하,ㅂ……."

포도주 만드는 인부들이 발효통의 포도를 서둘러 밟는 것과 똑같이, 이 두 사람은 침을 사방에 튀겨 가며, 미사의 라틴어도 절벅절벅 튀겼습니다.

돔… 스쿰!… 벨라게르가 읊조리면……

스투투오!…라고 가리구가 받았습니다.

그리고 계속해서 저주스러운 작은 종소리가 그들의 귀에 울렸습니다… 파발마가 전속력으로 달리도록 귀에 방울을 다는 것처럼 말입니다. 생각해 보십시오. 성탄절 자정미사를 이렇게 서둘러 해치우다니요.

"이제 두 번 끝났네!"

전속 사제가 숨을 헐떡이며 중얼거렸습니다. 그리고 숨 쉴 틈도 없이, 땀을 흘리면서, 벌겋게 달아올라, 제단에서 구르듯 내려왔습니다. 그러고는…….

"뎅그랑 뎅! 뎅그랑 뎅!"

이제 세 번째 미사가 시작되었습니다. 이제 식당까지 도착하는 데 몇 발자국밖에 남지 않았습니다. 하지만 세상에! 만찬이

다가올수록, 이 불운한 발라게르는, 맛있는 음식들로 말미암아, 미친 듯이 안달이 났습니다. 그의 환상은 더욱 심해졌습니다. 황금빛 잉어에, 구운 칠면조가 거기 있었습니다. 거기… 그는 손에 닿는 것 같고… 그는 그걸… 아! 하느님!… 김이 모락모락 나는 접시에 향기로운 포도주. 그리고 방울은 정신없이 흔들렸습니다. 그 작은 종소리가 그에게 외쳤습니다.

"빨리, 빨리, 좀 더 빨리!"

하지만 어떻게 더 빨리 할 수 있었겠습니까? 이제 입술은 거의 움직이지 않았습니다. 단어들을 발음하지도 않았습니다… 거룩하신 하느님을 완전히 속이지 않는 한, 그는 미사를 어물쩍 넘어갈 수 없었습니다. 그리고 그렇게 해버렸습니다. 이 불행한 작자가!… 유혹에 유혹을 더한 나머지, 그는 성경 구절을 하나둘씩 건너뛰기 시작했습니다. 사도들의 서한문은 너무 기니까 그는 제대로 마무리하지 않았습니다. 복음서는 스쳐 지나갔습니다. 사도신경은 들어가지도 않고 건너뛰었습니다. 주기도문은 생략했습니다. 미사 서문 암송은 멀리서 인사해 버리고, 두서없이 뛰어넘고 도약하다가, 결국 영원한 지옥 속으로 빠져 버리고 말았습니다. 그 파렴치한 가리구(사탄아, 사라져라!)를 따라서요. 그 조수는 기가 막힌 공모자였습니다. 그 사제의 제의를 받들어 주고, 성경의 페이지를 두세 장씩 넘겨 주고, 미사용 성경대를 밀어 놓고, 영성체용 포도주를 엎지르면서, 이제는 그 작은 방울을 멈추지도 않고, 점점 더 강하게 점점 더 빠르게, 흔들어 댑니다.

혼란에 빠진 그 모든 신자들을 떠올려보십시오! 이런 미사에서는 반드시 사제의 동작을 따라해야 하는데, 말 한 마디 들리지 않으니, 어떤 사람들은 서 있을 때, 다른 사람들은 무릎을 꿇고 있고, 앉아 있는 사람이 있는가 하면, 나머지는 서 있고… 미사 인도자의 이 황당한 행태로 말미암아, 혼란에 빠진 신도들의 자세는 미사 보는 의자 위에서 중구난방 제각각이었습니다. 하늘의 행로를 따라, 동방박사들을 저기 베들레헴의 작은 건물로 인도하던 성탄절의 별이 이 난장판을 보기라도 하면 대경실색할 노릇이겠지요.

"신부님이 너무 빠르네… 도대체 따라 할 수가 없구나."

연로하신 후작 부인께서는 그 머리 장식을 좌우로 흔들었습니다.

아르노통 대법관은 커다란 금속 안경을 코에 걸고, 미사경본을 들여다보며, 지금 도대체 어디를 진행하고 있는지 찾고 있습니다. 하지만 그 밑의 모든 선량한 백성들은, 역시 만찬에 갈 생각만 하고 있었으니, 미사가 이 모양으로 진행되어도 별 불만들이 없었습니다. 그리고 발라게르 신부가 환한 얼굴로 그의 복사 쪽으로 돌아서서 온 힘을 다해 소리쳤습니다. "미사가 끝났노라." 성당 안의 신도들은 벌써 성탄절 만찬의 식탁에 앉아 첫 번째 건배사를 외치고 있는 것처럼 기쁘고 활기차게 "주께 감사!"로 대답했습니다.

III

오 분 후, 영주들의 무리가 대연회실에 착석했습니다. 전속 사제도 그들 사이에 앉았습니다. 그날 성안은, 위아래로 온통 불을 밝히고, 노래하는 소리, 소리치는 소리, 웃는 소리, 웅성거리는 소리로 울려 퍼졌습니다. 그리고 존귀하신 발라게르 신부는 들꿩의 날개에 포크를 꽂아 넣었고, 맛있는 고기 육즙과 교황이 드셨던 샤토 뇌프 와인으로, 그의 죄악에 대한 양심의 가책을 씻어 냈습니다. 어찌나 먹고 마셨는지, 이 불쌍한 사제는 끔찍한 발작을 일으키고 그 밤사이에 죽고 말았습니다. 회개를 할 만한 약간의 시간도 없었죠. 그리고 다음 날 아침, 그는 지난밤의 축제 때문에 말들이 많은 하늘나라에 당도했습니다. 그가 어떤 대접을 받는지는 여러분 상상에 맡기겠습니다.

"내 눈에서 사라지거라. 이 나쁜 기독교인아! 네가 저지른 죄는 네 인생에 네가 행한 선행 전부를 지워 버릴 만큼 크구나.

아! 성탄 미사를 나에게서 훔쳐 가다니… 좋아! 너는 이제 그 자리에서 삼백 번으로 갚으라! 네가 미사를 올린 그 성당에서, 너와 너로 인해 죄를 지은 모든 사람들이 참석하여, 삼백 번의 성탄절 미사를 봉헌하지 않고서는 천국에 들어올 수 없을 것이다……"

우리 모두의 주님이시며, 심판을 주재하시는 그분이 신부에게 말씀하셨습니다.

*

…이것이 여기 올리브의 고장에서 전해지는 발라게르 신부에 관한 전설입니다. 오늘날 트랭클라주 성은 존재하지 않습니다. 하지만 그 성당은 아직도 방투산의 높은 곳 푸르른 참나무 숲 가운데 존재하고 있습니다. 바람에 절반쯤 떨어져 나가 아귀가 안 맞는 문을 흔들고 있고, 들풀들이 문턱까지 차올랐죠. 아주 오래전에 사라진 스테인드글라스가 있었던 십자가 모양의 창문틀에는 새들이 둥지를 틀었습니다.

그동안 성탄절이면 매년, 이 폐허 위로 불가사의한 불빛이 비춰집니다. 그리고 그날의 자정미사와 만찬에 참석하기 위해 오가는 농부들은, 눈이 오든 바람이 불든, 허공에 밝혀진 보이지 않는 성촉의 불빛 아래에서, 성당의 유령들을 발견하곤 한답니다. 어쩌면 웃을지도 모르겠지만, 그 지역의 포도주 상인, 가리그라고 부르는, 의심할 것도 없이 가리구의 후손인 그가 성탄절 저녁에 본 것을 저에게 증언했답니다. 술을 좀 많이 마신 그는, 트랭클라주 근처의 산속에서 길을 잃었다는데, 자, 이제 그가 본 것을 얘기하겠습니다.

밤 11시까지는 별일이 없었답니다. 완전히 고요하고 캄캄하고 살아 움직이는 것도 없고. 자정이 다가오자 종루의 위쪽에서 종소리가 울리더랍니다. 백 리 바깥에서 들리는 듯 희미한, 아주 희미한 종소리요. 그러자 올라오는 길 위로, 떨리는 불빛과 형체가 불분명한 그림자들이 흔들흔들 보이더랍니다. 성당에 다가와서야 그것들은 걸으며 속삭였답니다.

"안녕하십니까, 아르노통 법관님!"

"자네들도 안녕들 하신가!"

그것들이 성당 안으로 전부 들어가자, 이 꽤나 용감한 포도주 상인은, 천천히 다가가 문 쪽에 숨어서, 이 기괴한 구경거리를 들여다봤답니다. 그의 눈앞을 지나서, 거기의 모든 사람들은 폐허가 된 성당 건물의 성가대석 주위에 줄을 맞춰 앉았답니다. 존재하지도 않는, 오래전 의자에 앉듯이 말입니다. 레이스 머리 장식을 올리고 화려한 비단 드레스를 입은 아름다운 귀부인들과 머리부터 발끝까지 차려입은 영주들, 우리 할아버지들이 그랬던 것처럼 꽃을 수놓은 상의를 걸친 농부들, 모두들 늙고, 시들고, 피곤한, 먼지투성이의 모습들이었답니다.

가끔씩, 그 성당에 주인으로서 살고 있는 밤새들이 이 불빛에 깨어서는, 똑바로 선 채 마치 얇은 베일 안에서 불타고 있는 듯이 출렁이는 성촉의 주위를 빙빙 날아다니곤 했답니다. 가리그에겐 이 모습이 그렇게 재밌었던 모양입니다. 커다란 금속 안경테를 걸친 사람이었는데, 그 새들 중 한 마리가 그가 높게 쓴 검정 가발을 향해 똑바로 날아오면, 매번 엄청나게 당황해서, 소리를 내지 않고 날짐승들을 쫓기 위해 고개를 이리저리 흔드는 모습이요······.

안쪽에는 여린 체구의 작은 노인네가 성가대석 중간에 무릎을 꿇고, 방울이 없어서 소리도 나지 않는 종을 안간힘을 다해 흔들고 있었답니다. 그러는 동안, 빛바랜 금빛 제의를 입은 사제가 제단 앞을 오가면서 한 마디도 들리지 않는 기도문을 독창하고 있었답니다. 물론 그가 바로 발라게르 신부였습니다. 그의 세 번째 자정미사를 드리고 있었죠.

오렌지
-환상시

파리에서 오렌지라는 것은, 나무 밑에 떨어져 뒹구는 과일이
라는 우울한 이미지가 있네. 그 과일이 우리에게 도착하는 때
자는 비 내리고 추운 한겨울이거든. 그 평온한 오렌지 산지에
서는 여전히 윤기가 흐르고 굉장한 향기를 풍기는데 말일세.
어쩌면 보헤미아 사람들처럼, 이국적인 면모들이 있지. 안개 낀
저녁나절이면, 빨간 색종이를 덧발라 불그스레한 등불을 켠 행
상들의 작은 손수레에 쌓아 올려져서, 인도마다 우울한 모양으
로 줄을 잇곤 하지. 행상의 가냘프고 단조로운 외침은 마차들
굴러가는 소리와 합승마차가 내지르는 굉음에 파묻히고 말일세.

"발렌시아 오렌지가 두 푼이요!"

파리 사람들 대부분은, 먼 곳에서 수확한 이 둥글고 흔한 모

양의 과일이 그 초라하게 달린 초록색 이파리에도 불구하고 나무에서 난 것이라는 것도 모르고, 그저 단맛의 과자와 설탕 조림에 쓴다네. 얇고 반들거리는 포장지와 축제의 장식물로 쓰는 것도 이런 인상에 기여한 것이지.

특히 1월이 다가와 길마다 수많은 오렌지들이 진열되고 배수구의 찌꺼기마다 그 껍데기들이 온통 섞여 있으면, 가지마다 동그랗고 반짝이는 가짜 과일을 단, 엄청나게 거대한 크리스마스트리 몇 개를 파리에다가 흔들어 떨어트려 놓은 것 같네. 여기저기 할 것 없이 볼 수 있지. 깨끗한 유리창 진열대 안에 선별되어 장식되거나, 병원이나 교도소의 출입문 앞에, 포장된 과자나 사과 더미와 같이 섞여서, 일요일의 극장이나 무도장의 입구 앞에서도 말일세. 그 감미로운 향기는 가스 냄새나, 엉터리 연주의 소음이나, 그 낙원 같은 곳들의 좌석의 먼지와 함께 섞여 버리지. 우리는 오렌지나무가 오렌지를 만들어 낸다는 사실을 잊어버리곤 한다네. 이 과일이 남부지방에서 상자에 가득 담겨서 우리에게 직행하는 반면, 오렌지나무는 가지를 쳐서 모양이 바뀌 변형된 채, 따뜻한 온실에서 겨울을 보내고, 공공 정원의 야외에서 잠깐 나타날 뿐이니 말일세.

오렌지에 대해서 제대로 알려면 그 원산지에서 그것들을 봐야 하네. 발레아레스제도나, 사르데냐섬이나, 코르시카섬, 알제리 등등, 지중해의 포근한 대기와 푸른 하늘과 금빛 찬란한 태양 아래서 말일세. 나는 블리다 항구에서 본 작은 오렌지나무 숲을 회상한다네. 그 숲이 정말 아름다웠었거든!

빛나고 윤기 흐르는 이파리들의 그늘 속에, 그 과일들은 색유리처럼 광채를 내며, 눈부시게 핀 오렌지 꽃에 둘러싸여, 광휘의 아우라를 내뿜는 분위기와 함께 노랗게 익어 가고 있었네. 여기저기 나뭇가지들 사이의 빈틈으로, 이 작은 도시의 성벽들, 회교 사원의 첨탑, 이슬람 성인의 무덤이 보였고, 그 위로는 거대한 아틀라스산맥이 보였네. 밑부분은 푸르지만, 떨어져 쌓인 눈의 흔적인지, 양털같이 하얀 모피 같은 눈을 봉우리에 왕관처럼 이고 있었네.

어느 날 밤, 내가 거기 머물 때, 어떤 희귀한 현상 때문인지는 모르지만, 잠들어 있는 도시 위를 삼십 년 만에 처음으로 무겁고 습한 구름이 덮었고, 차가운 겨울 날씨가 그 구름을 흔들었던 모양이네. 블리다는 하얀 눈으로 화장을 하고 다른 모습으로 깨어났다네. 알제리의 가볍고 맑은 대기에서 내린 눈은 진주를 갈아 놓은 가루 같았네. 하얀 공작새의 깃털처럼 눈이 부셨지. 더 아름다운 것은 오렌지숲이었네. 단단한 나뭇잎들은 셔벗을 올린 반짝이는 쟁반처럼, 누구도 손대지 않은 순수한 눈송이를 똑바로 떠받고 있었네. 그리고 하얀 눈가루를 묻힌 그 과일들은 온화하게 빛나고 있었네. 황금을 투명한 하얀 천으로 휘감은 듯 소박하게 반짝였지. 또한 성당의 축일을 계속해서 연상시켰네. 하얀 레이스를 씌운 황금색 제단이나 하얀 레이스를 덧대 입은 빨간색 제의 말일세……

하지만 오렌지에 관한 최고의 추억은 코르시카섬의 아작시오 근처의 큰 공원인 바르비칼리아로 뜨거운 낮 시간에 낮잠을 자러 갔을 때였네. 여기의 오렌지나무는 블리다에서보다 훨씬 키가 컸고 드문드문 심어졌네. 길까지 내려와 자랐으니, 정원과 분리하는 것은 밝게 칠한 울타리와 도랑뿐이었네. 그 뒤로는 그냥 바다였네. 무한한 푸른 바다… 그 정원에서 보낸 시간들이 얼마나 행복했던지! 내 머리 위로 꽃 피고 농밀한 향기를 내뿜는 과일을 달고 있는 오렌지나무가 있었네. 가끔씩 너무 익은 오렌지가 갑자기 내 주위로 떨어졌네. 마치 뜨거운 날씨를 견디지 못한 것처럼. 둔탁한 소리를 내면서, 울림도 없이 평평한 땅바닥에 말일세. 손을 내뻗으면 그만일세. 안은 주홍빛으로 빨갛던, 아주 맛있는 과일들이었지. 그건 정말 맛있었고, 수평선은 그렇게 아름다웠네. 잎사귀들 사이로, 바다는 산산조각 나며 반짝이는 유리의 파편처럼 눈부시게 파란 공간을 내보였네. 대기 중의 안개에도 불구하고 말일세. 저 먼 곳부터 대기가 흔들어 대는 물결의 움직임과 함께, 이 소곤대는 듯한 파도 소리는, 보이지 않는 배 안에 누운 것처럼 나를 흔들어 주곤 했다네. 뜨거운 공기와 오렌지 향기… 아! 바르비칼리아의 정원에서 낮잠 자는 거, 정말 좋았다네.

그러는 동안 가끔씩, 낮잠을 자는 중간에, 북 치는 소리가 갑작스럽게 나를 번쩍 깨우기도 했다네. 보잘것없는 북치기 아이들이 저 아랫길 위로 연습을 하러 온 것이지. 울타리 구멍 사이로, 나는 둥그런 북과 빨간 바지 위로 헐렁한 하얀 치마 같은 옷을 입은 아이들을 얼핏 살펴봤네. 눈을 뜨지 못할 만큼 눈부신 햇빛과 길거리의 먼지에 꼼짝없이 내몰린 이 불쌍한 아이들이, 정원 끝자락, 울타리 너머의 짧은 그늘로 피난을 온 거지. 그러고는 북을 쳤다네! 격렬하게도 쳤네! 그래서 나는 혼곤한 잠기운을 힘들게 몰아내고, 개네들한테 장난을 쳤네. 내 근처 손닿는 대로 손을 뻗어, 이 아름다운 붉은 황금빛 과일들 중 한 개를 던졌지. 북 치는 아이 하나가 북을 멈췄네. 한 일 분 정도 주저하더니, 주위를 살펴보다가, 그들 앞의 도랑까지 굴러온 이 멋진 오렌지를 발견한 거야. 그러고는 서둘러 주워 들고 껍데기도 까지 않고 한입 가득 베어 물었다네.

나는 바르비칼리아 공원 바로 옆에, 작고 낮은 담장만으로 나누어진 곳도 기억난다네. 내가 찾아낸 높은 곳에서 내려다 볼 수 있는 아주 이상한 작은 정원이었지. 돈을 꽤나 들여서 꾸며 놓은 작은 조각의 땅이었네. 통로에는 금빛 모래를 깔았고, 아주 푸르른 회양목으로 테두리를 두르고, 양쪽에 심어진 사이프러스나무 두 그루가 출입문 역할을 하는 것을 보니, 마르세유 지방의 농가 같았지. 그늘진 곳이 하나도 없었네.

안쪽으로 평탄한 지면에, 동굴 입구처럼 반원형의 문을 단, 하얀 돌로 세운 건물이 있었네. 처음에는 시골집인 줄 알았지만, 자세히 들여다보니, 건물 위에 십자가가 보였네. 돌에 새겨진 글자들을 멀리에서 봐야 했지만, 그 글자들을 자세히 읽어 볼 것도 없이, 나는 코르시카 집안의 무덤이라는 것을 깨달았네. 아작시오 주위 온통, 이렇게 잘 꾸며 놓은 정원 가운데 홀로 선, 작은 납골 예배당이 많았네. 가족들이 왔다네. 일요일이면 그 돌아가신 분들을 찾아서 추모하는 거지. 이해하고 보니, 고인들도 그 복잡한 공동묘지에 있는 것보다는 조금 덜 비통하시지 않겠나. 고요한 고독을 울리는 지인들의 발소리 때문에도.

내가 보는 자리에서, 평온하게 거니는 노인 한 분이 통로를 통해 보였네. 항상 나뭇가지들을 자르고, 삽질을 하고, 꽃에 물을 주고, 시들어 버린 꽃들을 떼어 내며 세심하게 보살피셨지. 그리고 해가 지면 그 작은 예배당으로 주무시러 들어갔네. 가족들의 시신들이 있는 곳으로. 그 노인은 묘지의 정원사처럼,

아주 조용하고 차분하게, 삽과 쇠스랑과 커다란 물뿌리개를 정돈하셨다네. 그러는 걸 보면, 그분이 의도하신 것인지는 몰라도, 이 선량한 분은 어쩌면 묵상을 하듯이 일을 하셨네. 모든 소음을 줄이고, 매번 그 문을 여닫을 때도, 누군가가 잠에서 깨는 것을 염려라도 하는 듯 조심스러웠네. 이 조용하고 햇빛 찬란한 장소에서, 그 정원을 관리하면서 새 한 마리도 놀라게 하지 않았고, 그 이웃들에게 그 어떠한 슬픔도 주지 않았다네.

단지 바다만이 더 거대해 보이고, 하늘만이 더 높아 보이고, 끝없는 안식만이 그 주위를 감돌았네. 자연이 어려움을 주고, 삶의 무게가 가혹하더라도, 영원한 휴식의 느낌……

두 개의 주막

님에서 돌아오는 길이었네. 7월의 어느 오후였지. 혹독하게도 더운 날이었네. 지평선 끝까지, 햇빛이 작열하는 하얀 도로가 뻗어 있고, 올리브나무와 참나무가 심어진 정원들 사이로, 먼지가 뽀얗게 일었다네. 하늘 전체를 가득 채우듯 은빛으로 이글거리는 태양 밑으로는, 한 점의 그늘도, 한 가닥 바람조차 없었다네. 뜨거운 공기의 진동, 찌르는 것 같은 매미들의 울음소리, 귀가 멍멍해질 정도로 시끄러운, 미칠 것 같은 소음만이 시간을 재촉하는데, 이 소음은 이날 내리쬐는 굉장한 햇빛의 진동과 한 몸 같았다네. 나는 온통 사막 같은 길을 두 시간 동안 걸어왔는데, 갑자기 내 앞에, 한 무리의 흰색 건물들이 도로의 먼지를 걷어 내고 나타났네. 우리가 생 뱅상의 역참이라고 부르는 장소였네. 빨간 기와를 올린 기다란 헛간과 말라비틀어진 무화과나무 몇 그루 사이로, 가축들의 바짝 마른 물구유가 놓인 농가들 대여섯이 있었네. 그 마을의 제일 위쪽에, 길 양쪽으로, 얼굴을 맞대고 서로 바라보는 듯이, 두 개의 커다란 주막이 자리 잡고 있었네.

이 두 주막이 이웃하고 서 있는 걸 보니, 무언가 충격적이었네. 한쪽은 커다란 새 건물이었는데, 복작복작 생기가 넘치고, 모든 문들이 활짝 열려 있었고, 역마차가 그 앞에 정거해 있었다네. 땀이 모락모락 피어오르는 말들을 마차에서 풀어 놓고, 하차한 승객들은 길가 담벼락의 짧은 그늘 밑에서, 서둘러 한 잔씩들 마시고 있었네. 마당에는 노새들과 마차들이 가득 차붐비고, 짐마차꾼들은 헛간 밑에 누워서 날이 선선해지기를 기다리고 있었네. 실내에선 고함치는 소리, 욕하는 소리, 식탁을 주먹으로 내려치는 소리, 유리잔 깨지는 소리, 당구공 부딪히는 소리, 레모네이드 병뚜껑 따는 소리 등등, 하여간 온통 야단법석인 와중에, 누가 유쾌하고 청명한 목소리로, 창문의 유리가 떨리도록 노래를 부르고 있었다네.

아름다운 마르고통
아침이면 일어나,

기다란 은주전자를 들고

물을 길러 갔다네…

 …그 맞은편 주막은, 대조적으로 내버려진 것처럼 조용했다네. 대문 밑으로 잡초가 자라 있고, 덧창들은 부서졌고, 출입문 위에는 작은 호랑가시나무 가지 하나가, 낡은 깃털 장식처럼 아주 위태위태하게 걸려 있었네. 문지방 밑의 디딤돌조차 길에서 주워 온 돌을 괴어 놨을 정도니……. 이 모든 것이 아주 초라했네. 아주 비참했고, 딱 한 잔만 하러 들르는 것조차, 적선을 하는 것처럼 말일세.

*

 들어서자 황량하고 우중충한 분위기의 긴 방이 있었네. 눈이 부실 정도의 낮 시간인데도 불구하고, 커튼도 달지 않은 세 개의 커다란 창 때문에, 좀 더 우중충하고 좀 더 황량한 분위기였네. 다리가 절뚝거리는 테이블 몇몇 위에는, 먼지 때문에 뿌옇게 된 유리잔들이 줄줄이 놓였고, 금이 간 당구대는 마치 동냥 그릇 같은 네 개의 구멍을 드러내고 있고, 누런 긴 의자와 낡은 계산대는 무겁고 병색 완연한 열기 속에서 졸고 있었네. 그리고 파리들! 파리들! 이런 꼬락서니는 절대 본 적이 없었네. 천장이고 창문들에도 붙어 있고, 유리잔들 안에도 떼를 지어… 내가 문을 열자 벌통에라도 들어간 것처럼, 파리들 날아다니는 날개 소리가 붕붕거렸네.

그 방의 안쪽 끝에, 십자 모양으로 뚫어 놓은 격자 구멍 안에서, 여자 하나가 창문에 마주 서서 바깥을 바라보느라, 정신이 없었네. 나는 두 번이나 불렀다네.

"여기요! 주인아주머니!"

그 여자가 천천히 돌아서는데 보니, 딱 가난한 농사꾼 아낙네였네. 주름지고 까칠까칠한 피부에, 안색은 흙색이었네. 우리 동네의 할머니들처럼, 양 귀밑으로 구레나룻처럼 길게 늘어뜨린 빨간색 레이스 두건을 쓰고, 모습을 드러냈네. 어쨌거나 할머니는 아니었지만, 완전히 시들어 버린 얼굴에 눈물을 흘리고 있었네.

"무엇을 원하시는 거죠?"

그 여자가 눈물을 훔치며 나에게 물어 왔네.

"뭘 좀 마시면서 잠깐 앉았다 가려고요."

그 여자는 깜짝 놀라서 나를 바라보며 그 자리에서 꼼짝도 하지 않았네. 마치 내 말을 알아듣지도 못한 것처럼.

"여기 주막 아닙니까?"

그 여자가 탄식을 했네.

"물론… 주막이죠. 뭐 원하신다면… 그런데 뭣 때문에, 다른 사람들처럼 저 앞집으로 안 가시고? 거기가 훨씬 즐거우실 텐데……"

"거긴 저에게 너무 즐거워서… 여기가 나을 것 같네요."

나는 그 여자의 응대는 기다리지도 않고 식탁 하나에 자리를 잡았네.

내가 농담하는 것이 아니라는 것을 확인하자마자, 여주인은 아주 분주한 모습으로 이리저리 움직였네. 찬장 서랍을 열고, 병들을 들썩이고, 유리잔을 닦고, 파리들을 내쫓고… 나 같은 손님 하나 받으려고 이 모든 행사가 벌어진 것이지. 가끔씩 이 불쌍한 여인은 일을 멈추고 머리 양쪽을 감싸 쥐었네. 마치 끝장이라도 난 것처럼 낙담해서 말일세. 그리고는 안쪽의 다른 방으로 들어갔네. 큼직한 열쇠들이 짤랑거리는 소리가 들리더니, 자물쇠가 돌아가는 소리가 났네. 빵 넣어 두는 큰 통을 뒤적이는 소리, 후후 부는 소리, 먼지 터는 소리, 접시 닦는 소리, 가끔씩은 크게 한숨을 쉬고, 숨을 죽여 가며 흐느끼는 소리……

한 십오 분 정도 수선스럽더니, 흰 포도(건포도)를 담은 접시와, 오래돼서 돌처럼 딱딱한 보케르 빵과, 마개도 없는 포도주

병 하나를 내 앞에 가져다 놨다네.

"드세요."

그러더니 이 이상한 여자는 서둘러서 창문 앞의 그 자리로 돌아갔네.

*

포도주를 마시면서 나는 그녀에게 말을 건네 보았네.

"아주머니, 사람들이 자주 오지 않는 모양입니다. 안 그런가요?"

"아! 전혀요, 선생님. 한 사람도 안 와요… 이 동네에 우리 집만 있었을 때는 달랐었죠. 우리가 역참이었으니까요. 청둥오리 철에는 사냥꾼들이 식사도 여기서 하고, 일 년 내내 마차들이 드나들고… 하지만 저 이웃집이 와서 자리 잡고부터는, 모든 걸 빼앗겼어요… 세상 사람들 전부, 저 앞집으로 가더군요. 우리 집은, 이제 너무 형편없다고… 그건 사실이죠. 이 집이 그렇게 마음에 들지는 않았겠죠. 제가 예쁜 것도 아니고, 열병도 앓았고, 제 두 딸아이는 죽었구요… 저쪽은 대조적으로 항상 웃음꽃이 피네요. 저 주막집 주인은 아를에서 온 여자예요. 목에 금목걸이를 세 개나 하고 레이스로 잔뜩 장식한 예쁜 여자지요. 그 마부가 그 여자 애인이라서 역마차를 거기다 대요. 게다가 일하는 여자들은 전부 여우 같은 애들로 잔뜩 데려다 놨으니… 당연히, 거기로들 가는 게 남는 장사죠! 그 여자가, 이 근처 브주스 마을, 르데샹 동네, 종키에르 지역의 젊은 여자애들을 다 데리고 있어요. 짐마차꾼들은 저 여자 집을 들르기 위해 돌아서라도 온답니다. 저는 하루 종일 여기서 기다려 보지만, 뭐 먹으러 오는 손님 한 명이 없어요."

그 여자는 이런 얘기를 성의 없는 목소리로 담담하게 했다네. 몸의 전면을 창문에 대고 기대서서 말일세. 그 맞은편 주막에서 벌어지는 그런 일들이 당연하다는 듯이, 거기 몰두해서는…….

갑자기 길 건너편에서 크게 소동이 벌어졌네. 역마차가 먼지를 날리며 떠나기 시작했거든. 채찍 치는 소리가 들리고 역마차 마부의 나팔소리가 들렸네. 거기 여자들이 출입구 쪽으로 달려 나와 소리를 쳤네.

"안녕히 가세요!… 안녕히 가세요!"

그리고 그 집 안에서 조금 전에 들었던 훌륭한 목소리가 훨씬 멋지게 노래를 또 시작했네.

기다란 은주전자를 들고

물을 길러 갔다네…

거기서 오는 것을 보았네.

무장한 세 명의 기사를…….

…이 목소리를 들으며 그 주인아주머니는 온몸을 떨었다네.
그리고 나에게 돌아서서 가라앉은 목소리로 말했네.

"들리세요? 제 남편이랍니다… 노래 참 잘하지 않나요?"

나는 그 여자를 멍청하게 바라봤네.

"뭐라고요? 아주머니 남편이라고요?… 저기 가 있다고요?
그조차도?"

그러자 그녀는 가슴이 아픈 표정으로, 하지만 아주 온화하
게 말했네.

"무엇을 기대하셨나요, 선생님? 남자들이 원래 그렇잖아요.
우는 여자를 보고 싶어 할 리 없는데. 저는 아이들이 죽은 다
음부터 계속 울었거든요… 손님도 전혀 없는 이 큰 건물이 얼
마나 우울했겠어요… 그래서 너무 지겨울 때면, 제 불쌍한 남
편 호세는 앞집으로 술을 마시러 갔어요. 그리고 목소리가 좋
잖아요. 그 아를 여자가 그이에게 노래를 시킨답니다. 쉿! 아, 그
이가 다시 시작하네요."

그러더니 몸을 떨면서, 두 손을 앞으로 모으고, 더욱 비참하

게도 큼직한 눈물을 흘리며, 그녀는 창문 앞에서 도취라도 된 듯이, 그녀의 남편 호세가 그 아를 여자에게 불러 주는 노래를 듣고 있었네.

첫 번째 기사가 말했다네.
안녕, 예쁜 아가씨!

밀리아나에서
—여행기

파리에서 오렌지라는 것은, 이번에는 자네를 알제리의 작고 예쁜 도시로 떠난 여행에 동행시키려 하네. 여기 풍차 방앗간 에서 이삼천 리 정도 떨어진… 이 여행기가 북소리와 매미 우 는 분위기를 조금 바꿔 줄 걸세.

비가 내릴 것 같네. 하늘은 회색빛이고 자카르산의 봉우리 들은 비구름으로 이미 싸였네. 우울한 일요일이네… 좁은 호텔 방에서, 아랍식 성벽 밑으로 창문을 열어 두고, 나는 줄담배나 피면서 무료함을 달래고 있네… 호텔의 모든 장서는 다 볼 수 있었다네. 자세하게 기록된 역사서부터, 폴 드 콕40의 소설 몇 권, 몽테뉴의 저서 중에 누락된 것도 찾아냈네. 우연하게 책 한 권을 펴 들었는데, 예전에 읽었던 라 보에티의 죽음에 관한 홀

룽한 보고서더군… 그걸 보고 났더니, 예전 어느 때보다 우울하고 상념에 빠져드는 걸세… 빗방울 몇 개가 벌써 떨어지는군. 빗방울마다 십자형 창문의 창틀에 떨어져, 작년에 내린 빗물이 더럽혀 놓은 먼지 위에, 더욱 커다란 별 모양을 그리고 있네. 나는 손에서 책을 내려놓고, 이 우울한 별들을 오랜 시간 바라보고 있네……

도시의 시계가 2시를 알리는 종을 치는군. 옛 이슬람 성인의 영묘에서 말이야. 내가 처음 이곳에 왔을 때, 그저 하얗고 허술한 성벽인 줄 알았던… 그 성인의 불쌍한 영혼! 삼십 년 전에 누가 얘기라도 해줬겠는가. 자기 가슴팍 한가운데, 큼직한 관공서 시계 판을 붙이고 있을지를. 그리고 매주 일요일 오후 2시가 되면, 밀리아나의 모든 성당들에게 오후 미사를 알려 주는 종을 치게 될지를 말일세… 딩! 동! 자, 지금 종을 치는군! 오랫동안 그래 왔겠지… 결론적으로 이 우울한 방이 문제일세. 아침나절마다 커다란 거미들이, 어떤 사람들은 철학자라고도 한다지만, 구석구석 거미줄을 치는… 밖으로 나가려네.

*

중앙 광장에 도착했네. 제3주둔군의 군악대가 약간 떨어지는 비 따위에는 아랑곳하지 않고, 그 지휘관의 단상 밑에 정렬해 서 있네. 사단 본부의 창문으로 그의 따님들을 대동하고 서 있는 사단장이 보이는군. 광장에는 군수가 치안판사와 함께 활개를 치며 거닐고 있네. 여섯 명의 아랍 꼬마들이, 한쪽 구석에서 거의 벗은 채 거칠게 고함을 치면서 구슬치기를 하고 있네. 저쪽에선 누더기를 걸친 유대인 노인네가 어제 남겨 둔 햇볕을 쬐러 이곳에 나왔다가 더 이상 찾을 수 없는 햇볕에 망연자실하고 있다네⋯⋯.

"하나, 둘, 셋, 시작!"

군악대가 갑작스럽게 탈렉시[41]의 마주르카를 연주하기 시작했네. 지난겨울, 바바리아 지방의 어느 창가 아래에서 오르간으로 연주하는 것도 들은 적이 있었는데, 이번의 마주르카는 다른 때보다 우울하게 들리는군. 오늘의 연주는 눈물이 날 지경이었어.

오! 제3주둔군의 군악대원들은 얼마나 행복할까! 십육분음표들 위에 눈을 고정하고, 박자와 선율에 도취되어, 그들 스스로의 실력을 믿을 뿐, 아무것도 걱정하지 않으니. 그들의 영혼, 그들 모두의 영혼은 이 손바닥만 한 크기의 악보—두 개의 구리 집개에 물려 악기 끝에서 진동하는—에 사로잡혀 있네.

"하나, 둘, 셋, 시작!"

이 용감한 자들에게는 그것이 전부였네. 조국의 악행이 주어지더라도, 그들은 오직 조국을 찬양하는 음악을 연주할 뿐이네. 어휴! 군악대원도 아닌 나에게, 이 음악 소리는 나를 고통스럽게 했고, 나는 사라져야 했네……

*

어느 곳에서라면 이 우울한 일요일 오후를 잘 보낼 수 있을까? 좋아! 오마르 경의 상점이 문을 열었을 거야… 오마르 경의 상점으로 가봐야지.

상점이라고들 하지만, 오마르 경은 그저 그런 장사꾼이 아닐세. 왕자의 혈통, 터키제국의 근위병들에게 교수형을 당한, 예전 알제리 태수의 아들이지……. 그 부친이 죽은 다음, 오마르 경은 그의 사랑하는 모친을 모시고 이 밀리아나로 피난을 왔고, 오렌지나무와 분수들이 가득한, 아주 시원하고 아름다운 궁전에서, 부인들과 말들과 사냥용 매들, 그리고 그레이하운드 사냥개들과 더불어, 사려 깊은 위대한 영주로서 몇 년간을 살았다네.

프랑스 군대가 침범했을 때, 오마르 경은 오히려 우리의 적인 압 델 카데르[42]와 연합을 했지만, 압 델 카데르 태수가 그에게 복종을 요구하며 사이가 틀어져 버렸고, 연합은 끝이 났다네. 태수는 복수를 하기 위해, 오마르 경의 부재를 틈타서 밀리아나에 입성했네. 그의 궁전을 허물고, 그의 오렌지나무들을 베어 내고, 그의 말과 부인들을 훔쳐 가고, 더해서 그의 어머니의 목을, 커다란 나무상자의 뚜껑 밑에 놓고, 으깨서 잘라 죽였다네… 오마르 경의 분노는 무시무시했네. 그가 프랑스 군대에 복무하는 동안, 그 태수를 대적하는 전쟁 내내, 그보다 뛰어나고 그보다 흉폭한 용사는 없었지. 전쟁이 끝나자 오마르 경은 밀리아나로 돌아왔다네. 하지만 오늘날까지도, 그의 앞에서 압델 카데르를 언급하기라도 하면, 그의 안색은 창백해지고 눈에선 불이 난다네.

오마르 경은 이제 예순 살일세. 원통한 그의 나이와 천연두 흔적에도 불구하고, 그의 얼굴은 여전히 잘생겼네. 깊은 속눈썹에 여자 같은 눈빛, 매력적인 미소, 왕자의 풍모일세. 전쟁으로 몰락한 다음, 그는 예전의 호사스러움은 잃었지만, 셰리프[43]의 평원에 있는 농장이나 밀리아나에 있는 저택에서, 그의 눈앞에서 자란 세 명의 아들과 함께 풍족하게 살고 있네. 사람들은 그에게 자발적으로 가서 판결을 구했고, 그의 결정은 늘 법률과도 같았다네. 거의 외출하는 일이 없으니, 언제나 오후면, 그의 저택 근처 길가에 열어 놓은 상점에서 그를 볼 수 있었다네. 이곳의 가구 집기들은 그다지 비싼 것들이 아니었네. 더위를 막기 위해 하얗게 칠한 벽, 빙 둘러 놓은 나무 의자, 방석들, 물담배 파이프, 화로 두 개 정도……. 여기가 오마르 경이 경청을 한 다음 판결을 내리는 곳일세. 솔로몬의 상점이라고나 할까.

*

오늘이 일요일이라서 그런지, 참관하는 사람들이 많았네. 열두 명 정도의 지도자들이 그들의 두건 달린 망토를 뒤집어쓰고 방 안에 둘러앉아 있었네. 각자 그들 곁에, 커다란 물담배 파이프와 작은 커피 잔을 올려놓은 금은 상감의 고급스러운 받침대를 두었다네. 내가 들어가도 아무도 움직이지 않았네… 그의 자리에 앉은 오마르 경만이 나를 보고는, 정말 기분 좋게 미소 지으며 손을 들어 나를 청해서는, 그의 옆자리의 큼직한 노란색 비단 방석에 앉혔네. 그러고는 손가락 하나를 들어 입술에 가져갔네. 조용히 듣고만 있으라는 신호였지.

이번 사건은 베니-죽죽 부족44의 지방행정관이, 토지소유권에 관하여, 밀리아나의 어떤 유대인에게 제기한 몇 가지 분쟁이었네. 이 양방의 소송 제기인은, 오마르 경의 면전에서, 제기된

이 쟁의거리를 합치하여, 그의 판결을 요청하고 있었네. 증인들도 소환되어 있으니, 회합은 그 당일에 끝난다네. 그런데 갑자기 혼자 증인도 없이 온 이 유대인이 생각을 바꿨는지, 오마르 경보다는 프랑스 치안판사의 판결을 받는 게 낫겠다고 선언해 버렸네. 내가 도착하자마자 벌어진 일이었네.

이 유대인은—늙고, 흙색 턱수염에, 갈색 상의와 푸른색 하의를 입고, 벨벳 모자를 쓴— 코를 하늘로 쳐들고 애원하듯 눈동자를 굴리더니, 오마르 경의 신발에 입을 맞췄네. 무릎을 꿇고, 고개를 숙이고, 두 손을 모은 채로… 내가 아랍어를 이해할 수는 없었지만 그 유대인의 과장스러운 몸짓으로 보아, 그리고 매번 반복하는 치안판샤, 치안판샤 하는 단어로 보아, 이 웃기는 변론을, 미루어 짐작할 수 있었네.

"오마르 경을 의심하지는 않습니다. 오마르 경께서는 현명하십니다. 오마르 경께서는 공정하십니다… 그럼에도 불구하고, 이 사건에는 치안판샤가 나을 것 같습니다."

청중은 격분했지만, 아랍인들이 흔히 그렇듯이, 냉정한 태도를 유지했네… 방석에 기대앉아 빠져들 듯한 눈빛으로 호박색 물담배 부리를 입에 물고, 오마르 경은—이 역설의 신은— 미소를 띤 채 듣고 있었네. 이 우스꽝스러운 상황의 와중에, 그 유대인은, "죽여 버려!" 하고 크게 외치는 스페인 말에, 순간, 모

218
별들

든 말과 동작을 멈췄네. 지방행정관 쪽의 증인으로 참석한 스페인 개척자가 자기 자리에서 일어나, 그 이스가리옷 45이라고 부르는 유대인에게 다가가, 그런 거지. 그는 그 유대인의 면전에 다가, 온갖 언어로, 온갖 종류의 저주 어린 욕설을 퍼부었네. 그중 몇몇의 프랑스 단어들은, 남자들이 듣기에도 너무나 저속해서, 여기에 다시 옮길 수조차 없었네. 프랑스어를 알아듣는 오마르 경의 아들은, 그 부친의 면전에서 이 같은 단어를 듣는 것을 민망해하면서 방에서 나갔다네(이런 아랍식 교육은 좀 필요하다네). 청중은 그래도 계속 냉정했네. 오마르 경은 여전히 미소를 짓고 있고, 그 유대인은 두려움에 몸을 떨며 일어나서 문 쪽으로 뒷걸음쳤네. 하지만 여전히, 그 지긋지긋한 치안판샤, 치안판샤…를 끝없이 중얼거렸다네.

그가 나가자, 그 화가 난 스페인 남자도 서둘러서 그의 뒤를 쫓아 나가서는, 길에서 그를 보자마자, 딱 두 번—퍽! 퓩!— 그 면상을 후려쳤네… 이스가리옷은 넘어진 다음 무릎을 꿇고는, 두 손을 교차해서 막았네… 그 스페인 남자가 약간 창피해하며 상점으로 다시 들어왔지. 그 유대인은 그가 상점으로 들어가자마자 일어나서, 그를 에워싼 잡다한 사람들을 교활하게 바라보며 배회했네. 온갖 인종의 사람들이 다 있었지. 몰타 사람, 마호네 사람, 흑인, 아랍인 등. 하지만 그들 모두 유대인에 반감을 갖고 있었고, 그중 하나가 폭행당하는 모습을 기쁘게 생각했다네. 이스가리옷은 잠깐 주저하더니, 아랍인 한 명을 붙잡고 그의 두건 달린 망토 자락에 매달렸네.

"너는 봤잖아, 아흐메드. 너는 봤잖아… 너 거기 있었잖아… 그 기독교도 놈이 나를 때리는 걸… 증인 좀 서주게… 제발… 제발… 증인 좀 서줘."

그 아랍인은 자기 망토를 잡아채며 그 유대인을 밀쳤네… 그는 아무것도 모르고 아무것도 본 게 없다며, 즉각적으로 고개를 돌렸네…….

"하지만 너, 카두르. 너는 봤잖아… 너는 그 기독교도 놈이 나를 때리는 걸 봤잖아…….'

불쌍한 이스가리옷이 선인장 과일의 껍데기를 벗기고 있는 덩치 큰 흑인에게 소리쳤네…….

그 흑인은 경멸의 표시로 침을 내뱉고는 멀어져 갔네. 본 사람이 없었네… 본 사람이 아무도 없었네. 그 키 작은 몰타 사람은 그 유대인의 모자 뒤에서 까만 눈동자를 차갑게 반짝이고 있었고, 석류가 담긴 바구니를 머리에 이고 얼굴 색깔이 벽돌처럼 붉은 마요르카 출신 여자도 웃음으로 얼버무렸고, 그녀역시 보지 못했네…….

그 유대인이 아무리 소리치고 기도하고 난리를 해봐도… 증인은 없었네! 본 사람이 전혀 없다는 것이지… 다행스럽게도 이때. 그의 유대교 동료 두 사람이 길을 지나갔다네. 못 들은 듯이 벽 쪽으로 바짝 붙어서. 유대인들은 신중하지.

"어서. 어서. 형제들 ! 빨리 그 사업가놈한테 가자고! 서둘러서 치안판사에게도!… 자네들은 봤잖아. 자네들. 둘 다… 그놈이 이 늙은이를 때리는 걸 봤잖은가!"

그들이 봤을까!… 믿어 보지 뭐.

오마르 경의 상점 안은 잔뜩 흥분되어 있었네… 커피 심부름꾼이 잔들을 채우고 물담배 파이프에 불을 붙이고. 사람들이 담소를 나누며 온화하게 이를 드러내며 웃고 있었네. 유대인을 두들기는 것이 그렇게나 즐거웠던 게지. 담배를 피며 신나서 떠드는 와중에. 나는 조용히 문으로 갔네. 그 이스가리옷의 신앙 동료들이 그들 형제에게 가해진 모욕을 어떻게 받아들이는지 알고 싶어서. 이스라엘 쪽을 좀 돌아다녀 볼까 했던 거지.

"저녁에 식사를 하러 오시오. 선생"

친절한 오마르 경이 나에게 소리쳤네… 나는 그러겠다고 하며 감사를 표했네. 그리고 밖으로 나갔지.

유대인 지역 모든 사람들이 분기했다네. 그 사건은 벌써 커다란 파문을 일으켰네. 가게들이 텅텅 비었네. 자수 가게. 옷 만드는 가게. 마구 공방… 이스라엘 사람들 전부가 길로 나왔네… 남자들은—벨벳 모자에 파란 면바지를 입고서— 무리를 지어 손짓을 섞어 가며 목청껏 떠들고 있었고… 까만 머리띠를 두른 여자들은, 금빛 가슴 장식을 한 평평한 치마를 입고, 나무로 깎은 우상처럼 창백하고 뻣뻣한 모습에, 울어서 눈두덩이 부풀어 오른 얼굴로 모여서는, 서로들 낮은 소리로 흐느껴 울고 있었네. 내가 거기 도착했을 때, 그 유대인 군중은 크게 동요하고 있었네. 빨리 가자, 서두르자… 두 사람의 증인에게 부축을 받으며, 그 유대인—사건의 영웅—은 비처럼 쏟아지는 응원에 힘입어, 모자 쓴 남자들이 울타리처럼 양쪽으로 도열한 사이를 지나고 있었네.

"복수를 해, 형제. 복수하자고, 유대 민족의 복수를. 겁낼 거 없어. 법대로 하란 말이야."

흉측하게 생긴 난쟁이가 송진과 낡은 가죽 냄새를 풍기며, 내게 다가와서는 불쌍하다는 투로 크게 한숨을 쉬었네.

"보게! 저 불쌍한 유대인들, 저 꼴을 당하다니! 늙은이 아닌가! 아예 반 죽여 놨구만."

그건 사실일세, 그 불쌍한 이스가리옷은 살았다기보다는 시체 비슷한 꼴이었네. 흐릿한 눈빛에 일그러진 얼굴, 걷는 게 아니고 끌려가는 듯… 아주 엄청난 보상금만이 그를 치료할 수 있겠지. 그러니 그를 의사에게 데려가지는 않고, 사건 중개인에게 데려가는 거지.

*

　알제리에는 정말 많은 사건 중개인들이 있다네. 거의 메뚜기들만큼이나 있네. 비교적 좋은 직업이거든. 어떤 경우에도, 밑천 한 푼 없이도 시작할 수 있고, 자격시험도 없고, 보증금도 없고, 견습도 없다네. 파리에서라면, 우리처럼, 글 쓰는 사람들과 같은 것이고, 알제리에선, 사건 중개인이 바로 그렇지. 약간의 프랑스어, 스페인어, 아랍어를 할 줄 알면 충분하고, 권총 지갑에 법전을 항상 꽂고 다니고, 무엇보다도 일의 성격이 그렇단 말일세.

　중개인의 역할은 아주 다양하다네. 두루두루 다일세. 변호사, 알선대리, 소송 대리, 감정사, 번역가, 회계사, 위탁 판매, 공문 대서, 식민지에서의 자크 영감[46]인 셈이지. 단지 아르파공[47]에겐 자크 영감 한 명뿐이지만, 여기 식민지에서는 그것으로는 어림도 없다네. 밀라니아에는 적어도 열두 명이 넘을 테니까. 일반적으로 사무실 비용을 아끼려고 이 신사들은 그들의 고객들을 중앙광장의 카페에서 받는다네. 그리고 그들에게 상담을 해주지. 뭘 마시냐고? 압생트 술이나 포도주 탄 커피라네.

223
밀리아나에서

그 중앙광장의 카페 쪽에서 이 대단하신 이스가리옷은 진행을 하는 거지. 두 증인의 부축을 받아서 말일세. 거기를 따라가진 않겠네.

*

유대인 지역을 나서면서 나는 아랍국 사무실로 쓰는 건물 앞을 지나게 되네. 그 바깥쪽 청회색 지붕에다가, 그 위쪽에 펄럭이는 프랑스 국기를 보니, 마치 프랑스 도시의 시청처럼 느껴지더군. 거기 통역관을 알거든. 들어가서 그 친구와 담배나 피우려네. 한 개비, 또 한 개비, 죽을 때까지 피워 보지 뭐. 이 태양도 없는 일요일에 말일세.

그 사무실로 연결되는 앞마당에는 누더기 차림의 아랍인들로 혼잡스럽네. 적어도 오십 명 정도는 대기 중이군. 긴 담벼락 밑에 두건 망토를 쓰고 웅크리고 앉아서, 이 베두인족 대기자들은—야외임에도 불구하고— 엄청난 체취를 뿜어내고 있네. 빨리 지나가세…….

사무실에 들어가서는, 완전히 벌거벗은 몸에, 굉장히 더럽고 긴 모포를 뒤집어쓴, 두 명의 키 큰 남자에게 잡혀 있는 그 통역관을 찾아냈네. 묵주를 도둑맞았다는 게 도대체 무슨 얘긴

224
별들

지는 모르겠지만, 그들은 엄청 화가 나서 몸짓으로 열심히 설명하고 있네. 나는 구석 자리의 거적 위에 앉아 지켜보네. 정말 멋진 제복일세. 그 통역관의 제복. 그리고 그 밀리아나의 통역관이 잘 입은 것이기도 하고! 다른 누구보다 그를 위해 재단한 모양일세.

제복은 하늘색인데, 검정색의 단추 구멍 장식에 반짝이는 금단추를 달았네. 통역관은 장밋빛 도는 금발에 곱슬머리였고, 유머와 상상력이 넘치는, 귀여운 애송이 경기병이지. 약간 수다스럽고—몇 가지 언어를 하니까 뭐! 어쩌면 무신론자인 그 친구, 동양학 학교에서 르낭[48]을 알았다고 하더군!— 운동을 엄청 좋아하고, 아랍식의 야영도 마치 군수 부인의 파티에서처럼 편안해하고, 어느 누구보다 마주르카 춤을 잘 추고, 쿠스쿠스 요리도 최고지. 파리 친구들, 솔직히 말하자면 딱 내 스타일의 남자일세. 너무들 놀라지는 말게. 여기 여자들이 좋아 죽을 정도니까……

멋쟁이로 치면 라이벌이 하나 있긴 하지. 아랍국 사무실의 하사관이야. 이 친구는—고급 나사 천으로 지은 군복에, 자개 단추를 단 각반까지— 주둔군 병사들 전체의 선망이자, 절망의 대상이었지. 아랍국 사무실에 파견을 나와서, 사역에서 면제된 데다, 항상 거리 교차로에 나가, 하얀 장갑에, 깨끗이 다듬은 곱슬머리에, 팔에 큼직한 장부를 끼고 서 있으니, 모두들 부러워하면서도 싫어하지. 그게 권력이니까.

결론적으로, 이 도둑맞은 묵주 이야기는 아주 길어질 위험에 처해 있네. 잘 있게! 나는 그게 끝날 때까지 기다리지는 않을 거네.

가는 길에 북적거리는 대기실을 찾았네. 사람들이, 키가 크고 핏기가 없었지만, 우쭐대고 있는, 검정색 두건 망토를 걸친 원주민 남자 하나를 빼곡히 둘러싸고 있었네. 이 남자가, 여드레 전에, 자카르에서 표범 한 마리와 싸웠다는군. 표범은 죽었지만, 이 남자는 팔의 절반을 물어뜯겼다네. 아침저녁으로 그 친구는 치료를 받으러 아랍국 사무실에 왔는데, 매번 사람들은, 그 마당에 그를 붙들어 놓고, 그가 설명하는 자초지종을 듣는다네. 그는 굵직하고 멋진 목소리로 천천히 말하고 있네. 가끔씩 그는, 그가 걸친 두건 망토를 들춰서, 그의 가슴에 고정된 채 피투성이 붕대로 감싼 왼쪽 팔을 보여 주었네.

*

이제 방금, 나는 길에 나섰는데, 번개가 치면서 폭풍우가 살벌하군. 폭우, 천둥, 번개, 시로코 돌풍…… 서둘러 몸을 피하세. 우연히 문 하나에 들어섰는데, 무어 양식의 안뜰 궁륭 밑으로, 바글바글한 보헤미아 집시들의 소굴 한가운데 떨어져 버렸구먼. 이 안뜰은 밀리아나의 회교 사원으로 연결됐는데, 무슬림 빈민층의 피난 수용소일세. 사람들이 가난뱅이들의 안뜰이라고 부르지.

커다랗고 비쩍 마른 그레이하운드 사냥개 몇 마리가, 해충들을 잔뜩 몸에 뒤집어쓰고, 내 주위로 와서 사나운 기색으로 어슬렁거리네. 나는 회랑의 기둥들 중 하나에 등을 기대서서, 충분히 침착해지려고 애쓰고 있네. 아무에게도 말 걸지 않고, 안마당의 채색된 타일 위로 떨어지는 빗물을 바라보고 있네. 보헤미안 집시들은 바닥에 무리를 지어 누워 있네. 내 옆으로는 젊은 여자 한 명이―꽤나 예쁘군― 가슴팍과 다리를 내놓은 채, 큼직한 쇠 팔찌를 팔목과 발목마다 차고, 세 가지의 구슬픈 음조로, 특이한 분위기의 노래를 하고 있다네. 노래를 하면서 그녀는, 붉은 구리색 피부의 벌거숭이 아기에게 젖을 물리고, 자유로운 팔로는 돌절구에다가 보리를 빻고 있다네. 폭우가, 사나운 바람 한 자락에 들이쳐서, 젖먹이 아기와 먹을거리의 발치까지 차오르고 있네. 보헤미아 집시 여인은 그걸 단속하지도 않고 노래를 이어가네. 돌풍을 맞으며 보리를 빻고, 젖을 물리고.

폭풍우가 잦아들었네. 비가 잠깐 개인 틈을 타, 나는 이 지옥 같은 안뜰에서 서둘러 빠져나와 오마르 경의 저녁 식사 자리로 향하네. 시간이 됐으니… 중앙광장을 지나가다가, 또다시 오늘 오후에 본 그 늙은 유대인을 만났네. 그는 그의 사건 중개인의 부축을 받고 있고, 그 증인들은 그들의 뒤에서 기분 좋게 걷고 있고, 개구쟁이 유대 꼬마들이 그들의 주위를 깡충깡충 뛰고 있네……. 그들 모두 얼굴이 훤했네. 그 중개인이 그 사건을 맡은 거지. 법원에다 이천 프랑의 보상금을 요구할 거라네.

*

오마르 경의 저택, 훌륭한 만찬이네… 만찬 장소는 우아한 무어 양식의 안뜰로 열려 있고, 거기선 두세 개의 분수가 노래를 한다네… 터키식의 훌륭한 식사일세. 브리스 남작에게 추천할 만큼. 다른 음식들 중에도, 나는 아몬드를 곁들인 닭 요리와 바닐라를 넣은 쿠스쿠스 요리, 고기 요리로는 거북이 요리―조금 무겁지만 아주 맛있다네―와 카디즈 과자라고도 부르는, 꿀로 만든 비스킷 등을 꼽고 싶네! 포도주로는 샴페인밖에 없다네. 오마르 경은 무슬림임에도 불구하고, 약간은 마신다네… 하인들이 등지어 섰을 때 살짝.

만찬 후에는 우리의 주인장 방으로 건너가는데, 설탕에 절인 과일과 커피와 담배 파이프를 가져가지… 이 방의 가구들은 훨씬 수수하네. 긴 의자 하나에, 바닥엔 돗자리 몇 개, 아주 높고 큰 침대 위엔, 금술을 단 빨간색 쿠션이 몇 개 굴러다니고… 벽에는 오래된 터키 그림이 걸려 있는데, 하마디 제독의 탐험을 그린 것이군. 그림에 오로지 한 가지 색깔만 사용하는 사람들은 터키 화가들뿐이지. 여기 있는 그림은 초록색으로 칠했구만. 바다, 하늘, 배들, 심지어 하마디 제독까지, 온통 초록색이니, 참 대단한 초록색이라네…….

아랍인의 예절은 적당한 시간에 자리에서 일어나는 걸세. 커피 마시고 담배도 피웠으니, 나는 주인장에게 좋은 밤 보내시라고 인사하고는, 그를 그의 부인들에게 맡겼다네.

*

나의 파티를 어디서 끝낼까? 잠들기에는 너무 이른 시간이고, 아프리카 원주민 기병들도 아직 철수 나팔을 불지 않았으니. 뇌리 한쪽에서는, 오마르 경의 황금술 달린 쿠션이 내 주위에서 춤을 추고 있는데, 환상적인 파랑돌 춤이 나를 잠들게 놔두겠나……. 여기 극장 앞이군. 잠깐 들어가세.

밀리아나에서

밀리아나의 극장은 예전에 말먹이 상점이었다네. 관람석만 해도 그럭저럭 갖추고는 있네만. 막간에 기름을 사무실에서 들고 나와 다시 채워야 하는 큼직한 유등이라니. 아래층 자리는 입석인데, 악단은 의자에 앉았군. 밀짚 방석에라도 앉은 관람객들은 의기양양하다네……. 극장 내부를 둘러보니, 긴 복도가 어두컴컴, 마루도 깔지 않고… 길에라도 나앉은 것 같네. 덜도 말고 말이지……. 내가 도착했을 때는 공연이 벌써 진행되고 있었네. 그런데 정말 놀란 것은, 그 배우들 연기가 나쁘지 않다는 걸세. 남자 배우들 말일세. 그들은 열의가 넘쳤네. 인생의 열의 말일세… 관객들 거의 대부분은 제3주둔군의 병사들일세. 그 자부심 강한 연대의 병사들이 매일 저녁마다 박수갈채를 보내러 온다네.

반면에 여자 배우들은, 세상에!… 시골의 작은 극장들의, 여성 배우들이. 지금까지 그래 왔고, 앞으로도 계속 그럴 듯이, 과장스럽고, 과도하고, 더구나 엉터리고… 그 여성들 중에서도 두 명이 내 흥미를 끄는군. 밀리아나의 유대 소녀 둘인데, 너무 어리고, 연기는 아주 초보로군……. 관람석에 앉은 그 부모들은 만족스러워하는 모양이야. 그들은 그들의 딸들이, 이따위 수준 가지고, 떼돈이라도 벌 수 있다고 확신하는 모양일세. 배우로서 백만장자가 된, 벌써 동방의 유대인들에겐 소문이 쫙 퍼진, 이스라엘 여자 라셸[49]의 전설처럼 말일세. 웃기기도 하고, 애처롭기도 할 뿐이군. 무대 위에 선 두 명의 유대 소녀들 말이야. 분도 칠하고, 분장도 하고, 어깨 파인 옷에, 잔뜩 긴장해서는, 무대 위의 한쪽 구석에서 머뭇거리며 연기를 하고 있네. 춥기도 하고 창피하기도 하겠지. 가끔씩 그녀들은, 스스로도 이해하지도 못하는 듯, 한 문장을 입안에서 중얼거렸네. 그리고 대사를 하는 동안, 그녀들 헤브라이 민족 특유의 커다란 눈동자는, 멍하게 객석을 바라볼 뿐이네.

*

극장을 나섰네… 나를 둘러싼 어두운 광장 구석에서 비명 소리가 들리네. 의심할 것도 없이, 몰타 사람들 몇몇이 칼질을 해대는 모양일세.

천천히 호텔로 돌아가네. 기나긴 성벽을 따라. 평원 쪽에서 올라오는 측백나무와 오렌지나무 향기가 정말 좋군. 공기는 부드럽고 하늘은 거의 맑아졌고… 저기, 길 끝에, 성벽의 오래된 유령이 서 있구만. 오래된 사원의 몇몇 잔해들이지. 저 벽은 성스럽네. 날이면 날마다, 아랍 여자들이 와서 봉헌물들을 걸어 놓는다네. 네모난 천 조각, 수건, 길게 세 갈래로 땋아 내려서

231

밀리아나에서

은색 실로 묶은 다갈색 머리칼, 축 늘어진 두건 망토 자락… 가느다란 달빛 밑에 그 모든 것들이 나부끼고 있네. 한밤에 부는 포근한 바람결에 말일세…….

메뚜기떼

알제리에서의 추억 하나를 더 얘기하고 풍차 방앗간으로 돌아가세……

사헬의 농장에 도착한 건 밤이었네. 잠을 이룰 수 없었어. 낯선 고장이고. 여행에 들뜬 데다가 자칼들이 짖어 대니. 게다가 짜증스럽고 숨 막히는 더위, 바람 한 줄기 통하지 않는 모기장 때문에. 숨이 꼴까닥 넘어갈 것 같았네……. 새벽녘에 창문을 여니까 무거운 여름 안개가 천천히 피어오르고 있었네. 전쟁터의 화약 연기처럼, 공중에 떠서, 장밋빛 여명과 암흑으로서, 그 가장자리를 장식하고 있었네.

이 아름다운 정원에서는 나뭇잎 하나 움직이지 않았고, 내 눈에 보이는 한, 경사면의 드넓은 포도밭이 포도주를 달콤하게 만들어 주는 뜨거운 햇빛을 받고 있었네. 그늘진 구석에는 유럽에서 들여 온 과일나무들이, 바람을 피해서 심어졌네. 오렌지나무 묘목, 미세하다 싶을 정도로 가늘고 긴 감귤나무, 전부 축 늘어진 모양새들이었네. 나뭇잎들이 꼼짝도 하지 않는 걸 보니, 폭우라도 쏟아질 것 같군. 바나나나무 역시 마찬가지였네. 조금 부는 바람에도 그 연약하고 가는 머리칼을 항상 흔들어 대던, 이 큼직한 초록색 갈대들도, 투구의 단정한 깃털 장식처럼, 고요하게 똑바로 서 있을 뿐이네.

　나는 잠시 꼼짝하지 않고, 이 경이로운 식민지의 대농장을 바라봤네. 제철에 따라 이국적인 과일과 꽃을 제각기 제공하는, 세상의 모든 나무들을 찾아서 모아 놨네. 밀을 심은 평원과 코르크나무숲 사이로, 수로 하나가 반짝이는 것을 보니, 이 숨 막힐 듯한 아침나절에도 불구하고 시원해지는 것 같네. 모든 것들은 감탄스러울 만큼 고급스럽고 질서정연했네. 이 아름다운 농가는 무어 스타일의 아치 회랑과 사제복처럼 온통 하얀 테라스로 지어졌고, 주위에 마구간들과 곡물 창고들이 모여 있었네. 나는 이십 년 전을 상상해 봤네. 이 용감한 사람들이 이 사헬 협곡에 와서 정착했을 때를. 도로 보수 인부들의 험악한 오두막 하나와 난쟁이 야자수들과 유향나무들이 삐죽삐죽 선 황무지밖에 없었을 텐데. 모든 것을 창조하고, 모든 것을 건

설한 것이지. 아랍인들의 폭동이 있을 때면, 매번 총을 쏘기 위해 쟁기를 내려놔야 했을 걸세. 게다가 안질에 열병 같은 질병들, 경험 부족으로 인한 시행착오로 수확을 놓치기도 하고, 편협한 데다, 항상 이랬다저랬다 하는 관청과의 갈등. 얼마나 수고했겠는가! 얼마나 피곤했겠는가! 얼마나 끝없이 지켜봤겠는가!

지금도 마찬가지. 그 모진 세월이 끝났음에도 불구하고, 재산은 여전히 비싼 대가를 치러야 얻을 수 있다네. 부부 두 사람 모두, 농장에서 제일 먼저 일어난다네. 이 이른 아침 시간에도 나는, 거기 1층의 커다란 주방에서, 그들이 일꾼들의 커피 끓이는 걸 살펴보며 왔다 갔다 하는 소리를 듣고 있다네. 잠시 후 종을 치면, 인부들이 곧바로 줄지어 길을 나설 걸세.

부르고뉴에서 온 포도밭 인부들, 챙 없는 빨간 모자를 머리에 쓰고 누더기를 걸친 카빌의 농사꾼 인부들, 맨발의 마요르카 토목 인부들, 몰타 사람들, 이탈리아 루카에서 온 사람들, 전부 잡다한 인종들이니, 통솔하는 것도 힘들겠지. 농장 주인은 문 앞에 서서, 그들 각자에게, 약간 무뚝뚝하고 짧은 목소리로 그날의 작업거리를 나눠 주고 있네. 그 일이 끝나자, 이 당당한 남자는 고개를 들고 걱정스러운 모습으로 하늘을 유심히 살피더니, 창문을 통해 나를 바라보며 말했네.

"농사에 나쁜 날씨요… 저기 시로코 바람이 부는구먼."

사실, 태양이 떠오를수록, 오븐의 문을 열었다 닫았다 하는 것처럼, 남쪽으로부터 숨 막히도록 뜨거운 공기가 내뿜어지고 있었네. 어디서 오는지, 어떻게 될지는 모르겠네. 아침나절이 전부 지나가면, 우리는 우선 회랑의 돗자리 위에서 커피를 마신다네. 말하거나 움직일 엄두도 내지 않고. 개들도 차가운 타일 바닥을 찾아, 축 처진 자세로 몸을 뻗어 누웠다네.

점심 식사로 원기를 조금 회복한다네. 푸짐하고도 독특한 점심이라네. 잉어, 송어, 멧돼지, 고슴도치, 스타웰리산 버터, 크레시아산 포도주, 구아바 열매, 바나나. 이 모든 낯선 것들은, 우리를 둘러싼 그 복잡한 환경과 유사했다네……. 우리가 식탁을 치우고 있을 때였네. 갑자기 정원의 화덕같이 뜨거운 열기로부터 보호하기 위해 닫아 둔 창문에서, 커다란 고함 소리가 울려 퍼졌네.

"메뚜기떼! 메뚜기떼!"

그 주인장은 재앙을 선고받은 사람처럼 얼굴이 온통 창백해졌네. 우리는 즉각 나갔네. 그 십 분 동안, 조금 전까지 그렇게 조용했던 주거지 안에서, 급하게 서두르는 발걸음 소리와 잠에서 깬 혼란 속에 우왕좌왕하며 외치는 불분명한 목소리가 들려왔네. 현관 입구의 그늘에서 잠을 청하던 하인들도, 작대기

나 쟁기, 도리깨, 손에 잡히는 대로 모든 금속제 도구들을 들고 밖으로 뛰어나왔네. 구리 솥, 냄비, 프라이팬 등등. 양치기들은 방목장에서 쓰는 나팔을 불었다네. 다른 사람들은 바다에서 난 소라 고동이나 사냥용 뿔피리를 불었네. 이웃의 부락에서 달려온 아랍 여자들이 요우! 요우! 요우! 외치는 날카로운 외침보다. 오히려 이것들이 더 소름 끼치는 불협의 소음이었네. 보아하니 가끔은, 그렇게 커다란 소음이나 공중의 날카로운 소리를 내는 것으로, 그 메뚜기떼를 물리치고 땅에 내려앉는 것을 방해하기 충분했던 모양이네.

그런데 이 끔찍한 곤충들이 어디에 있다는 건지? 열기가 진동하는 하늘에선 저기 지평선에서 다가오는 구름밖엔 보이지 않는다네. 구리처럼 불그스레하고 단단한 것이, 마치 우박 내리는 구름 같았고, 숲속의 나뭇가지 수천 개가 폭풍우 속 거센 바람에 흔들리고 비벼지는 소리가 났다네. 그게 바로 메뚜기떼였네. 그놈들끼리 지탱해 가며, 마른 날개를 펼친 채, 무리를 져서 날아오고 있네. 그리고 우리가 아무리 고함지르고 노력하더라도, 그 구름은 평원에 거대한 그림자를 비추며 계속 전진하고 있네. 잠시 후 우리 머리 바로 위까지 도달했네. 그것들의 바깥쪽부터, 시시각각 조금씩 풀어 헤쳐지고, 조각이 나고 있었네. 마치 소나기의 처음 빗방울들처럼, 다갈색의 그것들이 흩어져서, 각각 별개로 떨어지기 시작했네. 그다음은 터져 버린 구름처럼, 온통 곤충들의 우박으로 시끄럽고, 세차게 떨어져 내렸네. 눈앞이 보이지 않을 정도로, 들판은 메뚜기들로 가득 덮였네. 손가락만큼 큼직한, 엄청난 메뚜기떼.

그다음은 학살이 시작됐네. 으깨지면서 밀짚을 짓이기는 듯, 흉측하고 미세한 소리를 냈네. 쇠스랑, 곡괭이, 쟁기 같은 걸로 이 움직이는 땅바닥을 내려쳤네. 죽이고 죽였지만, 그것들은 더 많았다네. 그것들은 높은 다리가 서로 엉켜서 층층이 누운 채, 우글거렸네. 그것들 중, 위에 있는 놈들은 살겠다고 팔짝팔짝 뛰다가, 이 괴상한 작업에 동원된 말들의 코 위까지 뛰어올랐다네. 농장과 주변 부락의 개들도 들판 사방으로 달려 나가, 메뚜기 위에서 맹렬하게 짓밟고 물어뜯었네. 바로 이때, 알제리 저격병 두 개 중대가 나팔 소리를 앞세우고 불행에 빠진 개척민들을 돕기 위해 도착했고, 살육은 그 면모를 바꿨네. 메뚜기들을 으깨 죽이는 대신, 병사들은 화약가루를 쏟아서, 길게 줄을 그은 다음, 불을 붙였네.

죽이는 것도 지쳤네. 악취에 감염이 됐는지 구역질이 나서 나는 집으로 들어왔네. 농장의 실내에도, 그놈들은 거의 바깥 정도만큼 있었네. 그놈들이 열려 있는 문이나 창문, 벽난로 굴뚝으로 들어온 것이지. 나무로 된 것들 주변에 많이 붙어 있었고, 커튼은 벌써 다 먹어 치웠다네. 그것들이 기어 다니고, 떨어지고, 날아다니고, 하얀 벽에 커다란 그림자를 드리우며 기어 올라가니, 그 추악한 몰골들이 두 배가 되었다네. 그리고 이 끔찍한 악취는 계속되었지.

저녁이 되어도 물조차 마실 수 없었네. 저수통이고, 양동이고, 우물이고, 고기 키우는 연못까지, 전부 다 오염됐거든. 밤에는 내 침실까지. 그렇게 대량으로 죽였는데도 불구하고, 아직도 가구들 밑에서 우글거렸네. 그리고 그 앞날개 비비는 소리가 엄청 뜨거운 불 속에 넣은 콩이 탁탁 튀는 소리 같았다네. 그날 밤엔 나 역시 잠을 잘 수가 없었네. 농장의 주변까지, 다른 어디에서도, 모두들 깨어 있었다네. 불길들이 평원의 지면 중 평평한 곳을 따라, 이쪽 끝에서 다른 쪽 끝까지 타들어 가고 있었네. 그 알제리 저격병들은 계속 죽이고 있었던 걸세.

다음 날, 그 전날처럼 창문을 열어 보니, 메뚜기떼는 떠났다네. 하지만 그것들이 뒤에 남겨두고 간 것은, 끝없는 폐허뿐이었네! 꽃 한 송이, 풀 이파리 하나 남지 않았네. 온통 시커멓고, 온통 뜯어 먹고, 온통 잿더미였네. 바나나나무, 살구나무, 배나무, 감귤나무, 서로를 식별할 수 있는 것은, 이파리 하나 없는 가지들의 모양뿐이었네. 아무런 매력도 없이, 나무들의 생명이라 할 잎사귀는 나부낄 뿐이고, 우선 물과 관련된 것들부터 청

소했네. 저수통들부터였지. 온 사방에서, 인부들이 그 곤충들이 남겨 놓은 알들을 없애기 위해, 땅을 파헤치고 있었네. 모든 흙덩어리들을 뒤집었고, 주의를 기울여서 일일이 부쉈네. 그리고 이 비옥한 땅의 몰락 속에 모습을 드러낸, 수액이 가득한, 수많은 하얀색 뿌리들을 보려니, 가슴이 미어지는 것 같았다네……

존귀하신 고세 신부의 영약

"이거 좀 마셔 보시오. 이웃 양반. 어떤지 얘기도 좀 해주고."

그러고는 한 방울 한 방울, 마치 보석상이 진주알을 세듯이
세심하게, 그라브종의 주임신부는 녹색에 금빛이 도는, 따스하
고, 반짝거리고, 섬세한 맛의 리큐르 술을 따랐네… 마시고 나
니, 내 위 속이 햇빛을 받은 것처럼, 편안하고 따듯해졌네.

"이게 고세 신부의 영약이지. 우리 프로방스 지방의 즐거움
과 건강 그 자체요."

이 선량한 신부는 의기양양하게 말하더군.

"여기 선생의 풍차에서 이십 리 떨어진 프레몽트레 수도회의
수도원에서 만들지… 샤르트르 수도회[50]에서 만드는 그 유명
한 리큐르보다 낫지 않소? 그리고 알까 모르겠소만, 이게 이 영

약에 관한 이야기도 참 재밌소! 좀 들어 보시오……."

그러고는, 아주 천연덕스럽게, 누가 듣든지 말든지, 사제의
제의처럼 빳빳하게 풀을 먹인 깨끗하고 예쁜 커튼이 달려 있
고, 성스러운 십자가 고행을 그린 작은 성화가 걸린, 사제관의
식당 방에서, 그 사제는 어쩌면 좀 불경스럽고 무신론적인 이
야기를 시작했다네. 에라스무스나 다수시의 단편극 같은 분위
기로 말일세.

*

이십 년 전에 프레몽트레 수도회는, 아니 그보단, 여기 프로
방스에서 부르듯이, 그냥 하얀 사제 수도회라고 합시다. 엄청난
곤궁에 빠졌었소. 선생이 그 당시 그 양반들 사는 꼴을 봤다
면, 정말 마음 아팠을 거요.

큰 외벽이나 파콤 성인의 탑도, 조금씩 허물어지고 있었소.
수도원 주위 전체에 잡초가 가득하고, 기둥들은 금이 가고, 성
인들의 석상들도 본래 모신 자리에서 허물어졌소. 붙어 있는
창 하나 없고, 제대로 달려 있는 문이 하나도 없었소. 안마당이
든, 예배당이든, 론강의 강바람이 카마르그 평원에서처럼 불어
닥치니, 촛불들도 꺼지고, 창문의 납 틀도 깨져 나가고, 성수반

에 담긴 물에는 파도가 일 지경이었지. 하지만 무엇보다 서글픈 일은, 텅 빈 비둘기 집처럼 조용한, 수도원의 종루였소. 그리고 거기 신부님들은, 종 하나도 살 돈이 없으니, 아몬드나무 판때기를 두들기는 것으로 아침 종소리를 대신해야 했소.

불쌍한 하얀 사제님들! 성체 축일의 행렬에서 또 보고야 말았소. 슬프게도 누더기 망토를 입은 데다, 레몬즙하고 수박만 잡쉈는지, 창백하고 비쩍 마른 모습으로 행진하고 있었소. 그리고 그들 뒤에, 수도원장님은 고개를 푹 숙이고 지나가셨소. 종벌레가 먹어 버린, 하얀 면 주교관을 쓰시고, 들고 계신 십자가 지팡이의 금박이 다 벗겨졌으니, 백주대낮에 드러내시기가 아주 창피하셨겠지. 행렬 중이던 평신도회의 부인들은 그게 불쌍해서 울었고, 뚱뚱한 기수들 몇몇은, 그 불쌍한 수도사들을 흉내 내서, 허리를 구부려 가며 비웃기까지 했소.

"찌르레기들은 모아 놓으면 더 말라 보이지."

상황이 이 모양이니, 가난한 하얀 사제님들도 결국 세상 곳곳으로 날아가서, 그들 각자의 생계를 찾는 것이 더 좋은 것 아닐까 하고, 스스로에게 묻는 상황까지 도달한 모양이오.

그러던 어느 날, 이 심각한 문제로 논쟁을 하고 있던 참사회 회의장에서, 회의에 참관을 하고 싶다는 고세 수도사의 신청이 수도원장에게 전해졌소… 참고로 얘기한다면, 고세 수도

존귀하신 고세 신부의 영약

사는 수도원의 소치기에 불과했소. 이게 무슨 뜻이냐면, 수도원 안의 회랑과 회랑 사이를 어슬렁거리면서, 앙상한 암소 두 마리를 앞세우고, 바닥에 깔린 돌 틈새의 풀을 찾아 먹이는 게 그 수도사의 일상이었다는 거요. 우리가 '베공 아줌마'라고 부르는, 보 지방의 제정신 아닌 할머니 한 분이 그를 열두 살까지 키우셨고, 거기 수도원에 받아들여진 이후로, 이 불우한 소치기 수도사는 소를 모는 일과 천주경을 암송하는 것밖에 습득하지 못했소. 더구나, 그는 그걸 프로방스 말로만 할 수 있었소. 머리는 둔했고, 정신은 납으로 만든 단검처럼 무뎠소. 열렬한 신앙을 가졌지만, 이면으로는 약간 망상가 기질도 있고, 확고한 신념으로 규율을 지키고, 거친 옷을 걸치고도 만족해하고, 또 그 팔은 참……

순진하고 우둔한 모습으로 참사회장으로 들어와서는 다리를 모은 다음, 한쪽 다리를 뒤로하고 절을 하는 그를 보자, 사제들, 참사회원들, 재무관 등등 모든 사람들이 웃었다오. 그가 어딘가에 나타나면 늘 그러듯이 말이오. 반백의 턱수염과 콧수염, 약간 제정신이 아닌 듯한 눈동자. 고세 수도사 역시 그런 것엔 아랑곳하지 않았소.

그는 올리브 열매 씨앗으로 만든 묵주를 굴리면서 순진무구한 목소리로 말했소.

244
별들

"존귀하신 여러분, 빈 통이 더 좋은 소리를 낸다는 말이 일리가 있다고들 합니다. 이미 꽤나 쥐어 짜낸 제 한심한 머리를, 무리해서 또 짜낸 것이라는 걸 양해해 주십시오. 저는 이 모든 고통에서 우리를 끄집어낼 방법을 찾은 듯합니다. 자, 어떻게 하냐면요. 여러분들께선 베공 아줌마를 아실 겁니다. 이 선량한 여인은 제가 어릴 때 저를 키워 주셨습니다. (하느님은 그 본성을 아시지. 음란한 할망구! 술만 마시면 추잡한 노래들을 잘도 불렀지요.) 무슨 얘기냐면, 존귀하신 사제 여러분. 베공 아줌마가 살아 계실 때, 산속의 약초에 관해서는 코르시카섬의 늙은 티티새만큼이나, 아니면 오히려 더, 잘 알고 있었습니다. 게다가 그분 삶의 말년에는, 우리가 알피유산맥에서 채취해 온 평범한 종류 대여섯 가지를 섞는 것만으로, 비할 바 없는 영약을 제조해 냈습니다. 아름다웠던 나날들이 떠오르는군요. 하지만 제 생각엔, 아우구스티누스 성인께서 도와주시고 수도원장님의 허락이 내려진다면, 제가―연구 잘 해야겠지― 그 신비한 영약의 제조법을 찾아낼 수 있을 겁니다. 우리가 이걸 병에 담아서 약간 비싸게 팔기만 하면, 우리 공동체를 슬그머니 부자로 만들어 줄 겁니다. 트라페스 수도회나 샤르트르 수도회의 형제들처럼 말입니다……"

그는 말을 다 마치지도 못했소. 수도원장이 벌떡 일어나 그를 얼싸안았거든. 참사회원들도 그에게 악수를 건네 왔고. 재무관은 다른 누구보다 훨씬 감동해서는, 다 해어진 그의 두건 테두리에까지, 존경을 담아 입을 맞췄소……. 그러고는 각자 제자리로 돌아와 심의를 이었소. 그리고 그 자리에서 당장 참사회가 결정을 내리길, 그 암소들은 트라지빌 수도사에게 맡기기로 하고, 고셰 수도사는 영약 만드는 일에 온전히 매달리는 것으로 말이오.

*

어떻게 이 착한 수도사가 배공 아줌마의 배합 비법을 되찾아 내는 것에 성공했냐고? 어떤 노력을 기울여서? 얼마나 많은 불면의 밤을 보냈고? 역사는 그런 걸 얘기하지 않소. 단지, 이건 확실하오. 그리고 육 개월 후에, 하얀 사제 수도회의 영약은 벌써 아주 유명해졌소. 이 백작령의 마을이었던, 아를 고을 전체, 농가마다, 곳간마다, 식량 창고 깊은 곳뿐 아니라, 황홀경의 수도승이 그려진, 은색 라벨이 붙은 흑갈색의 작은 유리병은, 프로방스 지방의 상비약으로, 작은 올리브를 담은 올리브 단지들과 포도주 병들 사이에 놓여졌소.

그 영약의 인기 덕분에 프레몽트레 수도회의 살림은 아주 빠르게 부유해졌소. 파콤 성인의 탑을 다시 일으키고, 수도원장은 새 주교관을 머리에 썼고, 성당의 창은 예쁘게 장식됐소. 그리고 종루를 멋지게 장식해서는, 큰 종들과 작은 종들을 재빠르게 왕창 달아 치웠소. 부활절의 성스러운 아침에는, 큰 종소리, 작은 종소리가 크게 울려 퍼졌소.

고세 수도사는 어찌 됐겠소. 그가 잡일이나 하는 노무 수도사임에도 불구하고, 순박하고 쾌활한 그 참사회에 들었소. 수도원 안의 어느 누구도 문제 삼지 않았소. 이제부터는 존귀하신 고세 신부님, 지혜롭고 박식하신 분으로서, 그 자질구레하고 그 복잡한 수도원의 잡무들에서 완전히 해방됐소. 삼십 명의 수도승들이 산을 뒤져서 캐낸 향기로운 약초들을 그에게 가저오는 가운데, 그는 그의 증류실에 하루 종일 틀어박혔소.

아무도, 수도원장조차도 출입할 권리가 없었던 이 증류실은, 참사원의 정원 가장 안쪽에 자리 잡은, 오래전의 예배당이었소. 선량한 신부들의 검소함과 함께 뭔가 신비로운 분위기도 있었고, 또한 놀라운 곳이기도 했소. 그리고 말이오, 우연히 어느 대담하고 호기심 많은 어린 수도사가, 넝쿨진 포도나무를 잡고, 예배당의 꽃이 그려진 창문까지 올라갔다가, 마법사같이 수염을 기르고, 손에는 주정계를 든 채, 가마를 향해 몸을 숙이고 있는 고세 신부를 보고는, 곧바로 굴러떨어졌다오. 그런데 그의 주위로 분홍색 도자 증류 통들과 거대한 구리 증류기들, 나선형의 유리관들이, 창들을 통해 들어오는 붉은색으로 반짝이며, 마법에 걸려 불타고 있는 듯, 기괴한 분위기 속에 온통 그득그득했다오.

날이 져서 마지막 만종이 울릴 때면, 이 신비로운 장소의 문이 조심스럽게 열리고, 그 존귀하신 분이 저녁 미사에 참석하기 위해 성당으로 간다오. 그가 사원을 지나갈 때면, 어떻게들 그를 대하는지 좀 보시오. 수도사들이 그의 행로 양쪽에 늘어서서 속삭인다오.

"조용히!… 비법을 가진 분이셔!"

재무관은 그를 따라다니며 고개를 숙이고 보고를 하고… 이 아첨꾼들 무리에 휩싸여서, 뒤에 무슨 후광이라도 달았는지, 삼각관의 커다란 앞부분을 쓸어 올리면서, 그는 주위를 둘러보며 걸었다오. 오렌지나무가 심어진 널따란 안뜰, 새로 올린 풍향계가 돌고 있는 파란 지붕들, 그리고 하얀 옷들이 빛나는 수도원 내부—꽃 조각이 된 우아한 작은 기둥들 사이로—를 새 옷을 입은 참사회원들이 두 명씩 짝을 지어 안락한 모습으로 줄지어 걷고 있었소.

"이 모든 것을 이룬 사람이 나라고!"

그 존귀한 신부는 이렇게 중얼거렸고, 그런 생각을 할 때마다 그는 오만방자해졌소.

그 불쌍한 인간은 결국 제대로 벌을 받게 되오. 들어 보시오……

*

상상해 보시오. 어느 날 저녁 미사 도중에, 그가 엄청나게 비틀거리면서 성당에 들어왔소. 얼굴은 벌겋고, 숨은 헐떡이고, 갈색 두건 망토는 비뚤어지게 입은 채, 성수반의 물을 묻히는 것도 힘들어하면서, 팔꿈치까지 옷의 소매를 적시는 실수를 저질렀소. 처음에는 모두들, 그가 미사에 늦은 죄책감 때문에 그러는 줄 알았소. 하지만 그가 정면의 제단을 향해 절하는 대신, 파이프 오르간과 그쪽의 누대에 대례를 올리질 않나, 바람을 일으키며 성당 안을 가로지르질 않나, 성가를 부르는 동안, 오 분이나 자기 좌석을 찾고 있질 않나, 그렇게 앉고 나서는 은혜에 겹다는 듯이, 실실 웃으며, 오른쪽 왼쪽으로 기우뚱거리고 있으니, 성당 내부 전체에 깜짝 놀라서 중얼거리는 소리가 퍼져 갔소. 그리고 서로들 성무 일과표로 입을 가리고 속삭였소.

"고세 신부가 왜 저러는 건가?… 고세 신부님이 왜 저러는 거지요?"

참을 수 없었던 수도원장은 두 번이나 그의 십자가 지팡이를 바닥에 내려쳐서 정숙을 주문했지만… 저기, 성가대석 안쪽에서 암송하고 있는 시편 송가에 이어져야 할 답가가 끊기고 말았소.

갑자기, 아름다운 성체 찬미가가 울려 퍼지는 가운데, 우리의 고세 신부가 자기가 앉은 의자를 뒤집어엎으며 일어서서는, 쩌렁쩌렁한 목소리로 노래를 불렀소.

파리에 하얀 옷 사제가 있었네.
멍청이, 멍충이, 주정뱅이, 주정꾼…….

모두들 경악했지, 전부들 일어서서 외쳤네.
"그를 데려가시오… 사탄이 들었소!"

참사원들은 조그맣게 성호를 긋고, 수도원장은 십자가 지팡이를 연신 두들겼지만… 고세 신부는 거들떠보지도 않고, 들은 척하지도 않았소. 결국, 힘센 수도승 두 사람이, 성가대석의 낮은 문을 열고 들어가야 했고, 더욱 큰 소리로, 멍청이, 주정뱅이를 부르는 마귀를 내쫓기 위해 몸싸움을 해야 했소.

*

    다음 날 이른 아침에, 그 불행한 신부는 수도원장의 기도실 안에서 무릎을 꿇고 앉아 눈물을 줄줄 흘리며, 자신의 죄과를 고해하고 있었소. 그는 자기 가슴을 쳐가며 말했소.

    "그 영약 때문입니다, 수도원장님. 그 영약이 갑자기 저를 집어삼켰습니다."

    그가 그렇게도 후회하고 회개하는 모습을 보이자, 이 선량하신 수도원장님, 그 역시도 완전히 감동했소.

    "자, 자⋯ 고셰 신부, 진정하게. 햇살이 비추면 장미꽃의 이슬도 모두 마르듯이⋯ 결국에는 이 부정한 사건도, 자네가 생각하는 것보다 그렇게 큰일이 아닐 걸세. 그 노래를 들은 사람들이 그렇게 많지는 않으니⋯ 흠! 흠!⋯ 결국, 어린 수련 수도사들이 듣지 않았기를 바랄 수밖에⋯ 자, 이제 좀 보세. 자네에게 무슨 일이 벌어진 것인지 자세히 좀 얘기해 보게⋯ 그 영약을 맛보느라고 그렇게 된 것 아닌가? 자네의 손에 너무나 무거운 짐을 지웠군⋯ 좋아, 좋아, 나는 이해한다네⋯ 그건 마치 화약 발명가 슈바르츠 형제에게 벌어진 일과 같은 거지. 자기가 발명한 것에, 자기 스스로 희생물이 되는 걸세⋯ 그럼 말해 보게,

251

선량한 친구. 그 끔찍한 영약을 자네가 직접 맛보는 게 꼭 필요한 일인가?"

"불행하게도 그렇습니다. 수도원장님… 알콜의 도수와 강도는 시험 기구를 통해 충분히 알 수가 있지만, 마무리를 위해서는, 그 부드러운 맛이라는 것이, 제 혓바닥 외에는 거의 맡길 수 없는지라……"

"아! 잘 알겠네… 하지만 내가 자네에게 하는 말을 조금 들어 보게… 자네가 필요에 의해서 그 영약을 맛본다고는 하지만, 그러는 자네도 기분이 좋아지겠지? 이게 자네에게 즐거움을 준다는 거고?"

"세상에! 맞습니다. 수도원장님. 제가 각각의 향기와 맛을 찾아내기 위해서는 이틀 밤이 걸립니다!… 그러면 악마가 저를 또 그 추잡한 시험에 들게 하겠지요… 그래서 저는 확실히 결심했습니다. 이제부터 제가 마시는 일 없이 시험 기구만 쓰겠습니다. 안타깝게도 그 리큐르 술이 그렇게 충분히 뛰어나지도 않을 거고, 재물을 그렇게 충분히 모아 주지도 않겠지만……"

그 불행한 신부는 얼굴이 온통 빨개져서 대답했네.

"가만히 좀 있어 보게."

수도원장은 즉시 말을 가로막았소.

"고객들이 불만을 표출하게 해서는 안 되네… 지금 자네가 하는 이 모든 일 때문에 자네가 피해를 보는군. 자네가 좀 참아 보는 것은 어떻겠나… 보세. 자네가 계측을 하려면 얼마나 있어야 하는가?… 열두 방울, 아님 스무 방울… 그 정도 아닌가? 스무 방울만 하세… 자네가 스무 방울로 약을 올린다면, 악마는 그걸로 끝이 날 걸세…… 다른 한편으로, 모든 사건에 대비하기 위해서, 자네가 성당의 미사에 참가해야 하는 의무를 면제해 주겠네. 자네는 그 증류소에서 저녁 미사를 올리도록 하게… 이제 맘 편히 돌아가게, 존귀한 사제여. 하여튼 그 방울 수를 잘 세게."

세상에! 그 불쌍한 사제님은 그 방울 수를 잘 세야 했소… 악마가 그를 잡았다 놨다 하지 못하도록. 그 증류소에서는 이제 괴이한 미사 소리가 들려왔소!

*

낮에는 늘 모든 게 평화로웠소. 그 신부도 충분히 평온했고, 그는 풍로와 증류기를 준비하고 그 약초들을 정성을 다해 선별했소. 얇은 것, 회색빛 나는 것, 삐뚤빼뚤한 것, 햇빛을 받아 온갖 향기가 피어오르는 프로방스의 모든 약초들… 하지만 저녁에, 그 각각의 단순한 재료들이 우러나기 시작하고, 영약이 커다란 붉은 구리 통 안에서 따듯하게 데워지면, 이 불쌍한 사람의 고난이 시작됐소.

"열일곱… 열여덟… 열아홉… 스물!"

대롱을 통해 한 방울씩 은도금한 잔에 떨어졌소. 그렇게 스무 방울이 차면, 신부는 한 모금에 마셔 버렸는데, 거의 어떤 즐거움도 느끼지 못했소. 그 스무 방울에서 한 방울이라도 더 마시고 싶다는 욕망밖에 없었소. 아! 이 스무 방울에 한 방울 더!… 결국 유혹을 내쫓기 위해 그는 실험실 안쪽에 무릎을 꿇고 앉아 묵주 기도에 열중했소. 하지만 리큐르 술이 더욱 뜨거워지고, 모든 맛과 향기를 담은 작은 수증기가 피어올라 그 신부 주위로 퍼지기 시작하면, 좋거나 싫거나, 그를 그 술통 옆으로 끄집어 당겼소… 그 리큐르 술은 황금빛 도는 아름다운 녹색이었소… 그 위로 몸을 기울인 채 콧구멍을 활짝 열고, 그 신부는 아주 천천히, 대롱으로, 그 에메랄드 빛 물결이 출렁이고 금가루가 반짝이는 액체를 휘저었소. 그러면 거기서 베공 아줌마의 반짝반짝 빛나며 웃음 짓는 눈이 그를 보는 듯했소…….

"모르겠다! 한 방울 더 먹자!"

그러고는 한 방울에 또 한 방울, 그의 잔에 가득 차도록 따르면 불행은 끝이 났소. 이제 기운이 다한 신부는 커다란 안락의자에 널브러져 몸을 내던진 채, 눈꺼풀을 반쯤 감고는, 한 모금, 한 모금, 그 죄스러운 것을 마셨소. 그리고 아주 감미로운 양심의 가책과 함께, 아주 낮은 목소리로 중얼거렸소.

"아! 나는 저주받았어… 지옥에 떨어질 거야……."

더욱 끔찍한 것은, 이 악마 같은 영약의 밑바닥으로부터, 어찌 된 영문인지도 모르게, 그는 베공 아줌마의 추잡스러운 노래들이 전부 생각났다는 것이오. 연회에서 무슨 짓을 했는지 떠드는 세 명의 어린 아낙네… 아니면 앙드레 영감의 베르제레트가 숲속에 혼자 들어간다네… 그리고 항상, 그 유명한 하얀 옷 입은 사제, 멍충이, 주정뱅이 하는 노래라든가.

그다음 날 아침이면 얼마나 당황했을지 생각해 보시오. 그 옆방의 동료가 놀리는 투로 이렇게 얘기한다면 말이오.

"어이! 어이! 고셰 신부님. 어젯밤 잠잘 때, 머리에 매미라도 붙었던 모양이오."

그러면 그는 눈물을 흘리며 낙심해서는, 단식도 하고, 고행도 하고, 스스로 징벌도 가했소. 하지만 이 영약의 악마에게는 전혀 대항할 수 없었고, 매일 밤, 같은 시간이면, 다시 악마에게 홀리기를 반복했소.

*

그러는 동안에도, 은총과 같이 주문은 수도원으로 물밀 듯이 들어왔소. 님, 엑상프로방스, 아비뇽, 마르세유 등등에서… 날이면 날마다. 수도원은 공장의 면모를 조금씩 갖춰 갔소. 포장하는 수도사들, 상표 붙이는 수도사들, 다른 이들은 글자를 찍고, 다른 이들은 화물을 적재하고. 하느님에 대한 봉사라고는, 여기저기에서 종 몇 번 치는 것조차도 잊어 갔소. 하지만 이 고장의 가난한 사람들은 전혀 잊지 않았소. 그건 확실하오……

그러던 어느 아름다운 일요일 아침, 재무관이 연말결산의 재산 목록들을 사람들로 가득 찬 참사회에서 읽어 내려가고, 그 선량한 참사회원들은 눈을 반짝이며 입술에 미소를 가득 띤 채, 듣고 있을 때였소. 갑자기 고셰 신부가 들어와 회의장 가운데를 차지하더니 소리쳤소.

"이젠 끝이오… 나는 더 이상 못 하겠소. 암소들이나 돌려주시오."

"이게 무슨 일인가, 고셰 신부?"

그에게 무슨 일이 있는지 약간 짐작을 하고 있는 수도원장이 물었소.

"무슨 일이냐고요, 원장님? 제가 영원히, 끔찍한 지옥 불에 태워지고, 삼지창에 찔리는 것을 준비하고 있는 중이라는 것입니다… 제가 범죄자처럼, 마시고, 또 마시고, 있다는 일입니다……."

"하지만 자네에게 방울 숫자를 잘 세라고 말했는데."

"아! 물론이죠. 방울 숫자 세는 거! 지금은 잔의 숫자로 세야 합니다… 예, 존귀하신 여러분. 제가 그렇게 됐습니다. 저녁마다 유리 병 세 개씩… 이게 지속될 수 없는 일이라는 것을 여러분은 이해하실 수 있는지… 그래도 영약 만드는 것을 해야 한다고 원하시겠지… 하느님이 내리시는 불벼락이 저를 태우더라도, 저는 계속 배합을 해라 이거죠!"

참사회의 누구도 웃지 않았소.

"안 그랬다가는 불쌍한 신부님, 우리는 파산할 거요!"

재무관이 그의 재산 등록 대장을 흔들며 소리쳤소.

"내가 지옥에 떨어지는 걸 바라는 게요?"

이쯤 되자 수도원장이 일어섰소.

"존귀한 여러분. 이 모든 것을 해결할 방법이 있소… 친애하는 사제여. 그 악마가 저녁만 되면 그대를 삼킨다는 것 아닌가?"

반짝이는 주교 반지를 낀, 하얗고 아름다운 손을 내밀며 그가 말했소.

"예, 수도원장님. 매일 저녁이면 반드시… 더구나 지금은 밤에도 그렇게 되었습니다. 이젠 지겹습니다. 여러분의 존경에도 불구하고. 등에 얹을 짐을 보는 카피투의 당나귀[51]처럼 진땀이 난답니다."

"그렇다면 좋네! 안심하게… 이제부터는, 매일 저녁의 미사 때마다, 우리가 그대가 바라는 바를 위해 아우구스티누스 성인께 기도를 암송하겠네. 그 어떤 것도 완전하게 면죄해 달라고 덧붙여서… 이렇게 하면, 어떤 일이 있어도 그대는 보호받을 것이네… 죄악을 저지르는 동안이라도 사면일세."

"오, 잘됐습니다! 그렇다면 감사합니다. 수도원장님!"

그러자 더 이상 바라는 바 없이, 고셰 신부는 그 증류기 곁으로 돌아갔소. 종달새보다 가볍게 말이오.

실제로, 그 순간부터 매일 저녁이면, 종무가 마무리된 후에, 미사에서 이런 기도가 절대 빠지지 않았소.

"우리의 불쌍한 고셰 신부를 위해 기도합시다. 우리 신앙 공동체의 이익을 위해 그의 영혼을 희생하는… 주님께 기도하오니……."

성당 안, 그림자 속에서 엎드려 조아린, 하얀 두건 수도사들 위로, 찬바람에 나부끼는 눈송이처럼 가늘게 떨리며 기도 성가가 암송되는 동안, 저기 수도원의 제일 안쪽, 증류기로 인해 붉게 물든 창 너머로, 고셰 신부가 고래고래 부르는 노래가 들려왔소.

파리에, 하얀 옷 사제가 있었네.
멍청이, 멍충이, 주정뱅이, 주정꾼.
파리에 하얀 옷 사제가 있었네.
수녀들을 춤추게 하지.
텅, 텡, 텡. 정원에서
춤추게 하지…….

…이러고는 그 선량한 사제는 깜짝 놀라서 멈췄다오.
"하느님 맙소사! 교구 신자들이 들으면 어쩌려고!"

카마르그에서

I
출발

성에서 난리가 났다네. 심부름꾼이 사냥터 관리인의 전갈을 가져왔거든. 반은 프랑스어, 반은 프로방스어로 알리기를, 벌써 오리떼와 도요새떼가, 두 번 내지 세 번 지나갔지만, 조류 사냥은 지금이 제철이라고.

"우리와 함께합시다!" 다정한 이웃 사람들이 나에게 메모를 보내왔고, 오늘 새벽 5시, 그들의 커다란 사륜마차에 엽총들, 사냥개들, 음식물들을 싣고 나를 데려가려고 이 언덕 밑에 왔다네. 우리는 이렇게 해서 아를행 가도에 오른 것이지. 이 12월의 아침으로는, 약간 건조하고, 약간 황량했네. 올리브나무들의 그 희무끄레한 초록색은 거의 보기 어려웠고, 케르메스 참나무의 선명한 녹색 이파리는, 겨울 모습치고는 너무 인위적이었네.

축사들은 분주했네. 사람들은 날이 밝기 전에 일어나서, 농장의 창문에 불을 밝혔고, 몽마르쥬 사원의 뒤죽박죽 굴러다니는 석재 무더기에서는, 흰꼬리수리가 아직 잠에서 덜 깨어 몽롱한지, 폐허 가운데에서 날개를 퍼덕이고 있네. 그럼에도 불구하고, 우리는 벌써 나귀에 올라타서 빠른 걸음으로 길을 재촉하고 있는 할머니들 사이로, 여러 번이나 긴 도랑을 건넜네. 빌-드-보에서 오신 할머니들이었지. 생 트로핌의 시장에 겨우 한 시간 정도 앉아, 산에서 거둔 것들 몇 뭉치를 팔기 위해, 육십 리 길을 나선 걸세!

이제 저기 아를의 성벽이 보이는구만. 총안을 뚫어 놓은 낮은 성벽일세. 마치 창으로 무장한 전사들이, 그들보다 더 높지 않은 비탈 위에 서 있는 것을 묘사한, 옛날의 판화를 보는 것 같네. 우리는 말들을 천천히 몰아서, 프랑스에서 가장 그림 같은 도시 중 하나인, 이 작고 멋진 도시를 가로질렀네. 좁은 길이라면 중간까지 나올 정도로 돌출된, 아랍식 격자 발코니처럼 밖으로 튀어나온, 둥글둥글하게 조각된 발코니, 사라센 시대와 기욤 쿠르 네[52] 시대를 연상시키는 첨형 아치와 바닥, 무어 양식의 작은 문을 달고 있는, 오래된 검은 집들.

이 시간에는 아직 바깥에 사람이 없었네. 론강의 둑에만 북적거렸네. 카마르그까지 운행하는 증기선이 출항을 준비하며, 갑판 밑의 연소실을 덥히고 있었네. 모직의 붉은 상의를 입은 농장 관리인들과 로케트 마을에서 농장에 품을 팔러 온 여자들이, 자기들끼리 떠들고 웃으며, 우리와 함께 널빤지를 디디며 배에 올랐네.

아침녘의 날카로운 바람 때문에, 바짝 당겨 잡고 있는 그녀들의 긴 갈색 망토 위로, 아를 여인들의 높직한 머리 장식이 그녀들의 머리칼을 우아하게 감쌌고, 웃음보를 터트리거나, 좀더 짓궂은 농담을 하고 싶어 하는, 뻔뻔하지만 좁쌀같이 귀여운 작은 여자도 있었네… 종이 울리자 배가 출발했네. 론강의 삼단 가속기는 스크루와 미스트랄 바람과 강 좌우로 흐르는 풍경들일세. 한쪽 편은 크로라고 부르는, 프로방스 지방의 돌 많고 척박한 자갈밭 평원이고, 다른 쪽은 카마르그지. 훨씬 초록빛이고, 바다까지 이어진 짧은 잡초들과 갈대로 가득한 늪지대일세.

가끔씩 배는 부교들 옆에 멈추었네. 왼쪽과 오른쪽. 제국 아니면 왕국, 아를왕국이 있던 중세 시대에 그렇게 부르던 것이지. 그리고 나이 든 론강의 뱃사람들은 오늘날까지도 그렇게 부른다네. 각각의 부교들마다, 하얀 농가와 쌓아 놓은 나무 장작이 있었네. 일꾼들은 농기구를 들고 내리고, 여자들은 팔에 바구니만 끼고, 가교로 직행. 제국 쪽이든, 왕국 쪽이든, 조금씩 배 위는 비어져 갔네. 그리고 마스드지로의 부교에 도착하자, 우리도 내렸네. 배에 남은 사람은 거의 없었지.

그 마스드지로는 바르뱅탄 영주의 오래된 농장일세. 우리를 데리러 오는 그 관리인을 기다리기 위해 거기로 들어갔지. 천장이 높은 주방에는, 농장의 모든 남자들, 농사 일꾼들, 포도밭 일꾼들, 양치기들, 어린 양치기들, 모두들 식탁에 앉아서 진지하고 조용히, 그리고 천천히 식사를 하고 있었네. 음식을 차려 준 여자들은 그들이 먹은 다음에나 먹는다네. 잠시 후, 사냥터 관리인이 작은 이륜마차를 몰고 나타났다네.

정말 페니모어[53]의 작품 속 인물 같았네. 땅과 물을 헤집고 다니는 북미의 모피 사냥꾼, 어로 관리인이며 수렵 관리인인 이 인물을, 이 고장 사람들은 '배회자'라고 부르지. 왜냐하면 새벽안개 속에서든, 해가 진 다음이든, 갈대숲 사이에 매복해서 숨어 있든지, 아니면 그의 작은 배 위에 꼼짝도 하지 않고, 관개수로와 저수지들 위에 쳐둔 새그물을 지켜보느라 바쁜 그를, 늘 볼 수 있거든. 그건 아마도, 은밀하고, 집중해야 하는, 감시인이라는 그의 직업이 그에게 지운 숙명일지도 모르겠네. 그럼에도 불구하고, 그 작은 이륜마차에, 바구니들과 엽총들을 싣고, 우리들에 앞서 걷는 동안, 그는 사냥에 관한 새로운 소식을 전했네. 지나가는 새떼의 숫자, 그가 철새들을 사냥한 지역들. 실컷 떠들다 보니 우리도 이 고장에 몰두하고 있었네.

경작지들을 지나서 우리는 완전한 야생의 카마르그에 도달했네. 지평선, 군데군데의 방목지, 늪들, 연결 수로들, 반짝이는 염생 식물들, 타마린나무들, 갈대들이 고요한 바다 위로, 섬처럼 떠 있었네. 키 큰 나무들은 없고. 평원의 무한한 평탄면, 혼란은 없었네. 멀리 저 멀리엔, 가축들의 우리가 지평선에 거의 닿을 정도로 낮은 지붕을 펼치고 있었네. 가축들 무리가 산만하게 흩어져서, 소금기 머금은 풀 위로 눕거나, 빨간 망토를 걸친 양치기들 주위로, 빽빽하게 모여 걸어가고 있었네. 단조로운 이 기나긴 행렬은 끊임이 없었네. 활짝 갠 하늘과 이 푸르른 지평선의 무한한 공간으로 인해 왜소하게 보일 뿐. 그 파도에도 불구하고 바다가 평탄하듯이, 이 평원은 그 광대함으로써, 쉼없이, 어떠한 장애도 없이, 불어오는 미스트랄 바람에 의해 또다시 움트는 고독의 상념을 날려 버리고, 그리고, 그 강력한 영감으로 모든 것을 평탄하게 만들며, 동시에 풍경을 확대한다네. 그 앞에서는 모든 것이 곡선이었네. 영원한 도주의 자세로,

남쪽 방향으로 비틀어져서 깔린, 그 왜소한 관목들은, 그의 행로에 흔적으로만 남을 뿐이었네.

II
오두막

갈대 지붕, 벽도 누렇게 마른 갈대, 이런 오두막일세. 또한 사냥 회합소라고도 부르지. 카마르그 가옥 양식으로, 오두막은 높고 넓은 공간 하나만으로 구성됐네. 창문은 없고, 유리문 하나로, 낮 동안 햇빛을 들이고, 저녁이 되면, 유리문과 더불어 덧문을 닫아걸지. 길고 높은 갈대 초벽 전체에, 석회로 표시를 해놓은 걸개에다가, 엽총들과 사냥 망태기, 늪지대용 장화 등을 걸게 되어 있네. 안쪽으로는 진짜 돛대를 바닥에 꽂아 놓고, 대여섯 개의 그물침대를 빙 둘러서 정리해 놨네. 그리고 사용할 때는 천장까지 올라가서 한쪽 끝을 걸어 고정시켜야 하네. 밤에 미스트랄 바람이 불 때면, 그 집 전체가 삐걱거린다네. 먼 곳의 바다와 불어오는 바람, 삐걱대는 문소리, 그게 더 점점 더 부풀어 가면, 우린 배 안의 선실에 누워 있는 것 같았다네.

하지만, 오늘 오후는 특히나 그 오두막이 편안했다네. 아주 잘 보낸 남프랑스의 겨울날 덕분에, 나는 높다란 벽난로 옆에 혼자 남아, 타마린나무뿌리 몇 개를 태우고 있었네. 북풍이나 북동풍이 불 때면, 문은 덜컥거리고, 갈대숲은 소리를 냈네. 하지만 그 모든 동요들은, 나를 둘러싼 대자연의 거대한 흔들림에서 오는 아주 작은 메아리일 뿐이었네. 겨울의 태양은 그 엄청난 대자연의 흐름에 내쫓기며, 부서지고, 그 빛을 모았다가 다시 흩어 버렸다네. 경탄할 만큼 푸른 하늘 밑으로, 거대한 어둠이 내렸네. 그 빛과 소음은 불규칙하게 흔들리며 도착했네. 갑자기 가축 무리들의 종소리가 들려오더니, 바람 소리 속으로 사라지고, 잊혀졌지만, 듣기 좋은 후렴을 반복하듯이, 흔들리는 문 밑으로 그 노래는 다시 들려왔네… 달콤한 시간이었네. 이 황혼 무렵, 사냥꾼들이 돌아오기 조금 전. 이제 바람도 조금 조용해졌네. 나는 잠시 나갔네. 어떠한 열기도 없이, 꺼져 가며 붉게 가라앉는 거대한 태양의 평화 속에, 밤이 떨어졌네. 아주 축축한 밤의 검은 날개가 지나치며, 우리를 살짝 스쳐 갔네. 저기, 지평선으로, 엽총을 발사해서 생긴 불빛이, 둘러싼 어둠에 의해, 더욱 선명한 붉은 별 하나와 함께 반짝이며, 찰나에 사라졌네. 누군가 하루의 끝자락에서 그 삶을 서두르네. 커다란 삼각 대형의 오리떼가 아주 낮게 날고 있네. 땅에 내려앉고 싶은 듯. 하지만 갑자기 오두막에서 호롱불이 밝혀지고 그들은 멀어진다네. 그 행렬 대형의 선두가, 그 고개를 추켜올리며 다시 비상하면, 그 뒤의 다른 모든 것들도 거칠게 울면서 더욱 높게 날아오른다네.

잠시 후, 엄청난 대열의 발소리가 다가오네. 비 쏟아지는 소리와 같다네. 수천 마리의 양떼들, 양치기들의 호통 소리에 따라, 개들의 괴롭힘에 따라, 서둘러서 자기들의 우리 쪽으로 돌아가는, 무질서하고, 소심한, 어수선한 발굽 소리와 헐떡거리는 숨소리가 들린다네. 나는 내몰리고 휩쓸렸네. 양 울음소리와 곱실거리는 양털들의 회오리 속에서, 어찌할 바를 몰랐네. 진짜 넘실거리는 파도 속에서, 양치기들은 자기들의 그림자와 함께 튀어 오르는 파도에 의해 휩쓸려 가는 것 같았네……

그 양떼들 뒤로 익숙한 발소리, 즐거운 목소리가 들려왔네. 오두막이 꽉 찼다네. 생기 넘치고 시끌벅적하고. 포도나무 가지를 지폈네. 아주 지쳤는데도 모두들 웃는다네. 행복한 피로감으로 인한 자기도취일세. 엽총들을 구석에 세워 놓고, 긴 장화를 엉망으로 던져 놓고, 사냥 망태기를 비운다네. 빨갛고, 금빛이 돌고, 초록색에 은빛까지, 온갖 색깔의 깃털과, 한쪽으로는 전부 피가 묻어 있다네. 향기로운 뱀장어 수프의 김이 모락모락 오르는 가운데 식탁에 앉았다네. 조용해졌네. 왕성한 식욕이 만든 대단한 침묵. 문 앞에서 자기들 밥그릇을 더듬거리면서 핥는 사냥개들의 사나운 으르렁 소리만이 이 침묵을 깼다네……

저녁 식사 후의 시간은 짧았네. 벌써 불가 옆에서, 그 역시 꾸벅꾸벅 졸고 있는 관리인과 나밖에 남지 않았네. 대화를 나눴네. 무슨 뜻이냐면, 서로 가끔씩 한 마디, 혹은 반 마디를 상대에게 던지는, 농부들 방식의 대화였네. 거의 인디언들의 감탄사처럼. 다 타버린 마지막 포도나무 가지의 불똥과 함께, 별안간 그리고 서둘러 불이 꺼졌네. 결국 그 관리인이 일어나 자기의 등불에 불을 밝혔네. 그리고 나는 밤 속으로 사라지는 그의 무거운 발소리를 들었네……

III
기다림(매복)

기다림! 매복을 가리키는 이름으로서 얼마나 예쁜가. 매복한 사냥꾼의 기다림, 그리고 잔뜩 기다리는 그 불확실한 시간들, 낮과 밤의 사이에서 주저하는 기다림. 아침의 매복은 해가 뜨기 조금 전이고, 저녁의 매복은 황혼 무렵일세. 그 뒤쪽을 나는 더 좋아하네. 무엇보다도 그 빛을 오래 볼 수 있는 맑은 물이 흥건한 이 고장에서는……

가끔 우리는, 네고신에서 매복을 한다네. 용골이 없는 좁고 작은 배인데, 약간만 움직여도 출렁거린다네. 보이지 않도록 갈대를 둘러친 그 배 위에서, 사냥꾼은 오리들을 노리는 거지. 모자챙과 엽총의 총신, 바람 냄새를 맡으며 가끔 모기들을 삼키는 사냥개의 머리만 앞세우고, 또 가끔 그놈이 큼직한 발을 뻗치면, 배 전체가 한쪽으로 기울어져서 배 안에 물이 차버린다네. 경험이 없는 나로서는, 뻗어 누워서 하는 이런 매복이 너무 어려운 일이었네. 그래서 나는 도보로 하는 매복을 훨씬 자주 나간다네. 몸 아주 위쪽까지 올라오는 큼직한 장화를 신고, 늪지대 한가운데를 철벅거리는 것이지. 빠지지 않도록 천천히 아주 조심해서 걷는다네. 짭짤한 바다 냄새 가득한 갈대들을 가르면, 개구리들이 뛴다네⋯⋯.

마침내 여기, 마른 땅의 한쪽에서, 타마린나무들이 우거진 작은 섬을 찾아 자리를 잡았네. 관리인이 나에게 호의를 베풀어서 자기 사냥개를 나에게 붙여 줬네. 하얀 털이 무성한, 아주 큼직한 피레네 종의 개였는데 사냥, 낚시 뭐든 최상급인. 그 녀석의 존재감이 나에겐 약간 위압적일 뿐이었네. 쇠물닭 한 마리가 내 사정권에 들어왔을 때, 그 녀석은 나를 약간 회의적인 투로 바라보면서, 뒤쪽으로 물러났다네. 눈까지 뻗어 내린 두 개의 기다란 귀를 예술가가 머리를 흔드는 것처럼 털고는, 매복 자세를 갖추더니, 꼬리를 안절부절 흔들며, 아주 참을 수 없다는 듯한 몸짓으로, 내게 얘기했네.

"쏘세요… 쏘세요, 좀!"

쐈지. 그리고 놓쳤네. 그러자, 제 몸을 있는 대로 쫙 펴서 기지개를 켜더니 하품을 했다네. 피곤한 듯이, 실망한 듯이, 그리고 무례하게도… 아, 좋아! 그래. 인정할게. 나는 형편없는 사냥꾼이야. 매복, 그건 나에게는 누워 있는 시간일 뿐일세. 스러져 가는 불빛이 물속으로 도피해서, 반짝이는 늪지, 어두워진 하늘의 회색 색채가, 순수한 은빛의 음색이 되도록 광을 내는 것. 나는 이 물의 냄새, 스쳐 가는 갈대숲속의 이름 모를 곤충들, 그 긴 이파리가 바스락거리며 작게 속삭이는 것을 사랑한다네.

가끔씩, 서글픈 과거의 음계가 바다 소라 나팔 소리처럼 하늘을 휘감는다네. 해오라기 한 마리가 고기 잡는 그의 커다란 부리를 물 밑 바닥까지 담그고, 숨을 내쉬었네… 부루우우우! 내 머리 위로 두루미들이 줄을 지어 날아가네. 그 두루미들의 날개 젓는 소리가 들리네. 날카로운 바람에 솜털을 뭉개뜨리면서. 그리고 그 가는 뼈대가 혹사당해서 부러질 때까지. 그리고 그게 다였네. 이제 밤일세. 물 위에 살짝 남은 햇빛과 함께 밤이 깊어졌네…….

갑자기 몸이 떨려오는 게 느껴졌네. 누군가 내 뒤에 서 있는 것같이, 거북스럽고 신경질적인 현상이었네. 뒤로 돌아섰네. 그리고 나는 그 아름다운 밤의 동반자를 발견했네. 달이었네. 천천히 떠오르고 있는, 완벽하게 둥근 커다란 달이었네. 처음에는 아주 예민한 상승 곡선을 그렸지만, 수평선으로부터 멀어질수록, 신중하게 속도를 줄이고 있었네.

이미, 그 처음 오른 달빛이 내 근처를 비췄네. 그리고 차츰 좀 더 멀리… 이제는 늪지대 전체가 빛나고 있었네. 풀숲의 그림자가 점점 작아지고 있었네. 매복은 끝났다네. 새들이 우리를 보고 있으니. 돌아가야겠네. 먼지처럼 가볍게 흩날리는 푸른 달빛의 홍수 가운데를 걸었네. 우리의 모든 발걸음은 그 빛 속에 있었네. 그 수로 속에 있었네. 떨어지는 별무리의 동요와 물 밑바닥까지 투과해 들어가는 달빛이 있는 그곳.

IV

붉은색과 흰색[54]

우리 거처 바로 옆에, 소총 사정거리 정도에 오두막이 있었네. 그 다른 집도 여기와 비슷하게 생겼지만 훨씬 더 시골스러웠지. 그곳이 우리 관리인이, 부인과 두 명의 자녀와 같이 사는 거처였다네. 딸내미는 사람들의 식사를 돌보는 한편, 그물을 손질했네. 아들은 아버지를 도와, 통발을 걷고, 늪지의 수로 개

폐문들을 관리했네. 그 손아래 두 아이는, 아를에 있는 할머니네 집에서 기거했는데, 글을 깨우치고 첫 번째 영성체를 받을 때까지는 그곳에 머물 거라고 하더군. 이곳이야 학교나 성당으로부터 너무나 먼 곳이니까. 그리고 이 카마르그의 풍토가 그 어린아이들한테 나을 것이 하나도 없는 곳이지. 사실이 그러네. 여름이 되면 늪지가 바싹 메마르고, 연결 수로들은 뜨거운 열기 때문에, 바닥까지 하얗게, 쩍쩍 갈라져 버리니, 그런 육지의 섬에서는 정말 살 수가 없는 것이지.

이런 꼴을 8월에 물오리 사냥을 하러 와서 한번 봤는데, 내, 그 불타 버린 듯이 끔직한 풍경과 서글픈 광경은 평생 절대 잊지 못할 걸세. 이곳저곳의 늪지가 거대한 솥처럼 햇빛에 끓어오르고, 불도마뱀, 거미, 파리 등등, 살아남아서 움직이는 생명체들은 전부 축축한 곳을 찾아, 밑바닥 깊숙이, 무리를 지어 숨었네. 썩어 들어가는 것들이 뿜는, 독기 어린 안개가 무겁고도 두껍게 떠다니고, 거기에 수도 없는 모기들의 회오리까지, 흑사병이 나기 딱 좋은 환경이었네. 그 관리인의 식구들은 모두들 열병을 앓아 덜덜 떨고 있었네. 그리고 그들의 비쩍 마르고 누렇게 뜬 얼굴과 너무 크고 퀭한 눈동자, 열병에 걸린 그들을 덥혀주지도 않으면서, 불타기만 하는 냉혹한 태양 아래, 석 달 동안 강요되고 지속되는 불행을 보니, 불쌍했다네. 카마르그의 사냥터 관리인의 슬프고 고된 삶이라니!

그나마 여기 그의 곁에는 부인과 아이들이나 있었지만, 여기서 이십 리 멀리 떨어진 늪지 안에는, 일 년 내내 찾아오는 이 하나 없이, 완전하게 혼자 사는 말 관리인이 있었네. 진짜 실재하는 로빈슨 크루소 같은 인물이었지. 그가 직접 지은 갈대 오두막 안에는, 그의 손으로 직접 만들지 않은 도구가 하나도 없었다네. 버드나무 가지로 직접 엮은 그물침대부터, 검정 돌 세 개를 놔서 만든 화로, 타마린 등걸을 잘라 만든 나무 의자, 이 혼자 사는 집을 잠그기 위해 하얀 나무로 만든 자물쇠와 열쇠까지. 그 사람은 그 집만큼이나 특이했네. 무성하고 두터운 눈썹으로 농부의 경계심을 숨긴 듯, 은자들같이 조용한 철학자의 면모였네. 방목장에 가 있을 때가 아니면, 그는 늘 그의 집 문 앞에 앉아서, 그가 관리하는 말들에게 투여하는 약병의 바깥에 둘러진, 분홍색, 푸른색, 아니면 노란색의 작은 안내문 중 하나에 적힌, 유치하고 자못 감동스러운 투약법을 천천히 해독하고 있었네. 이 불쌍한 양반은 그걸 읽는 것 외에는 심심풀이로 삼을 만한 다른 어떤 것도 없었고, 그곳엔 다른 책도 없었다네. 오두막 이웃임에도 불구하고, 우리의 관리인과 그는 서로 보질 않는다네. 서로 만나는 걸 피할 정도지. 하루는 내가 '배회자'에게 그 반감의 이유를 물어봤네. 그가 심각한 분위기로 대답하기를.

"정치적 견해 때문이죠… 그는 붉은색, 나는 흰색."

이렇게 똑같이 황량한 곳의 그 외로움 속 가까운 곳에 사는 사람들, 다른 누구보다 거칠고 무지하고 순박한 두 사람, 이 테오크리토스의 두 목자, 겨우 일 년에 한 번이나 도시에 가서, 아를의 작은 카페에서나마, 거기의 금박 장식이나 유리잔만 봐도, 프톨레마이오스[55]의 궁전이라도 본 듯이 눈부셔 할 사람들이, 정치적 신념의 이름으로 서로를 증오하고 찾지를 않는다니!

V
바카레스호수[56]

카마르그에서도 가장 아름다운 곳이 있다면, 그건 바로 바카레스호수일세. 가끔 사냥을 포기하고, 나는 이 소금물 호수의 연안을 찾아가 앉는다네. 그것은 거대한 바다의 한 부분처럼 느껴지는 작은 바다일세. 땅으로 둘러쌓여서, 어쩌면 그렇게 갇혀 있다는 것이, 더욱 친밀하게 와닿네.

서글픈 모습의 일반적인 해변들, 그 불모지에 자리 잡은 이 마르지 않는 지역 바카레스호수는 약간 높은 수변에 귀한 약초들이 온통 푸르다네. 수레국화, 수생 토끼풀, 용담초, 겨울엔

별들

푸르고 여름엔 붉어지는 예쁜 바다 라벤더처럼 환경에 따라 그 색깔을 바꾸는, 부드럽고 매력적이고 독특한 식물들이 가득 깔려 있지. 그리고 꽃이 필 때는, 각양각색의 모습으로 그치지 않고 각자의 계절을 그려 낸다네.

저녁 5시쯤이 되면 해가 떨어질 시간이네. 물 위 삼십 리 안에, 작은 배 한 척 없다네. 수평선 끝까지 그 수역을 변경하는 돛단배 하나도 없다니 경탄할 만한 광경이네. 지면에 낮게 내려앉은 지역에 올라 발을 디디고 기다리면, 여기저기에서 물이 스며 오르는 것을 느낄 수 있는, 석회 진흙 토양의 낮은 구릉들 사이로 이리저리 뚫려 있는 연결 수로들처럼, 친밀하고 맑은 매력은 없지만, 이곳, 이 호수의 인상은 거대하고 넓다네. 저 멀리, 파도의 반짝임이, 청둥오리, 왜가리, 해오라기들과 분홍색 날개에 하얀 몸체의 홍학 무리를 끌어당기고, 그것들은 길게, 각각 동종의 무리를 이뤄서, 긴 호숫가 전체를 각양각색인 그들의 색채로 물들이며 물고기를 잡고 있다네. 그리고 저기 따오기, 진짜 이집트산 따오기가 이 말문이 막히는 광경, 장엄한 햇빛 속에서, 그 모습을 드러냈네. 내가 있는 곳에서는 사실, 물결이 찰랑거리는 소리밖에 들리지 않지만, 말들을 부르는 말 관리인의 목소리가 호수가로 퍼져 나가고 있네.

그놈들 모두 굉장한 이름들을 가졌다네. "시페르!(루시퍼)…

레스텔로!… 레스투르넬로!…" 각각의 말들이 자기 이름을 듣고는 바람에 갈기를 날리며 급히 달려온다네. 그러고는 관리인의 손에 쥐인 귀리를 먹는다네…….

더 멀리, 역시 같은 호숫가에는, 커다란 소떼도 말들처럼 자유롭게 풀을 뜯고 있다네. 가끔씩 타마린나무 덤불 위로, 멈춰 선 그놈들의 둥그런 등판과 고개를 든 송아지의 아직 자라고 있는 작은 뿔을 보기도 한다네. 이런 카마르그의 소들 대부분은, 프로방스의 낙인 축제일 경주를 위해 길러진다네. 도시의 축제들이지. 그리고, 그중 어떤 놈들의 이름은 프로방스와 랑그독의 원형 경기장들에서 벌써 유명해졌네. 특히, 저기 근처의 무리 중에서도, 로멩이라고 부르는 대단한 싸움꾼은, 아를, 님, 타라스콩 등의 소 달리기 경기에서 얼마나 많은 사람들과 말들을 뿔로 들이받았는지 모른다네. 또한 그 무리의 다른 소들은, 그놈을, 그놈들 스스로 다스리는 이 예사롭지 않은 가축들 무리의 두목으로 인정하고, 그 나이 든 황소의 주위로 몰려들어, 그를 지도자로 삼는 것일세.

카마르그에 폭풍우가 떨어질 때면, 이 거대한 평원에서는 돌아갈 곳도, 쉴 곳도 없이, 그들 지도자의 뒤로 빽빽이 서 있는 소떼를 보게 되지. 전면, 넓게 불어오는 바람의 방향을 향해 돌아서서, 모두들 머리를 숙이고, 집중된 소들의 힘으로 버텨 낸

276
별들

다네. 여기 프로방스의 소몰이꾼들은 그런 행동을, '바람 쪽으로 뿔 돌리기'라고 한다네. 이를 따르지 않는 소떼는 재난을 맞는다네! 비 때문에 앞이 보이지 않거나, 폭풍우에 휩쓸리면, 그 소떼는 그들 스스로 궤멸하고 만다네. 질겁해서 흩어진 다음, 그들 앞에 닥친 폭풍우를 피하기 위해, 소들은 날뛰면서 달리다가, 론강이나, 바카레스호수나, 아니면 바닷속으로, 뛰어들게 된다네.

병영으로의 향수

오늘 아침, 새벽의 첫 번째 여명이 밝아 올 때, 드르르르… 능숙하게 치는 북소리 때문에 나는 깜짝 놀라 일어났네. 랑 팡 팡! 랑 팡 팡!

이런 시간에 내 소나무숲에서 북을 치다니!… 참 독특한 친구로군. 어쨌거나 서두르고 서둘러서, 침대에서 내려와 문을 열고 달려 나갔네.

아무도 없었네! 소리가 저기 어디쯤에서… 축축히 젖은 머루나무들 사이로, 도요새 두세 마리가 날개를 파닥이며 날아오르는……. 부드러운 바람 한 줄기가 그 나무들 사이로 노래하고… 동쪽 방향, 알피유산맥의 멋진 능선 위에는, 천천히 솟아오르는 태양으로 인해 황금색 먼지가 쌓여 가고 있네… 첫

번째 햇살은 벌써 풍차의 지붕에 걸렸네. 바로 이때, 그 북치기
가 모습을 은폐한 채, 엄호를 받으며, 들판에서 다시 두드리기
시작했네. 랑… 팡!… 팡, 팡, 팡. 동화에 나오는 악마가 아닐까!
잘 생각나지는 않지만, 숲속에 숨어서 여명을 알리는 북을 친
다는 그 야만인?… 나는 자세히 둘러봤지만 아무것도 발견할
수 없었네… 자그마한 라벤더 수풀과 길가 아래까지 뻗어 내
린 소나무숲 외에는… 어쩌면 저기 덤불숲에 숨은 어떤 꼬마
도깨비가 나를 놀리고 있는 건가도 싶고… 달의 요정 아리엘이
구나. 확실해. 아니면 숲속 요정 퍽 녀석일 수도 있고. 이 웃기
는 녀석이, 내가 사는 풍차 앞을 지나가다가 이랬던 모양이지.

"이 파리지앵 녀석, 저 안에서 너무나도 평온하게 자고 있군.
새벽이 왔다고 알려 줘야겠어."

그런 이유로, 그 녀석은 커다란 북을 들고 와서 랑 팡 팡!…
랑 팡 팡!

"조용히 해라. 퍽, 깡패 같은 놈아! 여기 매미들 다 깨겠다."

*

그건 퍽이 아니었네.

그 친구 이름은 구게 프랑수와지만, 별명은 피스톨레(권총),

제31방면군의 북치기였고, 지금은 육 개월의 휴가 중이었네. 피스톨레는 시골이 지겨워졌고, 향수에 젖어 있었네. 이 북치기는—누군가 마을의 악기를 기분 좋게 빌려줬겠지— 여기 와서, 우울한 마음에, 숲속에 앉아 북을 두들긴 걸세. 외젠 왕자 부대의 막사[57]를 그리워하면서.

초록색 작은 언덕이 확실하군. 오늘 그가 와서 그리움에 빠진 곳이… 거기 그 친구가 있었네. 소나무에 기대서서, 다리 사이에 북을 끼고, 즐거운 마음으로 치고 있군. 깜짝 놀란 자고새 새끼들이 그의 발밑에서 날아오르는 것도 알아차리지 못하고, 그의 주위에 피어오르는 백리향 꽃향기도 맡지 못한 채. 그는 나뭇가지 사이에서, 햇빛에 떨고 있는 아름다운 거미줄도 보지 못하고, 소나무의 바늘 같은 이파리가, 그 북 위에 떨어지는 것도 모른다네. 그의 그리움 모두를 담아, 그의 음악에 심취해서는, 북채의 사랑스러운 비상을 바라보면서 드르르르 북을 칠 때마다, 그의 순박한 얼굴에는 즐거움의 꽃이 핀다네.

랑 팡 팡! 랑 팡 팡!

얼마나 멋진가, 그 커다란 병영. 커다란 돌이 깔린 연병장, 잘 정렬된 창문으로 보이는 정돈된 것들, 경찰 모자 같은 정모를 쓴 병사들과 반합 쩔렁이는 소리 가득한 낮은 천장의 아치형 통로!

랑 팡 팡! 랑 팡 팡!

아! 시끄러운 계단, 석회 칠한 복도들, 냄새나는 내무반, 광을 낸 혁대, 빵 자르는 도마, 구두약 통, 회색 모포가 덮인 철제 침대들, 거치대에 세워 놓은 소총들!

랑 팡 팡! 랑 팡 팡!

아! 호위병으로 나가서 신나게 보낸 날들, 손가락에서 끈적거리는 카드들, 보급 받은 펜으로 망측한 곳을 찍힌 스페이드 여왕, 외설스러운 장면이 찢겨 나간 채 야전침대 위에 굴러다니던 피고르브렁58의 해어진 소설책⋯⋯.

랑 팡 팡! 랑 팡 팡!

아! 관공서들의 출입문에서 위병을 서던 그 긴 밤들, 비가 들이치는 낡은 초소, 발은 시리고!⋯ 흙탕물을 튀기며 지나치던 연회장행 마차들!⋯ 아! 부가 사역에, 영창에서 보낸 날들, 악취 풍기는 변기, 목침 베개, 비 오는 날 아침에 들려오는 냉정한 기상나팔, 가스등이 켜지는 시간에 안개 속에서 들려오는 철수를 알리는 나팔 소리, 우리를 헐떡거리게 하는 야간 점호!

랑 팡 팡! 랑 팡 팡!

아! 크고 하얀 면장갑을 끼고 행진을 하던 뱅센숲의 요새들⋯ 아! 군사학교의 울타리, 병사들을 상대하던 여자들, 살롱 드 마르스에서의 우리 중대장, 부어라 마셔라 했던 압생트 술,

큭큭거리며 나누던 비밀스러운 얘기들, 뽑아서 담뱃불을 붙여
주던 라이터들, 가슴에 손을 얹고 부르던 가슴 찡한 군가……

*

그리워하게, 그리워해, 불쌍한 녀석! 나로서는 자네를 비웃
을 수가 없다네… 자네 북을 단호하게 두들기게. 두 손을 휘둘
러 두드리게. 나에겐 자네를 어리석게 볼 권리가 없다네.
　자네가 자네의 병영에 대해 향수를 느낀다면, 나는 어떨까.
나는 나만의 향수가 없을까?
　나의 파리는 자네 경우처럼 여기까지 나를 따라왔다네. 자
네는 소나무숲에서 북을 치고 있다네! 나는, 원고를 쓰고 있
네… 아! 우리 둘 다, 참 한심한 프로방스 사람들이구만! 저기,
파리의 병영에서, 우리는 우리의 푸르른 알피유산맥과 강렬한
라벤더 꽃향기를 그리워했었지. 지금 여기, 프로방스의 평원에
서는, 그 병영을 그리워하고 있다네. 그리고 그것이 상기시키는
모든 것들을 우리는 소중히 여기고 있다네……

*

마을에서 8시 종을 올리자, 피스톨레는 북채를 내려놓지 않은 채, 집으로 돌아가려고 길을 나섰네… 숲 밑으로 내려가며 치는 북소리가 들리네. 계속 두드리는군… 그리고 나는 풀밭에 누웠네. 향수병일세. 눈에 선하군. 멀어져 가는 북 치는 소리에 맞춰, 소나무숲 사이로 파리에서의 내 추억 전체가 행진을 하는군…….

아! 파리!… 파리!… 항상 여전히, 파리!

〈끝〉

역자노트

1. 작품 이해를 돕기 위한 역자의 용어 해설(주석)을 본문 순서에 맞춰 달았습니다.
2. 『별들』의 문학사적 의의와 구성을 소재로 한 역자의 비평을 "도데, '빛'을 써내려 가다"
   란 제목으로 실었습니다.

주석

1

팡페리구스트

도데가 만들어 낸 가상의 공간으로 실제 도데가 풍차 방앗간에 거주하며 집필 활동을 한 것은 아니다.

2

시갈리에르

역시 도데가 만들어 낸 가상의 공간이다.

3

제마프

벨기에 남서부에 위치한 탄광 도시이다. 1792년 뒤무리에 장군이 지휘하는 프랑스 혁명군이 합스부르크 왕가의 오스트리아군을 맞아 격퇴한 전쟁터이다.

4

비텔리우스 황제

기원후 14년에 태어난 로마의 여덟 번째 황제이다. 69년 동안 로마제국을 극심한 혼란에 몰아넣었던 네 명의 군인 황제 중 마지막 인물이며 경솔하고 무분별한 언행의 상징이다.

5

바스크

스페인 북동부 지역이며 프랑스 남서부와 국경을 맞대고 있다.

6

뱅 퀴

불어로 '익힌 와인(Vin Cuit)'이라는 뜻이며, 압착해 낸 포도즙을 가열하여 당도를 높인 다음 발효시켜 만든 프로방스 지방의 전통 와인이다.

7

미스트랄 바람

유럽에서 알프스산맥을 넘어 남프랑스 방향으로 부는 바람이다. 강하고 건조한 특징이 있다.

8

파랑돌

남프랑스, 특히 프로방스 지방의 전통 민속 무곡과 그 무도이다. 흥겨운 박자에 맞춰 돌면서 추는 춤으로 반주는 피리와 탬버린으로 연주된다. 비제의 〈아를의 여인〉, 구노의 오페라 〈미레유〉에서 유명한 파랑돌 곡을 찾아볼 수 있다.

9

그랭구아르

피에르 그랭구아르(1475-1538)는 프랑스의 유명한 시인이자 극작가이다. 빅토르 위고의 소설 『파리의 노트르담』에서 가난한 시인으로 등장한다.

10

브레방 식당

파리 9구에 자리 잡은 고급 카페 겸 식당이다. 심야 영업을 했기 때문에 오페라나 연극 등의 상연이 끝난 뒤 배우와 기자들의 뒤풀이 장소로 인기 있었다. 도데, 졸라, 모파상 등의 예술가들이 드나들던 곳이다.

11

에스메랄다의 그 어린 염소

그랭구아르는 『파리의 노트르담』에서 염소를 데리고 다니며 공연하는 에스메랄다의 모습에 반한다. 그랭구아르가 교수형에 처할 위기에 놓이자 이를 가엾게 여긴 에스메랄다가 그와 결혼해 준다.

12

뤼베롱

———

프로방스의 한 지역. 높은 언덕에 지어진 마을들로 유명하다.

13

피에몽

———

이탈리아 북서부 지역으로 프랑스와 국경을 접하고 있다.

14

교황이 계실 때의 아비뇽

———

교황은 로마에서 쫓겨나 1309년부터 1377년까지 아비뇽에서 살았다. 작중 보니파스 교황은 허구의 인물이다.

15

이브토 출신의 진정한 교황

———

19세기 프랑스의 유명 시인 겸 작곡가 피에르 장 드 베랑제의 작품 「이브토의 왕」에 등장하는 인물로, 현명하고 훌륭한 군주로 묘사된다.

16

잔느통

———

이브토 왕이 사랑했던 여인으로 여기서는 교황이 여자를 가까이하지 않았다는 것을 말하고 있다.

17

부야베스

—

갖가지 생선에 사프란과 여러 향신료를 넣어 끓인 지중해식 생선 스튜이다.

18

아이올리

—

마늘과 사프란을 갈아 넣은 일종의 마요네즈 소스이다.

19

스코파

—

이탈리아식 카드놀이이다.

20

플루타르코스 영웅전

—

기원후 1세기경의 그리스 철학자이자 정치가, 역사학자였던 플루타르코스가 그리스·로마 위인들 수십 명의 전기를 써서 엮은 책이다.

21

데메트리우스

—

기원전 350년경의 그리스 아테네 팔레온 출신의 정치인이자 철학자이다.

22
성촉절

천주교의 축일 중 하나로. 성모마리아가 예수를 낳고 40일 만에 정결예식을 치른 뒤 예루살렘 성에 들어간 것을 기념하는 축일이다.

23
루마니유

조제프 루마니유(1818-1891)는 프로방스 시인으로 평생 프로방스어로 작품 활동을 했다.

24
스덴

미셸 장 스덴. 18세기 프랑스의 저명한 극작가이자 시인으로 『천성의 철학자』, 『뜻하지 않은 내기』 등의 대표작이 있다.

25
도펭 공

도펭 지방의 영주인 공작으로 대대로 프랑스 왕세자가 직위를 이었다.

26
오랑주리

베르사이유 궁전의 동쪽 방향에 위치한 별궁이다.

27

에르크만-샤트리앙

19세기 중후반의 프랑스 소설가 에밀 에르크만과 피에르 알렉상드르 샤트리앙 두 사람을 가리킨다. 수많은 국가주의적인 소설을 공동작으로 발표했다.

28

살레트

1846년 성모마리아가 두 명의 아이에게 발현했다고 알려진 곳이다.

29

통볼라

빙고 게임과 비슷한 일종의 숫자 맞추기 놀이이다. 여기서 남작이 통볼라의 귀족이라고 한 것은 그의 귀족 신분이 사실상 거짓이며 그의 허풍쟁이 면모를 보여 준다.

30

드 지라르댕

에밀 드 지라르댕(1806-1881)은 근대 언론의 창시자로 평가받는다. 그의 가방은 여러 서류, 편지, 기사들로 가득 차 있었다고 한다.

31

샤를 바바라

샤를 바바라(1817-1866)는 프랑스의 소설가이다. 결혼한 지 5년 만에 아
내와 딸이 전염병으로 목숨을 잃자 창문에 몸을 던져 자살했다.

32

미스트랄

프레데리크 미스트랄(1830-1914)은 1904년 「미레유」로 노벨문학상을 받
은 프랑스 작가이다. 프랑스어 대신 사라져 가는 프로방스 방언으로만
작품 활동을 해서 남프랑스 사람들의 정신적 지주로 여겨졌다.

33

포브르 몽마르트 거리

당시 포브르 몽마르트 거리는 어두침침하고 더러운 골목이었다.

34

미레유

1859년 시인 프레데리크 미스트랄이 지은 12장의 서사시로서, 전체가
프로방스어로 집필되었다.

샤타스

샤토브리앙의 소설 주인공으로, 문명 세계를 접한 순박한 미개인의 전형이다.

에베르

에르네 에베르(1817-1908)는 프랑스의 낭만주의와 고전주의 미학을 잘 보여 주는 화가이다.

에티엔 카르자

에티엔 카르자(1828-1906)는 프랑스의 사진가이자 언론인, 풍자만화가이다. 유명 작가들과 정치인들의 초상화와 캐리커처를 그린 것으로 널리 알려져 있다.

천개

네 개의 기둥이 하늘을 받드는 형태의 구조물로 주로 성당의 제단에 설치한다.

39
테오크리토스

기원전 3세기 전반에 활동한 고대 그리스 시라쿠사 출신의 시인이다. 전원생활과 양치기들을 소재로 한 목가 양식의 창시자로 불린다.

40
폴 드 콕

폴 드 콕(1793-1871)은 당대의 인기 풍속 소설 작가였다.

41
탈렉시

아드리앵 탈렉시(1801-1881)는 프랑스의 유명 작곡자 겸 음악 교사이다.

42
압 델 카데르

압 델 카데르(1808-1883)는 프랑스 점령군과 대항한 아랍군 지도자이다.

43
셰리프

밀리아나에서 지중해로 흐르는 알제리의 강이다.

베니-죽죽 부족

밀리아나 지역에 사는 베르베르족의 명칭이다.

이스가리옷

예수를 판 '이스가리옷의 유다'를 말한다. 예수의 다른 제자인 유다와
구별하기 위해 출신 지명을 붙여 부른다.

자크 영감

메트로 자크. 몰리에르의 5막짜리 희곡 「라바르(L'Avare)」에 나오는 인물
로 요리사이며 마부이지만 모든 일을 알고 모든 일을 해내는 가공의 인
물이다.

아르파곤

몰리에르의 희곡 「라바르」의 주인공으로 클레앙트 성당의 신부이며 자
크 영감의 고용주이다.

48
르낭

19세기 후반의 프랑스 정치학자이자 사상가로 특히 동양 문화 사상에 조예가 깊었다.

49
라셸

라셸 펠릭스(1821-1858)는 프랑스의 유명한 유대인 여배우였다.

50
샤르트르 수도회

샤르트르 수도회의 약초 리큐르는 현재에도 샤르트뢰즈(Chartreuse)라는 상표로 유명하다.

51
카피투의 당나귀

프로방스의 속담에 등장하는 말이다. '그는 카피투의 당나귀같이, 등에 얹을 짐이 가까이 오는 것만 봐도 달아난다.'

52
기욤 쿠르 네

본명은 기욤 드 젤론으로 9세기경 카롤링거 왕조의 프랑스 남서부, 아키

텐 지방의 공작이자 동시에 남프랑스, 툴루즈의 백작이었다. 피레네 산맥 너머까지 침입한 사라센 회교도들과 전투를 벌이며 프랑스 기독교를 수호한 인물이다.

53
페니모어

『모히칸족의 최후』를 쓴 미국의 19세기 소설가, 제임스 페니모어 쿠퍼(1789-1851)를 가리킨다.

54
붉은색과 흰색

붉은색은 프랑스의 공화파를 위시한 진보적 정치 성향과 무신교의 입장, 흰색은 왕정 중심의 가톨릭 입장을 상징한다.

55
프톨레마이오스

기원전 323년부터 기원전 30년까지 알렉산드리아를 지중해의 대표적인 예술 도시로 만든 이집트 왕조를 말한다.

56
바카레스호수

카마르그 늪지대 내에 위치한 최대 크기의 석호로 65제곱킬로미터 넓이에 이른다.

57

외젠 왕자 부대의 막사

—

파리 샤토도 광장에 1857년부터 1858년까지 주둔했던 병영이다.

58

피고르브렁

—

본명은 샤를앙투안기욤 피고 드 레피누아(1753-1835)이다. 방탕한 주제를 포함해 자유로운 작품 활동을 펼친 프랑스의 작가이다.

도데, '빛'을 써내려 가다

달콤한 시간이었네. 이 황혼 무렵, 사냥꾼들이 돌아오기 조금 전. 이제 바람도 조금 조용해졌네. 나는 잠시 나갔네. 어떠한 열기도 없이, 꺼져 가며 붉게 가라앉는 거대한 태양의 평화 속에, 밤이 떨어졌네. 아주 축축한 밤의 검은 날개가 지나치며, 우리를 살짝 스쳐갔네. 저기, 지평선으로, 엽총을 발사해서 생긴 불빛이, 둘러싼 어둠에 의해, 더욱 선명한 붉은 별 하나와 함께 반짝이며, 찰나에 사라졌네. 누군가 하루의 끝자락에서 그 삶을 서두르네. (본문 p.266, '카마르그에서—오두막'에서)

L'heure exquise, c'est le crépuscule, un peu avant que les chasseurs n'arrivent. Alors le vent s'est calmé. Je sors un moment. En paix le grand soleil rouge descend, enflammé, sans chaleur. La nuit tombe, vous frôle en passant de son aile noire tout humide. Là-bas, au ras du sol, la lumière d'un coup de feu passe avec l'éclat d'une étoile rouge avivée par l'ombre environnante. Dans ce qui reste de jour, la vie se hâte.

참으로 아름답지 아니한가! 알퐁스 도데의 연작소설 『별들 Lettres de mon moulin』이 최초로 출간된 것은 1869년이었다. 주목할 것은 이 연작소설의 초판본에 붙은 부제목이다. '인상과 추억들 L'impressions et des souvnirs', 이 소설집의 부제목이 시사하는 바는 대단히 크다. 알퐁스 도데는 바로 이 소설집으로 문학의 인상주의를 선언한 것이다.

1874년 4월 파리 카퓌신 거리에 위치한 사진작가 나다르의 아틀리에에서 몇몇 화가들이 그들만의 전시회를 개최한다. 1863년 《살롱전》에서 낙선한 작품들을 별도로 전시한 것이다. 《살롱전》 이후 일반 대중에게는 충격을, 하지만 타성을 거부하던 일군의 전위적 화가들에게는 열광적인 지지를 촉발시킨, 〈풀밭 위의 점심 식사Le déjeuner sur l'herbe〉의 마네를 중심으로 새로운 회화의 지평을 열어 가는 운동이 벌어진다. 그리고 그렇게 새로운 회화의 길을 열어 가던 화가들이, 결과물로 자신들의 존재를 세상에 선언한 바로 그 전시회가 개최된다. 모네·시슬리·세잔·르누아르·드가·모리소·피사로 7인의 전시회는, 타성에 젖은 당시 평단의 모욕적인 악평을 뒤집어쓰고 말았지만, 이미 이것으로 현대회화의 새벽은 화려하게 열렸던 것이다. 당시의 프랑스 일간지 《샤리바리》의 평론가였던 루이 르로이가 모네의 작품

〈인상, 해돋이Impression, soleil levant〉를 빗대서 그들을 '인상주의자들'이라 칭하고 그들의 경향성을 '인상주의'라 칭한 것이 미술로서의 인상주의를 선언한 시작이었다. 물론 결코 호의적인 평가의 결과물은 아니었다. 도데가 작품에 부제목으로 붙인 '인상과 추억들'은 절대 우연한 작명이 아닌 것이다.

각 시대가 빚어내는 예술 사조의 형태는 문학, 미술, 음악, 건축 등 다방면의 양태로 나타난다. 유럽 문화사의 첫 페이지를 장식하는 그리스, 로마 양식부터, 고딕, 로마네스크, 르네상스, 바로크, 로코코에 이어서 19세기에 이르면 한꺼번에 여러 종류의 사조가 만발한다. 자연주의, 사실주의, 낭만주의, 신고전주의 등. 특히 인상주의는 자연주의와 낭만주의의 토양에서 사실주의의 자양분으로 발아하되, 신고전주의에 대항하여 발생한다.

이는 문학에서도 마찬가지다. 몰리에르와 라신의 시대를 지나 19세기에 이르면 프랑스 문학은 발자크, 메리메, 공쿠르, 졸라, 모파상 등 자연주의 내지는 사실주의 작가들을 배출한다. 우리의 알퐁스 도데는 도대체 어디에 위치하는가. 동시대 작가들의 경향성과는 언뜻 멀어 보이는 독특한 문학 세계는 어떻게 규정할 것인가. 나는 도데의 문학적 지향점을 일차적으로 인상주의에서 찾을 수 있었다.

이 연작소설『별들』의 특징 중 하나가 '빛'에 대한 유난한 집착이다. 몇 가지만 예를 들어본다.

그 위에는 태양의 화염마저 갈라내며 낮에도 빛을 내는 커다란
전조등……. (본문 p.82, '상기네르의 등대'에서)
au-dessus la grosse lanterne à facettes qui flambe au soleil et fait de
la lumière même pendant le jour…….

바깥은 캄캄한 심연이었네. 유리로 둘러쳐진 작은 발코니 위에
는 바람이 미친 듯이 울부짖으며 내달리고 있었네. 등대는 삐걱
거리고, 바다는 으르렁거렸네. 섬의 끄트머리, 암초 위로는 대포
가 터지는 듯, 은빛 파도가 번쩍였네. (본문 p.89, '상기네르의 등
대'에서)

Au-dehors, le noir, l'abîme. Sur le petit balcon qui tourne autour du
vitrage, le vent court comme un fou, en hurlant. Le phare craque,
la mer ronfle. À la pointe de l'île, sur les brisants, les lames font
comme des coups de canon.

안락의자의 할아버지, 천장의 파리들, 저기 창 밑 새장 속의 카
나리아들, 큰 괘종시계는 똑딱, 똑딱, 코를 골고 있었네. 방 전체
에서 잠들지 않은 것은 닫힌 덧창 사이로 하얗게 똑바로 떨어지

고 있는 넓은 빛무리뿐이었네. 활기차게 반짝이며 미세하게 춤
추고 있었지. (본문 p.127, '노인들'에서)

Le vieux dormait dans son fauteuil, les mouches au plafond, les
canaris dans leur cage, là-bas sur la fenêtre. La grosse horloge
ronflait, tic-tac, tic-tac. Il n'y avait d'éveillé dans toute la chambre
qu'une grande bande de lumière qui tombait droite et blanche
entre les volets clos, pleine d'étincelles vivantes et de valses
microscopiques.

잎사귀들 사이로, 바다는 산산조각 나며 반짝이는 유리의 파편
처럼 눈부시게 파란 공간을 내보였네. 대기 중의 안개에도 불구
하고 말일세. (본문 p.199, '오렌지—환상시'에서)

Entre les feuilles, la mer mettait des espaces bleus éblouissants
comme des morceaux de verre brisé qui miroitaient dans la brume
de l'air.

겨울의 태양은 그 엄청난 대자연의 흐름에 내쫓기며, 부서지고,
그 빛을 모았다가 다시 흩어 버렸다네. 경탄할 만큼 푸른 하늘
밑으로, 거대한 어둠이 내렸네. 그 빛과 소음은 불규칙하게 흔
들리며 도착했네. (본문 p.266, '카마르그에서—오두막'에서)

Le soleil d'hiver fouetté par l'énorme courant s'éparpille, joint ses rayons, les disperse. De grandes ombres courent sous un ciel bleu admirable. La lumière arrive par saccades, les bruits aussi.

스러져 가는 불빛이 물속으로 도피해서, 반짝이는 늪지, 어두워 진 하늘의 회색 색채가, 순수한 은빛의 음색이 되도록 광을 내 는 것. (본문 p.270, '카마르그에서―기다림(매복)'에서)

la lumière diminuée, réfugiée dans l'eau, les étangs qui luisent, polissant jusqu'au ton de l'argent fin la teinte grise du ciel assombri.

돌아가야겠네. 먼지처럼 가볍게 흩날리는 푸른 달빛의 홍수 가 운데를 걸었네. 우리의 모든 발걸음은 그 빛 속에 있었네. 그 수 로 속에 있었네. 떨어지는 별무리의 동요와 물 밑바닥까지 투과 해 들어가는 달빛이 있는 그곳. (본문 p.271, '카마르그에서―기다 림(매복)'에서)

il faut rentrer. On marche au milieu d'une inondation de lumière bleue, légère, poussiéreuse ; et chacun de nos pas dans les clairs, dans les roubines, y remue des tas d'étoiles tombées et des rayons de lune qui traversent l'eau jusqu'au fond.

본문의 몇 가지 소소한 예만 들어 보아도 도데의 빛 묘사에 대한 집착은 그 당시, 아니 그 이후를 포함한 어떤 누구에게서도 예를 찾아볼 수 없을 정도다. 이것은 단순한 취향이나 우연이 아니라, 그가 그의 소설을 통해 인상주의라는 새로운 시도를 선도해 나갔다는 사실을 증명한다.

　인상주의 자체가 결국 빛과 색채에 대한 회의와 의심으로 시작하여, 그에 대한 진실을 추구하는 것이 아닌가. 여러 요인이 물론 있지만, 회화로서 인상주의의 시작은 사실 물감을 담는 튜브의 발명으로 시작되었다. 안료의 문제로 인해, 수천 년간 그림을 그리는 자들은 그들의 작업실을 떠나지 못했다. 직접 자신의 눈으로 실시간 목격하는 빛과 색채가 아니라, 알고 있는, 혹은 기억하거나 주장하고 싶은 색채로만 그들의 화폭을 채우던 시대가 튜브 물감의 발명으로 종결된 것이다. 이제 그들은 야외에 나가서 그들의 눈앞에 펼쳐진 실제의 빛과 색채를 그대로 표현하기 시작했다. 그리고 우중충한 파리의 하늘에 한계를 느낀 인상파 화가들이, 가장 극적인 빛과 색채의 연출과 변화를 찾아낸 곳이 바로 노르망디의 바닷가와 프로방스의 전원이었다. 수많은 화가들이 그들의 화구를 챙겨 들고 파리를 떠나 노르망디의 바닷가와 프로방스의 전원에 자리 잡게 된 이유이고, 인상파 그림의 대부분이 그곳을 배경으로 하는 이유이다.

도데 역시 마찬가지였다. 추상적이고 관념적인 묘사가 아닌, 생생하게 살아 있는 날것 그대로의 묘사를 자신의 문학에 끌어들이기 위해, 그는 파리를 떠나, 수많은 여행 속에서 다양한 빛과 색채를 그의 문학에 입히는 작업을 했고, 그 대표적인 작품이 이 『별들』 연작이다. 그리고 그는 당연하게 이 작품의 부제목을 '인상과 추억들'이라 붙이고 문학의 인상주의를 선언한 것이다.

알퐁스 도데는 바로 그 빛과 색채의 향연장인 프로방스 지방에서 나고 자란 사람이다. 그 누구보다 그곳의 풍광에 익숙하고 그 풍광을 사랑한 인물이다. 그가 폴 세잔 등을 위시한 동시대, 동년배, 동향의 예술가들과 어울린 것은 자연스럽다. 이 소설집에 실린 작품들의 집필과 발표 시기 등을 고려하면, 도데가 인상파 화가들에게 영향을 받았다기보다 오히려 영향을 준 것으로 여겨진다. 실제로 프랑스 문화사가들의 평가는 도데의 문학적 성취 중의 하나로 인상파와 점묘파 회화에 지적 영향을 준 것을 꼽는 데 이견이 없다. 르누아르의 걸작 초상화 중의 하나는 바로 도데의 부인을 그린 〈알퐁스 도데의 부인Madame Alphonse Daudet〉이다. 그러니 우리가 이 소설집을 읽으면서 다양한 인상파 화가들의 그림을 연상하는 것은 지극히 당연하다. 알피유산맥에 대한

묘사 부분을 읽으며 폴 세잔의 〈생 빅투아르산Mont Sainte-Victoire〉
연작을 떠올리고, '길을 잃은 채, 내 어깨에 내려앉아 잠들어 있
는' 아름다운 스테파네트 아가씨의 머리카락 냄새를 맡으며 반
고흐의 〈별이 빛나는 밤La nuit étoilée〉과 〈아를의 별이 빛나는 밤
La nuit étoilée, Arles〉에 그려진 별무리를 떠올리는 것이다.

*

  이 소설집 『별들』은 서문을 제외하고 스물네 편의 단편소설
로 구성되어 있다. 각각의 단편이 별도의 소재와 주제를 갖는 독
립된 작품인 것은 분명하지만 이 단편집은 명백하게 연작소설의
형태를 갖고 있다. 풍차 방앗간의 매매 계약서인 「서문」 이후 「정
착」 편부터 일관된 방식의 내레이션이 이어진다.

  지난번 밤에는 미스트랄 바람이 우리를 코르시카섬으로 데려갔
  으니까, 이번에는 어부들이 잠자리에서 자주 이야기하는, 바다
  에서 일어난 끔찍한 이야기 하나를 해볼까 하네. (본문 p.91, '세
  미양트호의 최후'에서)
  Puisque le mistral de l'autre nuit nous a jetés sur la côte corse,
  laissez-moi vous raconter une terrible histoire de mer dont les

pêcheurs de là-bas parlent souvent à la veillée.

보내 주신 편지를 읽다 보니 일종의 회한이 드는군요. 부인. 저
도 어쩌면 제 이야기들의 색깔이 너무 장례 복장 같지 않았나
싶습니다. 오늘만큼은 즐거운, 미칠 듯이 즐거운 이야기를 해드
려야겠다는 다짐을 저도 했습니다. (본문 p.159, '황금 뇌를 가진
남자의 전설―재미있는 이야기를 신청하신 부인께'에서)

En lisant votre lettre, madame, j'ai eu comme un remords. Je m'en

suis voulu de la couleur un peu trop demi-deuil de mes historiettes,

et je m'étais promis de vous offrir aujourd'hui quelque chose de

joyeux, de follement joyeux.

이번에는 자네를 알제리의 작고 예쁜 도시로 떠난 여행에 동행
시키려 하네. 여기 풍차 방앗간에서 이삼천 리 정도 떨어진… 이
여행기가 북소리와 매미 우는 분위기를 조금 바꿔 줄 걸세. (본
문 p.212, '밀리아나에서―여행기'에서)

Cette fois, je vous emmène passer la journée dans une jolie petite

ville d'Algérie, à deux ou trois cents lieues du moulin... Cela nous

changera un peu des tambourins et des cigales.

그리고 이 연작소설은 마지막 작품 「병영으로의 향수」에서 파리로의 귀환을 갈망하는 절규로 종지부를 찍는다. 이 작품을 각각의 단편들로 떼어 내 이해해서는, 작품 전체에 흐르는 작가 알퐁스 도데의 의도와 정서를 전혀 이해할 수 없다는 점에 우리는 주목해야 한다. 안타까운 것은 우리나라에서 이 소설집이 처음부터 끝까지 완전한 모습으로 출판된 적이 거의 없다는 사실이다. 이 소설집에 수록된 주옥같은 작품들, 「별들」은 중학교 교과서에 실릴 만큼 널리 알려진 작품이고 「스갱 씨의 염소」는 어린이용 동화에 수없이 실려 왔음에도 불구하고 말이다. 연극, 오페라, 모음곡, 발레 등으로 다양하게 변형되어 발표된 〈아를의 여인〉이 소설집 속의 단편 「아를의 여인」 한 작품만을 소재로 하는 것이 아니라 『별들』 전체를 다루고 있다는 점을 간과하고 있는데도 그 누구도 지적을 하지 않는 것은 정말 아쉬운 현실이다. 이 『별들』이라는 연작소설이 본연의 형태와 본연의 문체로 번역되어 국내에 출판된 적이 없다는 것이 이 슬픈 일의 원인 중 하나일 것이다. 그런 차원에서 이 책의 출간이 충분한 의미를 갖는다고 생각하며, 이전의 아쉬움과 유감을 떨쳐 낼 계기가 될 것이라고 기대한다.

철저하고 엄정한 법률 문서 형태의 「서문」은 이 작품의 시작과

311
도데, '빛'을 써내려 가다

끝이 되는 풍차 방앗간의 매매 계약서이다. 여기서 우리는 여러 가지를 유추할 수 있다. 계약이 이뤄지는 장소 팡페리구스트, 시갈리에르라는 곳은 모두 실재하지 않는 가상의 지명들이다. 이 매매 계약에 참여한 인물들, 비베트 코르니유, 그 남편 미티피오, 프랑세 마마이 등은 이 소설 속의 등장인물들이며 작중 화자인 도데의 이웃들이다. 물론 가상의 인물들이다. 이 연작소설의 진정성과 현실감을 보강하기 위한 서문이라 보인다. 하지만 소설은 허구여서 알퐁스 도데가 실제로 풍차 방앗간을 매수하여 거주한 적은 없다. 지금도 프랑스 프로방스 지방에 위치한 알퐁스 도데의 풍차 방앗간이라는 데를 찾아가서 열심히 기념사진을 찍는 관광객들에겐 유감이지만 말이다.

그 외 나머지 스물네 편의 단편들을 분류해 보면 형태상 네 가지로 나눌 수 있다.

첫째, 우화들이다. 「스갱 씨의 염소」, 「교황의 노새」, 「퀴퀴냥의 주임 사제」, 「황금 뇌를 가진 남자의 전설」, 「세 번의 자정미사」, 「존귀하신 고세 신부의 영약」 여섯 작품이다. 각각의 우화들이 나름의 색채를 갖고 우리를 웃기고, 때로는 울린다. 용감하고 맹랑한 하얀 염소 블랑케트의 최후, 칠 년이나 참은 노새의 발길질,

불신자들을 대처하는 퀴퀴냥의 주임 사제, 자신의 재능을 갉아 먹은 비극적인 남자, 식탐의 악마와 음탕함에 사로잡힌 신부들 이야기.

이 우화들의 공통점은 교훈적이라는 것이다. 각기 우습고 슬픈 이야기들을 생동감 있게 다루고 있지만, 결과적으로는 올바른 삶에 대한 작가의 생각을 일관적으로 전하고 있다. 교훈들은 지극히 가톨릭적이다. 도데 자신이 독실한 가톨릭 신자임을 감안한다면 이는 자연스럽지만, 굳이 이 교훈들을 가톨릭 신앙에만 가둬 둘 필요는 없다. 인류 보편의 고민과 운명에 대한 이야기이며, 그에 대한 구원의 길은 가톨릭이라는 길이 아니더라도 큰 차이를 갖지 않는다는 것을 지금의 우리는 잘 알고 있다.

둘째, 작중 화자인 도데 자신의 일상과 감상을 전하는 작품들이다. 「정착」, 「보케르 역마차」, 「코르니유 영감의 비밀」, 「노인들」, 「아를의 여인」, 「빅슈의 가방」, 「시인 미스트랄」, 「두 개의 주막」, 「카마르그에서」, 「병영으로의 향수」 총 열 편의 작품이다.

이들은 이 소설집의 핵심 내지는 백미에 해당되며 주로 프로방스의 아름다운 풍광과 선량한 프로방스 사람들의 이야기를 따뜻한 시선으로 그려 낸다. 바야흐로 산업혁명이 그 절정에 이르러 전통적인 가치관이 붕괴하고 있던 시절, 자본주의의 맹아

313

가 인간과 인간의 관계를 재화로 등치하기 시작하던 시절이었다. 비극적인 일들이 도처에서 벌어지는 것을 목도한 도데였기에, 작가로서 그 나름의 문학으로 인간성의 가치를 지켜 내려는 몸부림이 기반에 깔려 있는 것을 볼 수 있다. 스스로의 가치를 지키기 위해 모든 것을 던진 코르니유 영감, 이뤄질 수 없는 사랑에 목숨을 던진 청년, 눈이 먼 채 먼저 죽어 간 딸의 머리카락을 들고 다니는 불쌍한 빅슈, 남편을 포함해서 모든 것을 빼앗긴 주막집 여자의 체념 등, 상처받고 스러져 가는 사람들에 대한 도데의 애정 어린 시선과 통렬한 반성은 우리들 모두의 반성 역시 촉구하고 있다.

셋째, 기행문에 해당되는 작품들, 「상기네르의 등대」, 「세미양트호의 최후」, 「세관원들」, 「오렌지」, 「밀리아나에서」, 「메뚜기떼」이다.

이 여섯 작품은 그 배경 자체가 다르다. 프로방스를 떠난 이 작품들 중 앞의 세 작품은 코르시카를, 뒤의 세 작품은 알제리를 배경으로 한다. 가장 크게 감명을 받았던 작품들이 여기에 해당된다. 개인의 감정이입과 표현이 극대화되어 있는 작품들이다. 인상주의적 표현 기법이 절정을 이루는 「상기네르의 등대」는 특히나 작품 전체가 한 편의 시라고 여겨질 만큼 아름다운 문장으로 가득하고, 「세관원들」은 반 고흐의 〈감자 먹는 사람들Mangeurs de pommes de terre〉이 떠오르는, 자연주의적 기풍이 물씬한 작품이다.

특히 주목할 작품은 「밀리아나에서」이다. 이 작품은 처음부터 끝까지 줄곧 현재형 시제로 쓰였다. 이 현재형 시제는 작가 자신의 감정과 감상을 생생하게 전달하기 위한 장치이다. 알제리의 도시 밀리아나를 방문한 도데는 이 작품에서 시종일관 회의와 혼란과 슬픔에 빠져 있으며 현재형 시제의 쳇바퀴를 타며 끝없이 방황한다. 지금까지의 번역본들은 이를 작가 개인의 향수병으로 판단하여 번역했는데 이는 심각한 오류다. 그가 느끼는 회의와 혼란과 슬픔의 원인은 바로 죄책감이다. 1830년 이후 프랑스가 알제리를 침공하여 식민지로서 경영하고 있는 정치적 상황을 우리는 먼저 주목해야 한다. 세계 곳곳에 식민지를 경영하고 있던 19세기 제국주의 프랑스의 본질을 여기서 우리는 극명하게 관찰할 수 있다.

"하나, 둘, 셋, 시작!"
이 용감한 자들에게는 그것이 전부였네. 조국의 악행이 주어지더라도, 그들은 오직 조국을 찬양하는 음악을 연주할 뿐이네. 어휴! 군악대원도 아닌 나에게, 이 음악 소리는 나를 고통스럽

게 했고, 나는 사라져야 했네……. (본문 pp.214-215, '밀리아나에서—여행기'에서)

Une, deux, trois, partez!—Tout est là pour ces braves gens; jamais les airs nationaux qu'ils jouent ne leur ont donné le mal du pays.··· Hélas! moi qui ne suis pas de la musique, cette musique me fait peine, et je m'éloigne······.

이 부분의 번역으로, 다른 역자들은 '악행'을 '향수병'으로 완전히 오역하여 옮겨 놓았다. 감정의 본질이 왜곡되면 이 작품의 의도는 전혀 다른 것으로 오해받을 수밖에 없다.

프랑스 문화의 황금기라 부르는 19세기 중반, 그 제국적 융성의 기반이, 급격한 산업화로 몰락하면서 착취의 대상이 된 것은 빈민들과 식민지 민중이라는 사실을 그 시기의 프랑스 작가들은 정확히 알고 있었다. 그래서 에밀 졸라, 빅토르 위고, 기 드 모파상 등의 문인들은 글로, 밀레와 쿠르베 등은 그림으로 싸움에 나섰고, 그 결과물들은 20세기 인류 문화의 자양분이 되었다.

우리 문인들이 흔히 문학적이라고 이야기하는 우리들의 잡담, 우리들의 논쟁, 비정상적인 세상의 우스꽝스러운 모든 것들, 먹물 든 쓰레기, 위인 없는 지옥, 우리끼리 목을 베는 곳, 우리끼리 배를 가르는 곳, 우리끼리 약탈하는 곳, 시정의 상인들보다 더 비싼 이자를 따지는 곳, 굶어 죽는 것조차 방해하지 않는, 외딴 섬보다 더한 곳. 우리의 모든 비열한 짓, 우리의 모든 파렴치함. (본문 pp.155-156, '빅슈의 가방'에서)

nos assemblées soi-disant littéraires, nos papotages, nos querelles, toutes les cocasseries d'un monde excentrique, fumier d'encre, enfer sans grandeur, où l'on s'égorge, où l'on s'étripe, où l'on se détrousse, où l'on parle intérêts et gros sous bien plus que chez les bourgeois, ce qui n'empêche pas qu'on y meure de faim plus qu'ailleurs ; toutes nos lâchetés, toutes nos misères.

알퐁스 도데가 「빅슈의 가방」에서 단도직입적으로 날리는 독설이다. 그는 소설 속 등장인물이나 별도의 화자를 내세우지 않고 이렇게 직접 발언한다. 상대적으로 알퐁스 도데는 가톨릭 신앙이 강한 보수적 작가로 분류된다. 하지만 그런 그조차도 알제리에서 만난 프랑스 주둔군의 군악대 연주를 들으면서 '이 음악 소리는 나를 고통스럽게 했고, 나는 사라져야 했네'라고 표현하며 그 도시의 현지인들 틈으로 스며들게 되는 것이다.

「밀리아나에서」의 작중 화자 도데의 감정은 이후 알제리 식민 지배에 대한 프랑스 지식인 전반의 정서로 자리 잡은 후, 알베르카뮈의 『이방인』으로 정점을 찍게 된다. 자유, 평등, 박애라는 가치를 위해 모든 것을 걸고 있는 프랑스 지식인. 그들의 가치관은 그들이 경영하는 식민지에서 스스로의 존재에 대한 부정, 회의, 부유 등으로 나타날 수밖에 없었다. 그리고 이것이 어쩌면, 그들 프랑스 지식인들에게 숙명적으로 부과된 천형이라는 점을 상징적으로 드러내는 작품이 바로 이 『별들』이다.

넷째, 그 외 기고문 형태의 「별들」, 「산문으로 쓴 서정시」 두 작품이다. 이 부류는 예외적인 형태이다.

먼저, 「별들」에 대해서는 이례적으로 충분한 설명을 해보려고 한다. 워낙 유명한 작품이어서 번역의 차이가 작품의 본질에 얼마나 큰 영향을 끼치는지 쉽게 체감할 수 있을 거라는 기대 때문이다.

우선 제목이다. 'Les étoiles'은 정관사까지 분명한 복수형이다. 당연히 '별' 대신에 '별들'로 번역되어야 한다. 본문에서 다뤄지는 다양한 별들과 별자리들에 대한 설명과 묘사를 생각한다면 단수형 '별'은 용납해서는 안 되는 오역이다.

어느 양치기의 투고라는 것을 제목에 밝혀 두면서 시작하는 이 작품은 도데의 작품들 중에서도 국내 독자들에게 가장 널리 알려졌고 사랑받는 작품이다. 물론 아름다운 문장으로 가득 찬 매력적인 작품이지만, 역시 그 내용이 도덕적이고 교훈적이라는 부분이 우리나라의 교육 정서에 부합해서가 아닌가 하는 의심을 거둘 수 없다. 그러다 보니 이 작품에 대한 일반 독자들의 오해는 참 많기도 많다. 대표적인 것이 작중 화자인 양치기의 나이에 관한 부분이다. 작품에 분명히 "굳이 대답한다면, 저도 스테파네트 아가씨와 같은 스무 살이고(je répondrai que j'avais vingt ans)"라고 밝히고 있음에도, 독자 대부분은 이 양치기가 어린아이라고 여기고 있다. 이런 오해가 어디서 발생한 걸까? 바로 berger라는 단어에서 기인한 것이다. 흔히 목동으로 번역되는 단어다. 기존 우리나라에 번역된 다른 책들의 경우 대부분 '목동'으로 번역하고 있다. 목동은 우리말 의미로 '가축을 치는 아이'가 된다. 당연히 어린이라는 이미지이다. 하지만 불어에서의 'berger'는 나이와 관계 없이 목축이라는 직업에 종사하는 이를 뜻한다. 프랑스에서 이 berger라는 단어가 갖는 이미지는 절대 천진무구한 어린이가 아니다. 오히려 불한당, 반쯤은 산적 같은 이미지이다. 아래의 본문들을 보자.

사제복처럼 구두 뒤축까지 내려오는 적갈색 모직 망토를 몸에 두른 채 걷는 대단한 악당 같은 두 명의 양치기. (본문 p.12, '정착'에서)

도데, '빛'을 써내려 가다

deux grands coquins de bergers drapés dans des manteaux de cadis roux qui leur tombent sur les talons comme des chapes.

염소 털로 짠 망토를 걸치고 갈색 모직 모자를 쓴 모습이 진짜 밀렵꾼이나 산적처럼 생겼더군. (본문 pp.107-108, '세관원들'에서) Et nous vîmes entrer un grand gars bien découplé, vrai type de braconnier ou de banditto, avec son bonnet de laine brune et son pelone en poils de chèvre.

이렇게 양치기는 아주 거친 산 사나이의 이미지이다. 게다가 19세기 중엽 프랑스 남성의 성인 연령 기준은 지금의 그것보다 훨씬 낮다. 스무 살이면 이미 가정을 꾸리고도 남을 만큼의 장성한 성인이다. 작중의 양치기는 남성성의 절정에 올라 있는 혈기 왕성한 성인이기에 이런 고뇌가 당연하다. '제 피마저도 태울 것 같은 사랑의 불길에도 불구하고 (…) 제 본능의 저 깊은 곳이 조금 동요하긴 했지만(témoin que malgré le feu d'amour qui me brûlait le sang (…) un peu troublé au fond de mon être)'. 그럼에도 불구하고 그 양치기는 스스로를 '지켜' 낸 것이다. Berger라는 단어의 오역으로 생긴 오해가 이렇게 큰 이해의 차이를 만든다.

그럼 이제 스테파네트 아가씨 쪽을 살펴보자. 본문의 내용을 봐서는 이 스테파네트 아가씨는 절대 정숙한 부류가 아니다. 양치기는 '그녀가 축제에는 많이 갔었는지, 밤새워 노는 일은 없었는지, 그녀의 환심을 사려는 새로운 남자들이 또다시 생겼는지 (si elle allait beaucoup aux fêtes, aux veillées, s'il lui venait toujours de nouveaux galants)' 걱정한다. 이런 일이 종종 있다는 방증이다. 그 당시 프랑스 풍속을 기준으로, 축제에서 밤을 새워 논다는 것은 물론 성적인 부분을 의미한다. 그리고 이 아가씨는 혈기 왕성한 양치기 혼자 사는 산중을 홀로 방문하면서 '꽃무늬 리본에, 화사한 치마에 레이스까지, 그렇게 나들이옷을 잘 차려입고 (à la voir si bien endimanchée, avec son ruban à fleurs, sa jupe brillante et ses dentelles)' 왔다. 늦은 이유 역시 그녀가 숲속에서 길을 잃고 헤매다 온 것보다는, 어디서 춤이라도 추고 오느라 늦은 것 같다고 말하지만, 사실은 몸치장, 옷치장을 하느라 늦은 것이라는 뉘앙스다. 산속에 홀로 사는 양치기를 만나기 위해 말이다. 스테파네트가 이렇게 양치기의 거처를 호기심 가득한 눈으로 둘러보고, 구겨지기라도 할까 봐 예쁜 나들이용 치마는 들어 올린 채 울타리 안으로 들어가 양치기의 잠자리를 궁금해하는 것 역시 마찬가지다. 요조숙녀라면 절대 하지 않을 행동이다. 더구나 그다음 "그래, 가여운 양치기, 여기서 지내는 거야? 항상 혼자이니 심심하겠구나! 뭐 해? 무슨 생각 해? (…) 그래서 우리 양

도데, '빛'을 써내려 가다

치기 씨, 여자친구가 가끔씩은 너를 만나러 여기 올라오기는 하는 거야?(Alors, c'est ici que tu vis, mon pauvre berger? Comme tu dois t'ennuyer d'être toujours seul! Qu'est-ce que tu fais? À quoi penses-tu? (⋯) et ta bonne amie, berger, est-ce qu'elle monte te voir quelquefois?)" 라며 노골적으로 도발하고 있는 것이다.

불어난 강물로 인해 그녀가 되돌아온 후, 양치기는 그녀를 위해 실내에 잠자리를 봐주었다. 그런데 갑자기 울타리의 사립문이 열리고 그 아름다운 스테파네트가 나타나더니, 잠을 이룰 수 없었던지 두려워하며 양치기에게 몸을 가까이 붙여 온다. 곱슬머리에 달린 레이스와 리본을 귀엽게도 사각거리며 그에게 기대 잠이 든다. 이쯤 되면 소르그강의 불어난 수위를 핑계로 일부러 되돌아온 것이 아닐까 하는 의심이 합리적으로 보이기까지 한다.

물론 나는 스테파네트를 비난하려는 것이 아니다. 19세기 중반 프랑스의 일반적인 성도덕에 비추어 스테파네트의 행실은 비난받을 이유가 전혀 없다. 당시에 쓰인 수많은 프랑스 문학 작품 속의 여성들을 생각해 보라. 도데는 대혁명 이래로 가톨릭 기반의 세계관과 도덕 기준이 무너져 내린 후, '혼전순결'이 그렇게 중요한 가치가 아니게 된 세태를 반영했을 뿐이다. 독실한 가톨릭 신자인 도데는 오히려 이 짧은 소설을 통해, 무너져 내린 '순결한 사랑'에 대한 가치를 주장한 것이다. 나는 다만, 순진한 목동과

순결한 아가씨의 '순진무구'한 하룻밤으로 그려 낸 기존 번역은 작가의 의도를 오히려 희석시킬 뿐이라는 것을, 작품 자체가 지닌 본래의 함의를 단순화해서 그 의미와 깊이를 무뎌지게 하는 것뿐이라는 점을 지적하고 싶다.

이 작품에서 또한 주목할 부분은 하늘의 별들에 대한 프로방스의 전설 내지는 전승에 관한 부분이다. 이는 각 별자리들에 대해 별도의 전설을 간직하고 있는 프로방스 문화의 독립적인 지위를 강조하려는 의도가 분명하며, 이를 통해 목가적이고 도덕적인 프로방스 이미지를 구축하려는 작가의 의도는 충분히 성취되고 있다. 특히 '세 명의 왕(오리온자리)'은 프로방스를 대표하는 별자리로서 이후 조르주 비제의 〈아를의 여인〉 중 파랑돌 부분의 주제로도 반복하여 사용되는 중요한 모티브이기도 하다.

「산문으로 쓴 발라드」는 문자 그대로 산문 형태를 지닌 운문이다. 프랑스어로 쓰인 원문의 운율을 제대로 옮겨 보려고 최선을 다해 노력해 봤지만 역부족으로 느껴지기도 한다. 다만 읽으시는 독자분들이 이 작품을 읽으면서 약간의 리듬이라도 느끼셨으면 하는 욕심을 내본다.

여러 이야기를 늘어놓았지만 결국 이 『별들』이라는 작품은 머리로 읽는 작품이 아니다. 독자 여러분의 감각 모두를 활짝 열어서 이 작품을 즐기셨으면 한다.

분홍색으로 물드는 알피유산맥의 봉우리를 떠올리고, 지평선 가득한 보라색 라벤더와 노란색 해바라기, 은빛 파도 부서지는 코르시카의 해안 절벽, 카마르그평원을 달리는 검정 황소와 하얀 백마들, 달콤한 뱅 퀴와 깊고 강하며 복잡한 맛의 샤토 뇌프 뒤 파프 와인, 갖가지 생선을 넣은 부야베스, 로즈마리, 타임, 라벤더 등의 온갖 허브들, 꽃향기 가득해서 공기마저 달콤한 프로방스의 대기, 격렬하게 두드리는 작은 북과 단성의 피리로 연주하는 경쾌한 파랑돌 춤곡, 뻐꾸기와 도요새의 노랫소리, 노새와 황소, 염소, 숫양의 목에서 울리는 방울 소리. 이 모든 것을 담아 작곡한 조르주 비제의 〈아를의 여인〉, 목동 페데리코의 한탄 어린 아리아가 울려 퍼지는 칠레아의 오페라 〈아를의 여인〉.

여러분께 전하는 알퐁스 도데의 진정 어린 편지를 즐거이 받아 주셨으면 한다.

코르니유 영감, 하얀 염소 블랑케트, 교황의 노새, 가련한 세관원들, 고셰 신부, 북치기 피스톨레까지 이 작품 속에서 살아 숨 쉬는 모든 등장인물에 대한 애정과 연민을 공유하시길. 프로방스의 아름다운 풍물에 대해 자랑하고 있는 도데에게 따스한 박수 한 자락 쳐주시길 부탁드리는 것으로 이만 줄인다.

작가 연보

1840	남프랑스 프로방스의 도시 님에서 비단 방직업을 하는 부친 뱅상 도데와 모친 아들린 레이노 사이에서 1832년생 앙리, 1837년생 에르네스트에 이어 삼남으로 출생(5월 13일).
1845-1847	가톨릭소년학교 재학.
1847	부친의 비단 방직공장 이전으로 아비뇽으로 이사, 카니베 학원으로 전학.
1848	부친의 사업 실패로 공장은 팔리고 가문은 몰락. 여동생 안나 도데 출생.
1849	도데 일가, 리옹으로 이사.
1856	형 앙리 병사. 알퐁스 도데는 수사학 전공으로 고교 졸업.
1857	알퐁스는 알레스중학교의 복습 교사로 취업했으나 곧 퇴직. 파리로 가서 형 에르네스트와 생활.
1858	첫 시집 『연인들』 출간. 파리의 문학 살롱들을 전전하며 청년 예술가, 문학가들과 교류.
1859	미스트랄 시인과 조우하여 친교 시작.
1860	입법부 의장인 모르니 공작의 비서로 채용됨. 미스트랄과 프로방스에서 여름을 보냄.
1861	건강 악화로 병가를 내고 알제리로 휴양 여행. 「타라스콩의 타르타랭」을 구상하고 『별들』 중 「메뚜기떼」, 「밀리아나에서」 등 집필.
1862	알제리에서 귀환. 희곡 「마지막 우상」이 파리 오데옹극장에서 초연되어 크게 성공함. 그러나 연말에는 다시 악화된 건강으로 인해 코르시카로 휴양 여행을 떠남.
1863	3월에 코르시카에서 귀환. 《르 피가로》에 「사자를 죽인 자」, 「타

라스콩의 타르타랭」 도입부 등 발표.

1864	고향 프로방스로 내려감. 미스트랄과의 교우를 이어가며 『별들』의 자양분을 축적. 「코르니유 영감의 비밀」 초고 완성.
1865	1월에 파리로 귀환했으나 3월 모르니 공작의 급작스러운 서거로 인해 경제적 곤궁에 빠짐. 『별들』 집필 시작.
1866	『별들』 초판본 출간.
1867	1월, 작가 쥘리아 알라르와 결혼. 11월, 장남 레옹 도데 출생.
1868	《르 피가로》에 『별들』 후속작 연재 개시.
1869	2월 11일 〈보드빌의 희생〉 공연. 5막 7장의 장편 희극 『리즈 타베르니에』 집필. 《르 피가로》에 『별들』의 마지막 세 편 연재. 「타라스콩의 타르타랭」의 1부 출간. 『별들』 최종본 출간.
1870	《르 피가로》에 「타라스콩의 타르타랭」 연재. 8월 15일, 레지옹 도뇌르 훈장을 받음.
1871	파리코뮌 발생, 도데 일가는 파리를 떠나 부모가 거주하는 님으로 피난.
1872	1월 29일, 〈리즈 타베르니에〉 초연. 「타라스콩의 타르타랭」 연재를 지속하는 동시에 「월요 이야기」 연재 개시. 10월 1일, 조르주 비제의 음악으로 〈아를의 여인〉 초연. 구스타프 플로베르, 에밀 졸라와 친교.
1873	「월요 이야기」 세 번째 부분이 발표되고 2월에 출간. 에드몽 드 공쿠르와 친교.
1875	부친 뱅상 도데 타계. 11월, 『동생 프로몽과 형 리슬레르』로 아카데미 프랑세즈상 수상.
1878	차남 뤼시앵 도데 출생.
1879	건강 악화로 요양 시작.
1882	모친 아들린 도데 타계.
1885	『알프스의 타르타랭』 출간.
1886	삼남 데드메 도데 출생. 에드몽 드 공쿠르의 대자로 영세함.
1890	타르타랭 3부작의 마지막 부분인 「타라스콩 항구」 편 출간.
1897	「아를라탕의 보물」 출간. 12월 16일, 알퐁스 도데 사망.